JN302711

# 福永武彦戦後日記

序 池澤夏樹

CARNET
DE
POCHE
*
1945

新潮社

帯広中学（現・北海道帯広柏葉高校）で
英語を教えていたころの福永武彦。
1946年6月。

妻・澄と長男・夏樹（池澤夏樹）。
1945年12月ころ。

1945年の日記。「CARNET DE POCHE ＊ 1945」とある。

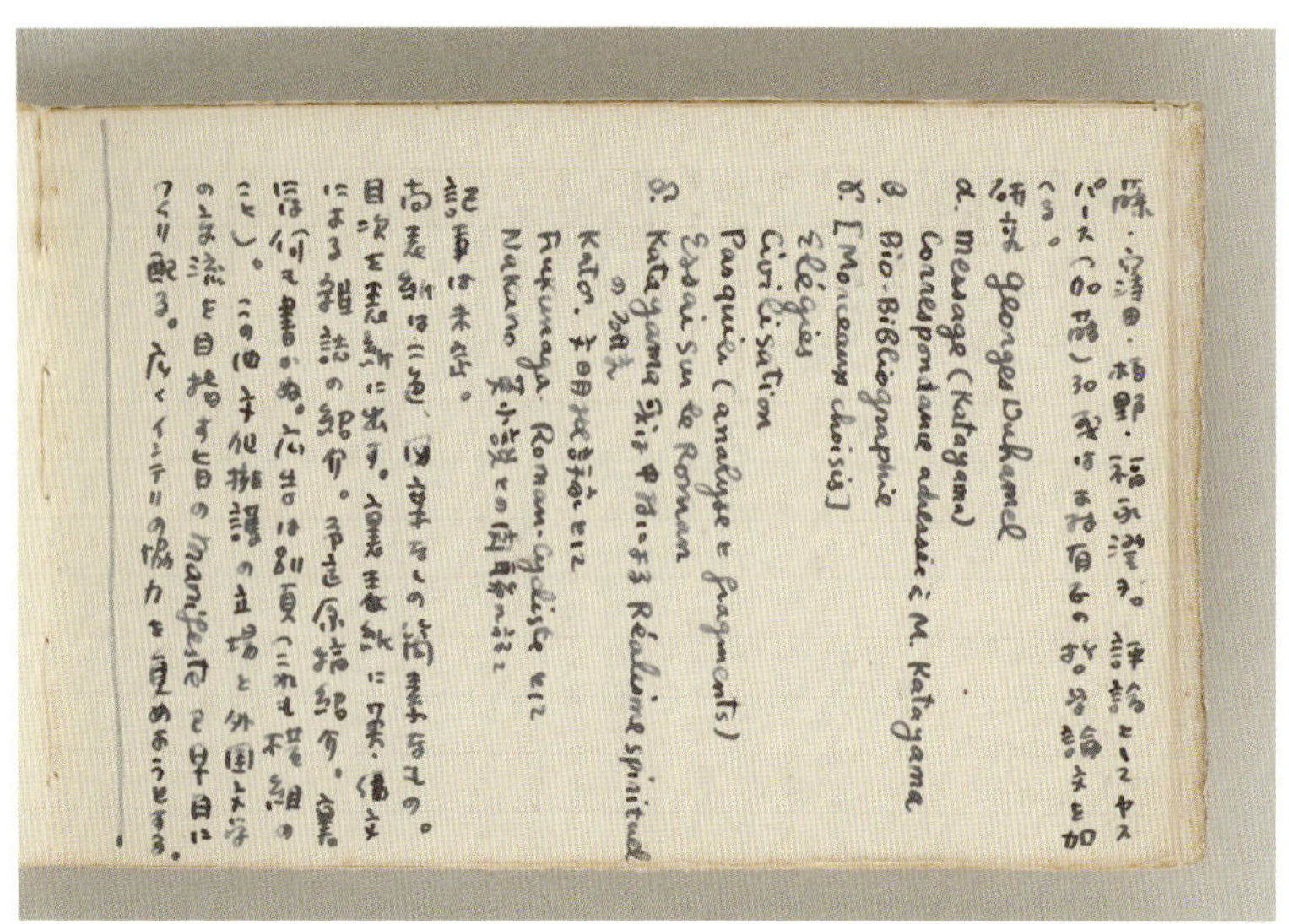
研究 Georges Duhamel
α. Message (Katayama)
Correspondance adressée à M. Katayama
β. Bio-Bibliographie
γ. [Monceaux choisis]
Élégies
Civilisation
Pasquier (analyse et fragments)
Essai sur le Roman
δ. Katayama ... Réalisme spirituel
Katō.
Fukunaga. Roman-Cycliste
Nakano
記事は未定。

1945年9月9日。「新雑誌の計画」より。

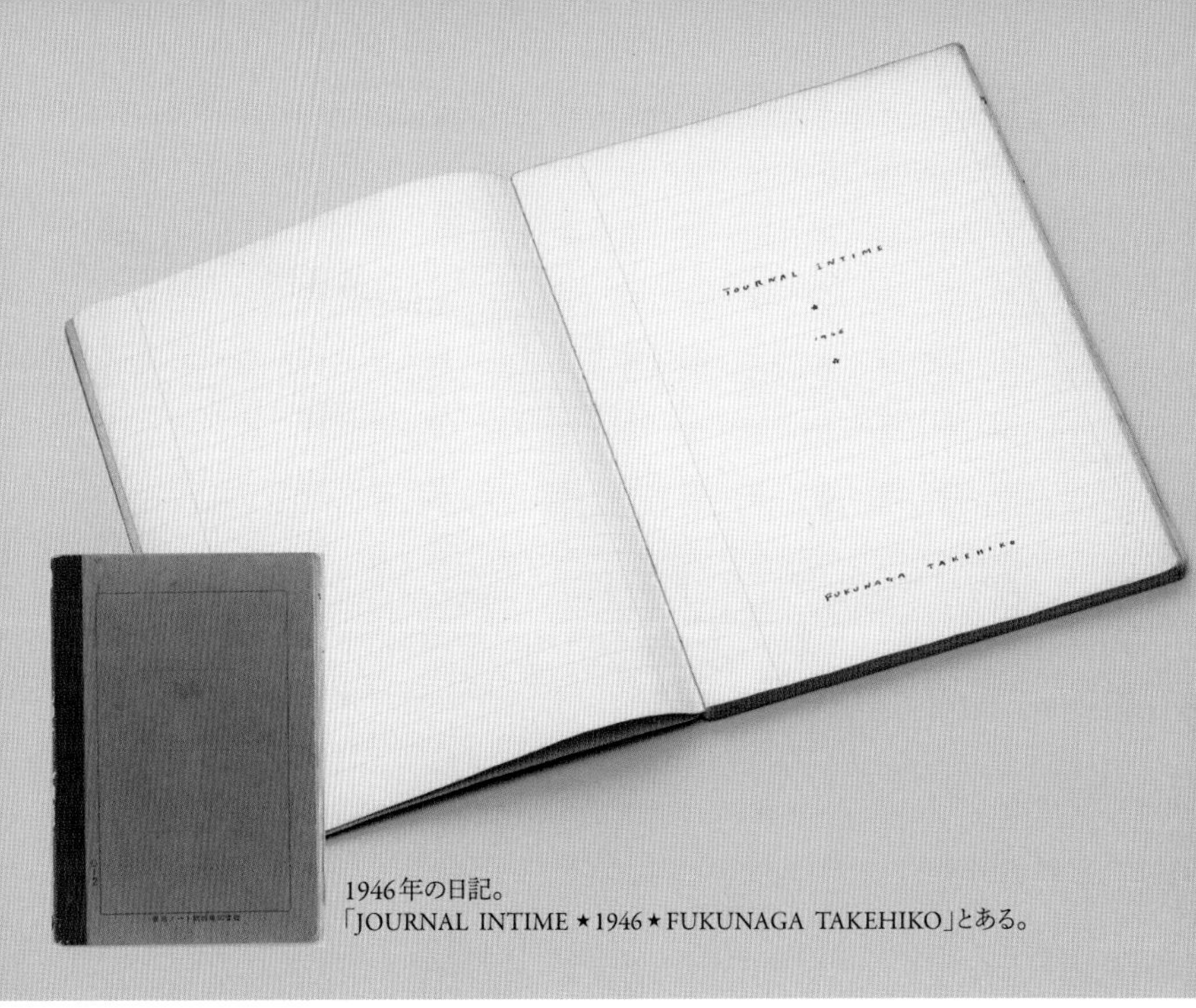


1946年の日記。
「JOURNAL INTIME ★ 1946 ★ FUKUNAGA TAKEHIKO」とある。

1946年1月22日。「僕の五ヶ年計画」より。

1947年日記の冒頭。6月18日〜

1947年6月20日〜

福永武彦戦後日記　目次

カバー・扉　一九四五年の日記より
表紙　一九四六年の日記より
撮影　青木登（新潮社写真部）
装幀　新潮社装幀室

# 福永武彦戦後日記

# 序　福永武彦戦後日記のこと

池澤夏樹

## 1

一人の若い男が文学で身を立てようと思っている。

彼は自分の才能を確信している。試みに書いたものも少なくない。東京大学文学部フランス文学科で得た教養をもとに広く同時代の文学を読んで、世界の新しい動向のことも知っている。自分ならばこれまでの日本にはなかった小説が書けると信じているし、互いに批評し合える優秀な仲間たちもいる。

その一方で、暮らしてゆくことが容易でない。

四年も続いた大きな戦争が終わったばかりの時期。

半年前、彼は新婚数か月の身重の妻と共に北海道に疎開し、そこで子供が生まれ、その一か月後に戦争は終わった。疎開先は妻の実家で、とても居心地が悪い。日本全体が混乱し、都会は食糧不足に悩んでいる。鉄道一つを例に取っても、北海道の帯広から信州の信濃追分まで行くのに満員の列車を乗り継いで七十五時間、つまりまる三日以上かかった。万事がそういう具合だ。

しかし彼は妻子を北の国に残して一人で旅に出ようと思い立った。職を探さなければならないし、自分の文学の見通しを立てたり友人や肉親に会うという目的もある。ひょっとしたらこの混乱の日本を広く見ておこうという思いもあったかもしれない。

福永武彦という名を外して、これを日記体の小説として読んでみよう。注釈もテクストの一部として読み合わせる（本文と注釈から成る小説は、ナボコフの『青白い炎』などに見るように、ないわけではない）。

そうやって読むと、これは一つの作品として実によくできているのだ。主人公の出自や過去、人間関係なども充分に書き込まれていて、不足するところはない。明るい希望の旅に出るところから始まって、その途中で出合ういくつもの試練、困難な時代と人々の善意、北海道を始点に、信州へ、播州へ、そして東京へという地理的な展開の広さ、ものの値段や巷の雰囲気などの風俗、身内や親しい友人たちと一瞬すれちがう人々との対比、鮮やかなエピソードの数々。それらを書く文章力。

優れた小説には大きなテーマが要る。この場合のテーマは主人公の生活の安定と文学者としての自立だ。これがあるから日記はただ日々の行動の記録ということを超えて、人生の意味を求める「文学」になる。

この軸に沿ってさまざまな課題を乗り越えて目的の達成に至れるならば、それはそれで一つの作品として完成しただろう。ジョイスの『若い日の芸術家の肖像』や（またも）ナボコフの『賜物』のような一人の作家の誕生を描く物語になっただろう。教養小説と呼んでもいい。

実際、家を探して帯広中を走りまわる場面など、本人が絶望的に必死である分だけユーモラスに見える。入居できるかもしれないと思って見に行った家が目の前で焼け落ちるなんて見事なプロット作りだ（本当は焼けたのはその家ではなかったが、結果として同じことになった）。最後に救いの手を伸べてくれるのが牧師さんで、自分たちだって二間しかない副牧師館に大家族で住んでいるのに、その一つの三畳間を若い家族に貸し与える。まるでディケンズの一場面ではないか。意地の悪い妻の親たちの性格もディケンズらしい。そこまで戯画化して読んでもこの話は成り立つ。

住むところができて職も得て、遠くに希望の光を見るところで終えられればよかったのだが、そこに結核という別のテーマが割り込む。場面は暗転、がらりと空気が変わる。この物語の作者である神ないし運命は、これをもう一つ格の大きな作品にしたいと思ったのか、更なる試練を主人公に負わせた。

行動から安静へ、多くの会話や議論から自問自答へと文体も変わる。中心にある人間関係は妻との仲だ。間違いなく愛し合って結婚したはずの妻は、未来を奪われ、折り合いの悪い実家で乳飲み子を抱えて暮らすうちに、あまりの負荷に精神に混乱を来す。自分自身も詩人であり、そちらに広がる未来も考えていたのに、先行きの暗さに取り乱す。

それまでにもほの見えていた愛と孤独という主題がここで一気に大きくなる。死の可能性がそれを増幅する。彼の側には病気による死の恐怖があり、まるでそれに対抗するかのように妻は絶望の果てに自殺を口にするようになる。その誘惑はとても強いと言う。しかもその中で彼女が書く詩は「感嘆すべき作」なのだ。

武彦は時に「度々の澄子からの手紙で一つの結論に達した。それは澄子が僕を愛してゐないといふことだ」と言うが、しかし澄子は「愛してゐなければどうしてこんなに苦しむか」と訴える。魂の格闘技だ。

そして、二人がぎりぎりまで追い詰められたところで、東京のサナトリウムへの移転という形で、先にわずかな希望を残したまま、物語は終わる。

フィクションならば傑作と言って褒めれば済む。ストーリーの展開が巧妙で、文章の緩急が自在で、場面転換も効果的、登場人物の描写の陰影感もうまい。それはとりもなおさず文学的才能ということだろう。

しかし、これは事実なのだ。書き手の内面はともかく、外界のことは事実に基づいている。その時に汽車はそのように混雑し、食糧はそのように不足し、友人はそのように手を差し伸べてくれた。妻はそのように泣いた。すべて時間も場所も現実に起こったままである。生活苦や病気がかくも大きな試練を彼の内面に強いた。それならば内面の葛藤も主観的な事実と言えるだろう。

大事なのは彼がこれを書いたということである。疲労困憊のさなかにあって、寒さと飢えに耐えて、彼は行く先々でノートブックを広げて万年筆を手に取り、小さな正確な文字を綴った。自分の身に起こっていることをただ時の流れに任せて手放したくなかった。これは書きとめておくに値することだという信念に追い立てられた。

若い時にこんなドラマティックな体験をしてしまった文学者が生涯これに縛られるのは当然である。縛られるというのは執筆の内容を制限されるということではなく、創作の大きな源泉を与えられてそこから作品の素材を汲み出すのに一生を費やさざるを得ないということだ。

福永武彦の文学の主題は、代表作とされる『草の花』に見るとおり、愛と孤独と死である。知らぬ者はあまりにセンティメンタルかつ非現実的な、一昔前の女子大生が好むような甘い話と思うかもしれない。

しかし福永武彦にとって愛と孤独と死は抽象的な観念ではなく恐ろしい現実だった。若い時にそれが迫ってきて、彼は呪縛され、翻弄され、辛うじて生きて逃れた。そういうものを負うたならば、文学者としてはずっとそれを書くしかないではないか。本当は逃れられなかったのかもしれない。

高校生の時の愛と破綻、それに続く相手の死が最初の試練だった。死は偶発的なものだったが、偶発的であるからこそ死は恐ろしい。それ以前に母の死があったし、ほぼ同時期に弟の死もあった。最初の詩集『ある青春』の扉裏に「若く死んだ人たちに」という献辞を記すだけの理由は充分あったのだ。

ぼくは彼が生涯に書いた作品すべての中にこの一九四五年九月から二年間の体験の痕跡を読み取ることができるように思う。

2

具体的な事実の方に話を向けよう。

この本に収録するのは福永武彦が一九四五年、一九四六年、一九四七年に書いていた日記である。一九四五年については九月一日から年末まで、一九四六年は一月三日から六月九日まで、一九四七年は六月十八日から七月三十一日までが残っている。その前後や中間が散逸したのではなく、この二つの期間のみ日記が書かれたということだろう。

「一九四五年日記」は帯広から旅に出るのをきっかけに始められ、年末で帳面を代えて「一九四六年日記」となって四六年の六月まで連続している。「一九四七年日記」は帯広療養所に入所して生活が変わったのを機に始められ、この帳面では八月一日以降は空白となっている。たぶんその先は書かれなかったのだ。

この日記の発見のことを記さなければならない。

福永の長男であるぼくの立場から今に至る経緯を記す。二〇〇〇年の秋だったと思うが、帯広に住む日本文学の研究者・田口耕平さんから「今、自分の手元に一九四七年の福永武彦の日記のテクストがあるのだが、これは公開してもいいものだろうか？」と問う手紙が来た。

ぼくは福永武彦の唯一の直系の血族だが、著作権は相続していない。それでも著作権法116条に言う著作者人格権の行使者として、武彦の著作権が冒されるおそれがある場合に侵害の停止または予防を請求する権利がある。つまり、未公開の私的な文書の公開について許諾を求められた時にノーと言うことができる（田口さんはそんな法的な理由からではなく、信義によって連絡してくれたのだが）。

文学者の場合、とりわけ自分の才能がどのような形のものであるかをまさぐる段階の若い文学者の場合、日記などの公開を前提としない文章は、後世の研究者にとっては非常に大きな価値がある。それは理解できる。

しかも、一読して、これが福永武彦という文学者のなりたちを解く上で重要な文書であることはすぐにわかった。

その一方、ぼくは母の気持ちを忖度しないわけにはいかない。この日記の当時、母は武彦の妻であってぼくの母であると同時に詩人・原條あき子であり、武彦と並んで「マチネ・ポエティク」の同人だった。そして、困窮する生活者だった。

「そういう文書があるらしいけれど、読む？」とおそるおそる聞いたところ、七十代の半ばになっていた母は言下に「見たくもない」と答えた。五十年前のことを持ち出されて少し動揺した風でもあった。

それは予想したところだった。福永との生活を母はぼくに話したことがない。ぼくを身近に置いて暮らし始める一九五一年の夏以前のことを母は最後まで心の底に封じ込めておきたかったようだ。だからぼくは父と母の暮らしぶりはおろか、二人が出会った経緯さえ知らなかった。

改めて簡略に記せば、武彦と澄子は一九四四年の九月に東京で結婚した。翌一九四五年の七月に澄子の親たちが住む帯広でぼくが生まれた。戦火を避けて澄子と武彦は共に四月に帯広に移っていた。

日記に見るとおり、一九四五年の九月に武彦は旅に出て、翌年の一月末にちょっとだけ帯広に戻り、四月にようやく本格的に帯広に戻って帯広中学に英語教師の職を得た。これから翌一九四七年の六月、結核を再発してまた帯広療養所に入るまでの一年余りが我々親子三人がまずまず普通の家族生活を送れた唯一の時期である。二歳にもなっていなかったぼくにこの時期の記憶はない。

一九四七年の六月の入院の日からまた「日記」が書き始められる。その後、十月に上京して清瀬の国立東京療養所に入った。そこを出られたのは五年半後の一九五三年三月だった。

話を元に戻せば、母のことを考えると日記の公開はできることではない。その旨ぼくは田口さんに伝えた。どんな場合でも過去より現在が大事。

その母は二〇〇三年六月に八十歳で他界した。静かな晩年の果ての穏やかな旅立ちだったと思う。ぼくは母の作品を集めて『やがて麗しい五月が訪れ——原條あき子全詩集』(書肆山田、二〇〇四)を刊行した。

二〇〇九年になって、ぼくは母が逝ってからもう五年以上が過ぎたことに気づいた。そろそろあの日記を世に出してもいいかもしれないと思い、田口さんと連絡を取り合って計画を練った。いちばんの問題は田口さんの手元に日記の原典がないことだった。奇怪としか言いようのない経緯によって彼の手元にゼロックスのコピーが届けられたのだが、しかし原典の所在が知れない。これはなんとも心許ない。

その一方で喜ばしいこともあって、田口さんの福永研究の仲間である鈴木和子さんが「一九四六年日記」を携えて参入してくれることになった。こちらの方は原典を手元に置いての正攻法である。手書きの日記を活字化して注を付する作業が進んだ。成果をその都度受け取って、そのたびに興奮したことだった。

存在だけが知れていた「一九四五年日記」はこれも研究者である三坂剛さんの手元にあった。更に三坂さんを経由して行方不明だった「一九四七年日記」の原本も所在が知れ、その所有者である程塚比呂美さんの好意で田口さんは現物を手にすることができた(程塚さんはごく普通に市場で日記の原本を入手した)。

この間の経緯は偶然と忍耐と幸運に満ちてなかなかスリリングなものだった。ぼくが溜まってしまった雑書の整理を思い立ったことがきっかけになって、札幌の弘南堂書店という古書店の目録が手元に届き、そこの若主人である高木庄一さんの導きで探索が始まった。宝探しはこんな風に展開するのかと一喜一憂の日々であった。

## 3

歴史的アイロニーというものがある。

そもそもアイロニーとは、当事者が知らないことを部外者が知っている場合にその部外者が抱く屈折した感慨の謂いである。演劇のアイロニーでは、例えば物陰に刺客が潜んでいることを観客は知っているのに主人公は知らない。歴史の場合は時間差が舞台と観客席の隔たりの代わりになる。真珠湾の日に日本国民は八月十五日を知らなかったが、後世の我々はそれを知って真珠湾攻撃の意味を考えることができる。

先にぼくは一九四七年の十月に清瀬の療養所に入った武彦がそこを出られたのは五年半の後のことだった、と書いた。後世のぼくたちはそれを知っているが本人は自分の未来を知らない。同じようにして、文学という分野で身を立てようとしていた武彦が目前の生活苦や病気などの困難と不安を傍らにおいて書き続けたものが、最終的に多くの読者を得たことを今ぼくたちは知っている。しかし、それがこの日記の時期から遥か先であったことも知っている。本当に苦しい時期はまだこの先なのだ。

やがて武彦は清瀬に移り、澄子は一緒に上京して夫の療養生活を支えた。夏樹は帯広の祖父母と叔母のもとに残され、そこで育った。実の父としての武彦に再会するのは十六歳になった時だった。

一九五〇年の年末に武彦と澄子は協議離婚した。

広い意味での理由は長い看病に澄子が困憊したことにあった。直接のきっかけは、一定の所得のある配偶者がいるかぎり生活保護が受けられないという制度上のことだったようだ。

「あと半年たてば退院できる。あと半年だけ頑張ろう、と力を尽くしては現実に裏切られる、それが数回繰り返された後、本当に疲れ果てた」と一度だけ説明してくれた。「先のことが不安でしかたがないから、見舞いに行っても泣いてしまう。看護婦さんはにこにこしてくれるのに君は泣いてばかりいるって言われたけれど、看護婦さんは仕事だからにこにこできるわよ」という言葉を覚えている。だがそんな話をしたのはぼくが高校生の時の短い間だけのことで後は絶えて口にしなかった。

思い出したくなかったのだろう。離婚とその後のやりとりが残した心の傷から目を背けていたのかもしれない。それとどう関わるか分からないが、ぼくが『やがて麗しい五月が訪れ——原條あき子全詩集』のあとがきに書いたように、離婚後の原條あき子の詩のいちばん大きなテーマは心変わりだった。「心変わりする女いやしい／おまえなんかもう愛さない／おまえはわたしに値はしない／行き過ぎ、振り返ってもみたくない」

離婚の三年後、武彦は岩松貞子と再婚、六十一歳で亡くなるまで二十六年一緒に暮らした。作家として一家を成し、多くの優れた作品を書いた。

澄子は池澤喬と再婚して、生まれた娘と夏樹を育て、しばらくは詩を書き続け、まずは普通の人生を生きて八十歳で亡くなった。

　この三冊の日記にぼくは、若い二人の文学者の苦悩に満ちた日々を読み取り、一種の共感ないし同情を覚える。あの時期、生きることはかくも困難であった。自分の中にある才能を育てて作品化する以前にかくも多くの障害があった。平和と高度経済成長に支えられたぼくたちの世代にはなかなか想像しがたいことである。

## 4

なぜ三年分の日記が今になって公刊できることになったか、逆に言えばなぜここまで遅れたか、その事情を説明しておく。

　福永武彦は一九七九年の八月に亡くなった。

　ぼくが最後に父に会ったのはその四年前、一九七五年の六月だった。その七月からギリシャで暮らすと決めた時、成城の家に招かれて挨拶に行った。あの家に入ったのはそれが最初で最後だった。やがて一九七八年の三月にぼくは帰国したが、父に会う機会は得られなかった。一年半の後、父はギリシャで生まれた初孫春菜の顔を見ることなく他界した。

　武彦の死後、不幸なことにノート、メモ、日記、活字になる前の生原稿などが、また蔵書の大半も、古書のマーケットに流出した。葬儀の時からぼくはその種の文書の保全を申し入れていたのだが、錯綜した相続の結果それらはぼくの手の届かないところに置かれ、結果的には失われた。成城の家にあった蔵書などリストさえ作成されていなかった。

「一九四七年日記」のコピーのみが某所から田口氏のもとに一方的に届けられ、その原典は今回の探索まで所在も知れなかったというのも、このような複雑な事情によるものだ。

武彦が敬愛した中野重治の蔵書や文献はすべて故郷丸岡の市立図書館に収められ、本人の手になる書き込みまで網羅した詳細な目録が作られた。そういう例に比べてこちらは惨憺たるものだ。

だから今も福永文書は市場に流通している。

ある古書即売会の目録に「福永武彦自筆詩稿『MOURIR JEUNE』」という項目があり、八十五万円の値がついていた。商品価値は文学とはまた別のことだから値がいくらでもかまわないが、コレクターの蔵に収まって研究者が見ることもできないというのは決して喜ばしい事態ではない。自分には少なくともこれらの文書を読む権利くらいはあると思いたい。また、正当な所有権を持たない何者かがメモや生原稿や日記を市場に流すことによって少なからぬ利を得たのは、大袈裟に言えば社会正義に悖(もと)ることであるとも言える。

ちなみにこの全六十二ページのノートブックの体裁を取る「詩稿」はたぶん一時期ぼくが持っていたものだ。離婚の際にたまたま母の手元に残ったのだろう。うっかりそのことを父に言って、「それは大事なものだから返してくれないか」と言われて、返してしまった。今となれば拒んだ方がよかったかもしれないと思う。

蔵書について今ありがたいと思うのは、信濃追分の福永の山荘「玩艸亭(がんそうてい)」にあった本は散逸を免れてすぐ近くの堀辰雄文学記念館に収められ、有能な専門家の手で整理されつつあることだ。またフランス文学関係の蔵書の一部はかつての福永の勤務先であった学習院が買って図書館に納めたと聞いている。

二〇一〇年の末の段階でぼくの手元にはこの三冊の他に、一九五一年十二月十日から一九五三年三月三日までというもう一冊の日記のコピーが届いていた。主要部分の年号を取ってこれを「一九五二年日記」と呼ぼう。

幸運と好意がこれをぼくの元にもたらした。「一九四七年日記」の原本を探す過程でその所有者の程塚比呂美氏が、「実はもう一冊あるんです」と言って見せてくれたのがこれ。存在すら知らなかったぼくにすれば驚天動地のことであった。これも拝借することができた。

この時期、武彦は澄子と離婚して一年目、まだ清瀬のサナトリウムにいて、しかし頻繁に外出することも可能なまで恢復し、『風土』を完成させて、翻訳もいくつも手がけるという社会復帰の時期である。サナトリウムを退所する直前までこの日記は続く。

これまで「日記」が世に出ていなかったから、福永文学における日記の重要性はほとんど論じられてこなかった。しかし、少なくともこの時期の武彦自身は自分の日記文学の価値を高く評価していた。

「一九五二年日記」の冒頭に日記論がある。少し長いけれど、この部分全体を引用しよう——

日記を附けなくなつてから久しい。先日ふと一九四九年一月から七月迄の日記を読みかへしてゐると、僕の書いたもののうちこれが一番いいものであるかもしれないと思つた。それは寂しいことだが、現実は一度しか起らず、何らのフイクションを混へず、卒直な感慨を伴ふ点に於て、その内容は正確に僕を定義する。あの時もし具合が悪くならなければ、引続いてそのあとを書いてゐたに違ひない。それから今まで、さまざまのことがあり、僕はもうそれを正確に思ひ出すことは出来ないだらう。作家にとつて一日一日は貴重であり喪はれたものは帰らないが、日記は書くことのメチエを自分にためす点に効用があるのではない。現実が一度しか生起せず、それを常に意識し、その一度を彼の眼から独自に眺めるために、小説家に日記は欠くべからざるものであるだらう。日々の記録として価値があるのではない。小説家の現実と彼が如何に闘ひまた如何に自己を豊にしたかにその効用があるのだ。その日常が平凡でありその描写が簡潔であつても、その日記が詰らなければ作家である小説家が詰らないのだ。ゴンクールにしても、ルナールにしても、ヂイドにしても、文章が巧みであるとか、選ばれた場面が秀逸であるとか、感想が独自であるとかの理由によつて面白いのではない。彼等が自己が何者かを意識し、常に外界との接触で自己のコスモスを形成したその過程が面白いのだ。小説家は固有の眼を持つ、彼はその眼によつてしか物を見ない。僕が生きるのは、僕が生きるやうにしか生きないのだ。せめてこの日記の中に於ては僕は自由だらう、僕は何人にも煩はされず精神の王者として在るだらう。しかもこの自由の中にさへ僕が味の苦いものを感じるとしたら、それは僕の選んだこの道、小説家としての眼が物を悲しくしか見られないせゐだらうか。

こういう思考の中から「一九四九年日記」が自分が書いた中で一番いいものであるかもしれないという言葉が出てきたのだ。

ぼくは「一九四九年日記」の探索を始めた。三冊の「日記」の一部を文芸誌「新潮」に公開し、失われた一冊を広く世に求めた。しかし手がかりはなかった。

今年に入ってぼくは、前々からありそうだけれどもしかしないということになっている場所をもう一度探してみることにした。持って回った言いかたで申し訳ないが、諸般の事情に鑑みてこんな風に言うしかない。日記が本当にあったとしたらそこを通過したことは間違いない、という場所を再探索した。

そして、それはあったのだ。

しかも「一九四九年日記」は多くの仲間を引き連れて戻ってきた。福永の創作ノートやメモ、文学的な遺品の類がぼくの手元に届いた。ぼくはそれらを公的な場に置くべく、札幌の北海道立文学館に寄託した。いずれ整理が済めば広く研究者に提供されるはずである。

## 5

日記を元に一つの仮説を記してみれば、若き武彦にとって旅はなかなか大事なテーマであった。ボードレールの「旅への誘い」に啓発されたのか、若い時の詩の中には「海の旅」(『ある青春』所収)のように明らかに旅を主題とするものがあるのに、小説家として一家を成してからは遠い土地はあまり出てこない。もしも一九四五年から一九四六年にかけての長いあてのない旅への意欲が後々まで保たれたならば、彼の文学はもっと違うものになっていたのではないか。そうだとしたら、旅を阻んだのはその身につきまとった多くの病魔であっただろう。そう日記から推理できると思う。

この日記は福永武彦と原條あき子という二人の文学者の人生と仕事を理解する上で大きな価値を持つものである。若い時の痛ましい自分の姿に再会するのだから母は公開を喜びはしなかっただろうが、その一方、詩を書いて雑誌に載せるという行為はある程度の公人性を引き受ける覚悟を伴うものではないか。ぼくは今は亡き母に小さな声でそう弁解したい。

一九四五年九月一日〜十二月三十一日

CARNET DE POCHE[*1]

*

1945

ESPÉRER, C'EST PRESQUE

VIVRE.

(P. GAUGUIN[*2])

## 一九四五年九月一日　帯広にて[*3]

明日、僕は遂に此所を立つて東京に嚮（むか）ふ。八月の上旬から僕の心の中で熟れてゐたものは、今こそ一つの決意として晶化された。もう切符は二十八日に買ひ、チッキ〔鉄道などで、旅客から手荷物を預かって輸送するときの引換券。また、その手荷物〕は昨日発送された。今はもう後を振返るべきものはない。

　さうだらうか。最初の決意から四週間近い日が流れたのは、果して戦争が終り、僕の無意識のヘロイスム〔héroisme　英雄的精神、勇壮さ〕が満足されないためだつたらうか。此所には澄子[*4]がゐる、そして生れてもう五十日になる夏樹[*5]がその無心の笑で僕を引止める。勿論東京の食生活の不自由さは今から明かに予想されるし、東京に行つてもまづ住む処から探し廻らねばならない。それが僕の心に一寸した不安を与へることも事実だ。しかし色々のものは、今こそ僕の決意の前に姿を消すだらう。澄子への愛も夏樹への愛も。それは結局僕の東京行、僕の直面すべき大都会の孤独の中で、大きな愛として復活するだらう。

僕は此所で五ヶ月の間屈辱の歴史を編んだ。僕は自由を覓(もと)めて行く。大都会に敗戦の現実を探りに。そこの如何なる苦しみも、僕が droit de l'homme〔人権、尊厳〕をふみにぢられた此所の生活よりは自由だらう。此所の生活で、僕の苦しみと澄子の苦しみとが互に愛情を新にさせた。僕等は再び昔の情熱を思ひ起した。しかし今は、それは静かな陰鬱な愛情だつたが。

何時の日に僕たちはまた一緒に家を持つことが出来るだらうか。日は近さうでもあれば遠さうでもある。僕たちは遠く離れても、苦しみを理解し合ひ、愛情を通はせるだらう。

僕はこの二、三日の忙しい中につとめて夏樹を抱いた。その胸にもたれる重さを記憶し、無心の微笑を脳裏に刻み込むために。

この微笑は、苦しい日の僕の最もよい慰めとなることだらう。夏樹よ、元気に育て。

**九月六日**　朝　信州油屋旅館にて

信州に来た。今朝は曇つて霧がかかつてゐる。青い森、虫の声、月見草の黄色。此所には at home な静けさがある。もう北海道は遠い野蛮な北国だ。

旅行[*6]——

二日　午前中は早く慌しく過ぎた。夏樹が泣いてゐる。僕は抱きあげてあやすが、長く抱いてゐることが出来ない。旅行前の軽い不安。駅へは慎子さん〔澄子の姉。妹は延子〕をのぞいて皆が見送りに来てくれ義父〔澄子の実父、山下庄之助〕はホオムへまで入つてくれる。かうした別れは厭なものだ。澄子の何か言ひたさうで何も言へないでゐる表情。

十三時三十五分出発[*7]、坐れた。汽車の中では落つかない。八つ位の女の子を連れた老人と話し合ふ。可愛らしい少女の父親としての自分を空想する。しかし此の人は小父さんと呼ばれてゐた。北海道の風景はあまり僕の気をひかない。ただ函館が近くなつて汽車の右手に浅間によく似た火山を見て行くのは愉しかつた。

三日　朝九時函館着。船は十二時の予定が十三時半に出た。荷物が頗る重い。桟橋を歩くうち厭になる。船は満員で甲板に積め（ママ）込まれる。出帆。よく晴れた美しい日で波もこよなく静かだ。久し振に海の風景を見る。ケビンに入つて北大の学生と語る。うちに一人化学教室の学生がゐて原子爆弾[*8]の構造を説明してくれる。戦後の学生生活、教育に関し閑談。黄昏は綺麗だつた。金の楯といふのはやはり夕方の雲のことだ。星が出て、船は希望を追つて走るやうに思はれる。夜八時着。大阪行はあくる日十三時五分の一本。已むなくホオムに仮睡する。青森は焼野原で宿屋一軒ない。夜になつて小雨。頗る寒い。

四日　朝六時柏原行の汽車[*9]に乗る。がら明でゆつくり坐る。昨晩ホオムで寝たせゐで足が冷えて痛い。雨の中のうら枯れた風景。夕六時に新津で下りる。柏原に行けば九時となりそこで三時まで大阪行を待つのは厭さに、此所で貨車をつかまへようとする。柏原から直江津までの一時間の連絡がどうしても着かないので。この試みは失敗。しかたなしに夜中一時二十分に通る大阪行を待つため同行の士官たちと石川島工場の休憩所に行く。ここで風呂に入り航空将校たちの実戦談を聞く。しかし汽車中で一寸識つた女の人の話の深刻なのに及ばない。六つ、三つ、それに生れたばかりの乳のみ児を抱いて樺太真岡[*10]から逃れて来た人だ。戦争の生々しい匂はこの方が強かつた。

五日　夜中に駅に行く。大阪行は満員で乗れずまた駅のベンチに仮睡。朝七時上野行（これは最後の上野行であと暫く東京までは行かないさうだ）に乗り込む。今日のうちには着くといふ安心がある。乾パンにも飽きてくる。天気よく、蟬の啼くのに内地の懐しい夏を感じる。この汽車は頗る混んで来る。驚くべき混みかたで三等ではまるで喧嘩沙汰、さうかといつて二等も三等もないのだが。窓から出たり入つたりする。芥川の世之助の話[*11]を思ひ出したりする。兵隊たちの邪気のない顔。信州に汽車が入ると全く故郷に帰つたやうに思ふ。夏がここでは輝いてゐる。

夕四時半追分着[*12]。油屋〔一六八八年開業の老舗旅館。現在は廃業〕に嚮ふ。

油屋は一泊のみといふ話。中村[*13]〔真一郎〕が待つてゐてくれる。昨夜着くといふ電報を打つておいたので加藤[*14]〔周一〕は待ちくたびれて今日上田へ戻つたとか。中村との暫くぶりの話。堀〔辰雄〕さん[*15]とも会ひ話す。何といふ元気が中村との会話から生れてくることか。雑誌の計画[*16]。さあ愈々出発だ。新しい運動を始めよう。

浅間はよく晴れてゐた。澄子とともに遊んだ去年の秋[*17]を思ひ出す。その思ひ出の甘美さへも、前途の夢の中には消えてしまふ。来年の春は雑誌を出し、澄子を東京に呼ばふ。新しい生活を始めよう。

油屋は何とか言つて一泊しかさせてくれず、六日のひるに松下さんの処〔当時、中村真一郎が投宿していた千ヶ滝一八二八にあった松下正の別荘〕へ移る。この日朝堀さんの家でおしやべりをし「曠野」〔「今昔物語」に題材を採った王朝小説。『曠野』養徳社　1944〕を貰ふ。午後より夜にかけ中村と色々の話、特に計画中の新しい雑誌のこと。

**九月七日**

上田へ行く切符のことで追分の駅へ二人で行き、堀さん、加藤の留守宅により夕方近くまた松下さんの家へ戻る。加藤のムツタア（Mutter（独）母親。加藤周一の母、ヲリ子）の話によれば東京の住宅難は深刻らしい。新聞社などの連合軍による接収も始まるらしく、東京は今変動期で大変だと云ふ。移動証明[*18]もなかなか受附けてくれないさうだ。これからの行動に関し色々と迷ふ。僕の移動証明は二十六日からしか有効でないからそれまでをうまく使ひたい。プランは追分に暫くゐて「風土」[*19]を書きあげること、松本に行つて研究室の図書の整理をすること、[*20]岡山へ行き父[*21]や秋吉の伯父[*22]に会つてみること、など。しかし東京へも早いとこ様子を見に行かなければならないだらう。

夕方暗くなつて霧がかかり雨滴の音が静かにする。此所では秋は既に近い。

**九月八日**　午前　松下家にて

樹間に蟬の声を聞く。静かに風が搖れ出すと、始めは生暖く、次第に冷たい風がゆるい傾面を吹きあげて来る。雲が（それはもう秋のちぢれ雲だ）青空を染めたまま動かない。夏から秋への交替の時が、信州の四季で僕の知る限り最も美しく懐しい。夏樹のためといふより新生のための詩集の第一の詩を案じる。八月の初旬から容易に出来上らなかつたもの。

同日夕　上田市奨健寮[*23]にて

中村と二人満員の汽車と電車とに乗つて上田に来る。下界の感じ、暑い。ただ上田は四方に山を持ちその山肌の緑がすがすがしく美しい。

○「風土」ノオト（こんなものを書き抜いて果して役に立つかしら）

奏鳴曲月光、伯爵夫人ジュリエッタ・ギッチアルディ[*24]に捧げられる。「此の夫人から彼が与へられた失恋の傷手は生涯消え難い懊悩でした。多くの批評家は此の名曲こそ、彼のその悩み、傷ついた愛着の結晶、焼印であると云つてゐます。第一楽章は堪え難い憂悶と懊悩との葛藤の響であり、第二楽章は、暴風雨のやうな情熱の噴出と騒乱を描き、第三楽章に至つてそれは愈々最高潮に達し、そして最後に一切を浄化し得た魂の輝きだけが残る。」（名曲物語[*25]）

前奏曲　Prélude　ショパン、「一般に雨滴の曲と云はれてゐます。第十五号の変ニ長調。他に姉妹編とも云ふべき第六号のロ短調があり、この方は大雨の雨滴から受ける実感を描いたもの。前者は人間の心の奥底にこだまする哀愁の雨滴の表現。」（同上）

譚詩曲　Ballade Nol in G Minor　ト短調ショパン、「此の曲はポーランドの詩人ミキエヴィッチの詩から暗示を得たものと云はれてゐます。」（同上）

練習曲　Etude in E Minor　「演奏者にとり可なりの難曲。繊細微妙、巧緻の限り。中間部に盛られた豊富な優美さ。」（同上）

即興幻想曲　Fantasie Impromptu in C Minor　「最初の優美な旋律が非常な難曲。中間部のトリオがやや冗長に失する。」（同上）

夜曲　Nocturne Op. 2　「繊細な女性的感情、感傷の戦き。」（同上）

練習曲「黒鍵」　Etude in G Flat Major “Black Keys”　「演奏に於て右手は全然ピアノの黒鍵だ

けをしか使はないので有名。必しも代表作ではない。」

**九月九日**　午後

昨夜は雑誌のことを主として加藤・中村と二時半まで駄弁る。今日は甚だ睡い。曇り空で風が涼しい。昼は上田駅へ切符を買ひに行き奨健寮の院長（赤松氏）[*26]の処でお茶を御馳走になる。加藤の診断によれば體の方はもうだいぶよくて、奇蹟的な速かさらしい。上田の街は信州の多くの街と同じ匂ひを持ち、懐しく感じられる。尚放送局の海外放送部門はよほど前に接収されたとか、みなどうしてやつてゐるのかと思ふ。これからの行動に関する多少の不安。

○新雑誌の計画

1　月刊三百枚、百頁より百五十頁の予定。大きさはN・R・F型、或は「思想」型。

2　来年四月号より発足。

3　誌名未定、仮題「使者」Sisya-Messager　文学と評論との月刊雑誌。

4　横組、なるべくルビなし。

5　内容、作品（百五十枚）研究（百枚）記事（五十枚）の三部。

6　本屋、第一候補北沢書店　その他多元的に探すこと（主として中村）

7　パトロン（同右）

8　編輯　編輯委員会　Comité de directeurs（中村・加藤・福永）はあらゆる作品を審議し掲載か否かを決定する。毎月三人が廻り合つて当番となる。作品提供者　collaborateurs

〔＊Pは詩の寄稿予定を、Rはロマンの寄稿予定を示す。〕

窪田[27]〔啓作〕P　森有正
小山[28]〔正孝〕R　三宅〔徳嘉〕
山崎[29]〔剛太郎〕R　川俣〔晃自〕R
中西[30]〔哲吉〕R　芥川〔比呂志〕
白井[31]〔健三郎〕R　加藤道夫
福永澄子P　山室〔静〕（独文学）
枝野[32]〔和夫〕P　野村〔英夫〕
立石〔龍彦〕
北沢（英文学）
顧問　sympatisants
片山[33]〔敏彦〕　堀〔辰雄〕　風間[34]〔道太郎〕
中野〔好夫〕　阿部〔知二〕
渡辺[35]〔一夫〕　今〔日出海〕
吉満[36]〔義彦〕　太田[37]〔正雄〕

9　内容、第一部作品　Œuvre

我々三人の作品を主として持ちこみの原稿より精選する。ただし詩のみは純粋に定型詩を書く matinée poëtique の同人のみとする。劇は芥川・加藤（道）二氏の協力を得る。小説は長いロマンをあまり切り刻まないで出す。例へば「風土」の如きは三回か四回で載せる（ただ三ヶ月に一度といふふうにする）。問題はいい短篇を見つけること。

第二部研究　Etude

これは毎月特輯研究とし、最初の一年位は二十世紀の文化人（主として作家）をとりあげる。α 未刊の書簡の如きもの、或は取れればメッセエヂ。β Bio-bibliographie〔伝記と書誌〕γ 部分的翻訳　δ 何人かによる評論。

予定される人々

Hermann Hesse(N)[*38]　Albert Schweitzer

Romain Roland（ママ）(N)　(Yamamuro)

Julian Green（ママ）(K. F)[*39]　Karl Schpitteller（ママ）(N)[*40]

Roger Martin du Gard(F)[*41]　Costis Palamas（ママ）(N)[*42]

Thomas Mann　André Malraux(K. F)

Tagore(N)　Paul Valéry

Lévy-Bruhl(Naka.Kubo)[*43]　Nagaï Kafû（ママ）(F)[*44]

Sinclair Lewis　Drièu la Rochelle（ママ）[*45]

Aldous Huxley　André Suarès[*46]

Virginia Woolf　Jean Giraudeau

Eugene O'Neill(F)　Jules Romains

また百年祭といふやうな機会を利用して過去の作家を捕へる。

予定　四月　Georges Duhamel　五月　Julian（ママ） Green　続いて O'Neill, Roland（ママ）, Tagore, Hesse, Kafû 等。

第三部記事 Actualité-Chronique

α　毎月の文化的事件の暦、簡単な感想を含み、一種の雑誌のマニフエストを滲み出させる。β何人かによる短いエセエ。凡ゆる分野に於て。特に戦闘的な要素と actuel な要素とを必要とする。気儘な新刊紹介や映画演劇批評。多くの人に依頼して原稿を書いてもらふ。此欄に於て雑誌がインテリの智的協力を覓める意志を表明し、また雑誌の水準の高さを直接誇示する。

創刊号目次

作品　小説として風土（福永）70、七週間（中村）40、我が伊太利亜に赴くは（加藤）20、或は後二者をはぶき加藤道夫の劇。詩として我我の école〔流派、学派〕の小アントロジイ、福永・中村・加藤・窪田・枝野・福永澄子。評論としてヤスパース（加藤）30或は森有正の哲学論文を加へる。

研究　Georges Duhamel

α　Message（Katayama）

Correspondance adressée（ママ） à M.Katayama〔片山敏彦宛書簡〕

β　Bio-Bibliographie

γ　[Morceaux choisis]〔選集〕

Elégies〔悲歌、哀歌〕

Civilisation〔文明〕
Pasquier（analyse と fragments）〔『パスキエ家の記録』、筋と断片〕
Essai sur le Roman〔長篇小説についてのエッセー〕
δ Katayama 或は中村による Réalisme spirituel〔霊的リアリズム〕の研究
Katô 文明批評家として
Fukunaga Roman-Cycliste〔大河小説作家〕として
Nakano 英小説との関連に於て　〔＊上記、日本語横組みはママ。〕

記事は未定。

尚表紙は二色、図案なしの簡素なもの。目次を表紙に出す。裏表紙に英・仏文による雑誌の紹介。予定原稿紹介。裏には何も書かぬ。広告は別頁（これも横組のこと）。この他文化擁護の立場と外国文学の交流を目指す旨の manifeste〔声明、マニフェスト〕を早目につくり配る。広くインテリの協力を覓めようとする。

夜。夜になつて雨になる。先程の血沈〔赤血球沈降速度〕の結果が分り（三〇）少し悪いので憂鬱になる。時代が変つて我々が自由に活動出来る時になつて體が悪くては何うにもならない。最近は、帯広を立つてからずつと體を虐待したので心配してゐた。これからも vagabondage〔放浪生活〕が続くだらうから、ゆつくりした休養はむづかしいだらう。上田の寮などで一寸入院してロマンを書くなどといふのも悪くないなどとも考へてゐる。未来のホオムへの思慕。巴里のシャンソンを聞きながら「独身者[*47]」の修三の気持などを考へてゐる。

この夜中村が彼のロマン・シクル〔roman cycle 連作小説、大河小説〕の第四作「シオンの娘等[*48]」の前半を読む。彼のロマン技術は立派に成熟した。僕の「独身者」とロマンとしての行きかたの違ふ処がひどく興味がある。

**九月十日**

初発の汽車で追分に来、加藤のムツタアが東京へ行くのと行れ（ママ）変らうといふプランは寝坊により不成功に終る。しかも七時の汽車は三人とも満員で乗れず、八時四十四分に窓から入つてひどくくたびれながら追分に着く。加藤のムツタアも旅行を中止して四人で加藤の家に行く。午後はうそ寒い曇となる。

話によれば東京は二ヶ月分の配給が済み、今からの移動は難しいらしい。とにかく様子を見にだけは行かなければならないが、汽車の混みかたを見るとおつくうになる。月末から加藤のゐる上田奨健寮に病人として入院し、風土をしあげようといふ考へが熟してくる。医者はついてゐるし、食事は割にいいし、しかも風土をやりとげたいといふのは今の一番至急な望みなのだ。同夜加藤宅一泊。

**九月十二日　夜　松下家にて**

この日は朝早く出発しバスで軽井沢に行き草津（ママ）電鉄〔草軽電鉄〕に一時間ほど揺られて北軽井沢の片山敏彦さんを訪問した。片山さんとは実に久しぶりの対面だつた。中村と三人、話は雑誌のことを中心にロマン・ロランやデュアメル[*49]などの知識人を廻つて展開した。雑誌への片山さんの協力をお願ひし、大いにやらうといふことになる。夕方帰りには鶴だまりの駅から沓掛を経て千ヶ滝までへとへとになつて歩いて帰つた。

昨夜〔以下、十一日の動向〕中村の「七週間」[*50]を読み、また「独身者」の出来た分（十一章の途中まで）を読ませる。「七週間」は色々と不満があつてそれを説明することによつて、中村もこの作品をこのままで雑誌に出す気がなくなつてしまふ。しかし充分に直すことはとても暇がなくて出来ないといふ訣で、雑誌の作品欄が急に土台からぐらつき出した。何しろ「風土」は全然未知数なのだから困る。

しかしこれは今日山道を歩きながら、彼が「林中記」[*51]を先に出すことにしたと云つたので安心した。

「独身者」も「七週間」と同じやうに登場人物の各々の限界の曖昧さが欠点として挙げられる。二十世紀のロマンでは心理はあつても性格がないといふことが云はれてゐるから、ある程度まで青年達の性格のぼんやりさはしかたがない。しかし英二と清との精神的義兄弟（フラテルニテ）〔fraternité　友愛、同胞愛〕はやはり何かの特徴によつて別個に表現されなければならない。

**九月十三日**

今日は一日ぼんやりと松下家にゐる。午後から夜にかけて風間氏夫妻が訪れて語り合ふ。この人は渡辺さんの友人とか。雑誌について大いに尽力してくれる筈だ。霧がふつて、秋めいた寒さになつた。二月ぶりに風土に少し筆を入れる。

**九月十四日**

朝から生暖い厭な曇り日だ。二百二十日〔雑節の一つ。農家の厄日とされる〕がどこか遠くで荒れてゐるやうな。灰白色とも云へる澱んだ雲の空を低く吹きちぎれたやうな片雲が東へ行く。中村と二人でお米の配給を取りに行つたり、野菜を探しに行つたりする。この家にも滞在が長くなつて気の毒だ。明日は東京へ行つてみようと思ふ。汽車電車が混んで大変らしいのでおつくうだが。用が大したものでなければあまり行きたくない気持だ。用はチツキのこと、田中社長〔当時、日産農林社長。九月十七日の本文参照〕にとどける山下の父からの手紙、白井[*52]に会つて局のことを訊く、森井篤子女史〔風間道太郎氏の紹介〕に会つて雑誌の計画を相談すること等。今日高橋健人、通乃の二人[*53]から手紙が来て無事なことが分りほつとする。暇があればやはり会ひたいものと思ふ。「風土」二章2を書き始める。

**九月十五日**　高崎にて

午前早くから中村と追分に出て加藤と一緒になり堀さんのところで閑談する。三時半の汽車で立つ。軽井沢をすぎてから雨となり、飛沫が窓から入る位の降りとなる。六時高崎に着き東京まで行くのは大変なので、高橋の家へ行つて泊る。通乃さんとお父さんとの二人。元気にしてゐられて安心する。この家の側も焼あとが広々と続いてゐた。雨は八時頃歇(や)んだ。

**九月十六日**　日曜　快晴

午前通乃さんとの談話「真剣に文学をやりたいと思ふが何を如何に勉強すればよいか。」十二時出発。赤羽・池袋・新宿・代々木八幡を経て四時半頃白井浩司宅に着。見る限り焼野原なり。代々木の森に米兵がキャンプ生活をしてゐる。夜白井と閑談。チエスタフイルド〔煙草の銘柄〕とウイスキイ。雑誌の話は白井にも計画あり協力してやることにきまる。

**九月十七日**　朝のうち小雨

白井と二人渋谷へ歩く。道の両側全く何もなし。バラックといふよりトタンを継ぎ合せた家が処々にある。[*54]悲惨。渋谷にて吉岡さんと会ふ。二月（ふたつき）で二千五百円かかつたといふ話。地下鉄で日本橋まで、白木屋五階日産農林社長と会ひ山下の父から予（あず）かつた書簡及二〇円を渡す。ひる。日本橋より新橋を経て局まで歩く。途中眼に映るもの、米兵の群、様々の衣裳中にはニグロまでゐる。これはやはり気持が悪い。ジープやトラックが走つたり止つたりしてゐる。昼食をしてゐる米兵、それを見物してゐる日本人、情なくなる。それにしてもぶらぶらと歩き廻つてゐる人達の多いこと。道の左側はインチキな露天商人[*55]が列をなしてゐる。ぼんやり歩いて行くとあつといふまに京橋、そして銀座といふふうになる。何しろ建物が尠いので見当がつかない。外食券食堂[*56]なくモナミ〔学生時代よりしばしば利用した喫茶店〕で紅茶つきのお菜八十銭、こぶの煮たので食へない代物。局へ行く。二、三階は米国の整理で旧海外局は五階の食堂の端に移つてゐる。既に昨日白井より話は聞いてゐたが、海外放送は中止されてゐる。白井・丸山〔NHK、海外放送部での同僚〕の二人は渉外局へ他の諸君は国内局などに廻されるらしい。或は大部分くびとの話もあり僕などはまづ見込薄となる。この五階でぼんやりもらつた米国煙草をふかす。伊太利人がキヤメルをくれる。首脳部現れず、身の振りかたの頼みやうもなく、白井と四時すぎ出て市電に乗る。新橋渋谷間もまた何もない。渋谷より再び歩き大いにくたびれて帰る。夕食時白井の兄より、宿泊のことに関し面責さる。層て経験したことのないやうな場合。再び大いなる屈辱。この夜暴風雨となる〔枕崎台風の影響〕。

**九月十八日**

雨は止んでも暴風は尚すさまじい。朝白井が米屋に行くので途中まで一緒に歩き廃墟の中で別れる。笹塚の渡辺一夫さんのとこまで歩く。先生は十時半といふのに尚就眠中。十一時に本郷の家へ行く約束といふので共に出る。風はひどい。水道橋より歩く。シュルレアリスムの感想。本郷の渡辺さんの家で山田ジャック君[*57]、草野さん[*58]（後に河村君）と四人でもちよりの材料により食事。御飯をたき僕も仲間に加へてもらふ、時に三時。夕方ジャック君と共に省線に乗り僕は武蔵境の高橋の家に行く。奥さんと始めての対面。ここで東京に来て漸く最初の安息を得る。久しぶりに話がはずむ。夜は停電してゐるので月光下に碁をする。

**九月十九日**

秋晴の耀しいお天気。朝食後高橋に加勢をしてもらふことにして大宮駅に駅どめのチッキを取りに行く。武蔵境からではひどく遠い。片道約二時間、電車の中では疲労が重つたせゐか気分が悪くなつて困る。ノイロオゼ[*59]はまだ直つてゐない。チッキは未着。くさる。二人とも元気なく漸く三時頃かへる。おやつも御飯も素晴らしい。碁をやる。夜机に向つてこれを認める。明日は信州へ立つつもり。前途は次第に暗澹となる。失業者千三百万（現在で八百万）とか[*60]。その一人になりさうだ。家もなく、職業もなく、金もなく、旅の途上で一体どうすればよいのか。帯広へは帰りたくない。

澄子と夏樹とには痛切に会ひたいと思ふが山下の家へ戻つてまた屈辱の想ひを重ねるのは厭だ。絶望をまた感じ始める。この病的な誘惑。

上田のサナトリウムで自分の最後のものとして「風土」を書く。しかしそれからの予定は何もつてはゐない。文学は果して絶望を救ひ得るであらうか。澄子に会ひたい。高橋の新家庭を見るにつけても、かうしたホオムの悦びを僕たちが再び持てるのはいつのことだらうか。無理解な家庭の中にあつて、旅に放浪してゐる僕のことを澄子は思ひ悩んでゐるであらう。僕が疲れた風景の中に彼女の幻影を見るやうに。

## 九月二十日

秋晴の素晴らしいお天気。朝高橋と二人で附近を散歩する。双胴の飛行機が銀翼を耀かせて飛ぶ。六法全書[*61]のペエジで巻いた煙草をふかせ、ぼんやりとしてゐる。絶望の想ひが次第に心の中で熟して行く。三時の汽車は着くのが夜になるので十二時五十分にする。十時早いおひるのライスカレエを食べお弁当をもらつて高橋家をあとにする。この二日間のホスピタリテ〔hospitalité もてなし、歓待〕は忘れ得ない。始めての奥さんが色々と心を使つてもてなしてくれたのと高橋が例のヌウボオ〔動作や顔つきなどがつかみどころのないさま〕な態度の中に古い友情を見せてくれたのと。上野で並んで順を待つ。坐れなかつたがしかし乗れてほつとする。billet faux〔不正切符、偽造乗車券〕のための不安。思へば東京の五日間は不安の連続した悪夢だつた。あの焼けただれた街なみ、米兵の群、特にニグロ。そして白井の家でのあの厭な印象。沓掛に六時半に着く。夜は既にとつぷりと暮れて、ひとり千ヶ滝への道を歩く。蛍がところどころに光る。この暗い道は実に絶望を象徴してゐる。松下家に帰る。中村は既に枝野と共に松本の研究室に向けて出発してゐない。白井の家へ電報を打ったらしいが行違ひになつたらしい。秋吉の伯母〔秋吉利雄の妻、ヨ子(ね)〕から葉書が来てゐる。直に来るやうにと。電報も来たらしい。ここで上田のサナに行くべきか笠岡に行くべきかの二つの道が出来た。久しぶりに風呂に入る。中村はゐないが松下さんの奥さんの親切なもてなしに思はずほつとする。しかしこれからどうすればよいのか。ああ実に前途は茫洋として暗い。

○風土ノオト

芳枝[*62]の中に時間的に日本の文化的な déclin〔衰え、退潮〕の歴史がある。それを桂が見る。芳枝の中にある風土、それも日本的なものだ。

Espérer, c'est presque vivre (Gauguin à sa femme)

○次のレシの題を「虹」とする。絶望の中の幽な希望。時を戦争の最中としよう。自殺を決意してゐる女性、déserteur〔脱走者、裏切り者〕、心臓弁膜症の少年、祖父、病気の学生等。

○Edmond Jaloux: La Fête nocturne[*63] を読む。これをすすめたのは加藤だが、あまり感心しない。一種の死の勝利。L'amour est une passion formidable et extra-humaine qui doit se résoudre dans la mort[*64].

**九月二十一日**　夜　松下家にて

朝寝床の中で如何にすべきかを考へた。秋吉の端書によつて笠岡へ行くか、加藤の言ふやうに上田へ行くか。結局笠岡へ行くことにきめて起床。朝食がおくれ十時の乗車には間にあひさうにもないが兎にかく博君[*65]と共に家を出る。空は明るい秋の色に晴れ、木立を漏れる陽は爽かに涼しい。道を迷つて線路の方に出、博君に写真を撮つてもらふ。駅に行き、新任とかいふ若い駅長に会つて話をしたところその場で高崎に電話して笠岡までの二等切符をくれた。このやうに切符を買つたところで加藤と偶然に会つた。彼は上田からリュック一杯の荷物を家へ運ぶ途中で明日東京へ立つといふ。彼の意見では今旅行をして万一體が悪くなつては大変だと。笠岡へ行つてどの程度休養をとれるかも分らない。それで次第に心は上田へ行くのに傾く。切符は医師の証明書をもらつて後で役立たせればいい。二人で堀さんのとこに行く。鎌倉文庫[*66]の挨拶状などを見る。ここで上田に行くことにきめる。それから加藤の家に行き山本さん夫妻が留守番をしてゐるのと一緒になる。夕方堀さんにお別れをつげて駅に行く。堀さんにあづけておいたスウツケエスをもつて行く。途中は殆ど山本さんに持つてもらふ。これを加藤に託して先に奨健寮に持つて行つてもらふことにする。六時すぎ暗い道を歩いて帰る。空はくもり、途中で一度道に迷つたりする。この道は人生のやうに絶望を貫いてゐると思ふ。旅人の心である。

**九月二十二日**　上田奨健寮にて

今日此所に来た。松下さんの処にも長らくお世話になつた。かうした不自由な時代で、親切にしてくれた人達の心は忘れがたい。人は結局善であることを僕達は信じなければならないだらう。

汽車はこの頃次第に空いて来た。それでも何か慌しい気持の中に上田へ来た。小雨が降つてゐる。加藤は今朝東京へ立つて小須田君が案内してくれる。岩崎さんが診てくれる。明日の朝レントゲンを撮るとか。赤松院長が高等下宿ですか、と云つた。この笑ひに皮肉を受取るべきか否か。加藤の部屋で休息し雨の止むのを待つ。

夕刻松本にゐる中村から電話。電報で心配したらしい。

夜。八畳の部屋の中央に床を取つて寝ながら書く。今日はクランケ〔Kranke（独）患者、病人〕といふよりお客さん並に扱はれて、小須田君二人の台湾人の学生及び岩崎さんと共にお茶を飲んだり一緒に食事をしたりした。夕食後部屋に婦長さんにより案内される。帯広のサナ[*67]とは比較にならぬほど叮嚀にしてくれる。これも医者を識つてゐて得なことの一つなのだらう。早速熱をはかるが六度一分、結局大したことはないのだらう。またその筈だ。時間を有効に使ひ、體の恢復と仕事とをともに成功せしめねばならない。病室の印象は悪くない。ただ西日がひどく射すさうだが。廊下をへだてて前の空室も僕の自由になるらしい。机や椅子なども運んでもらへるらしい。このチャンスを活用しなければならない。

あちこちに手紙を出さなければならない。澄子には昨夜書いて今日追分の駅で出したが、僕の病院入を気を廻して心配してゐるのではないだらうか。もう遠く離れてしまつたし、たとひ彼女が見舞に来たく思つても夏樹を連れてではどうにもならないだらう。何よりも僕が少しも病気らしくなくて、ただ休養といふか大事を取るといふか、さういふ意味で入院したことをよく分らせなければならない。僕が笠岡か上田かといふ二路のうち上田を選んだ時最も気にかかつたのは澄子に与へる影響だつた。彼女は僕の病気をいはば盲目的に惧れてゐるから。

しかし、病気のことを離れても、旅に出てかうして病院に入つたといふことは気の重くなることだ。これからの上田は気候も素晴らしく食糧事情もここは随分いいのだが、しかしこれはやはり高等下宿ではあるまい。この心細い気持で僕はこれから「風土」と、或は僕の文学的才能と、ぎりぎりに向ひ合はなければならない。僕が両手の中にかかえてその重みをはかつてゐる「絶望」と、その中に敗れ去つた祖国と、何ものも生じなかつた文化と、そしてモラリテ〔moralité　道徳心、品行〕を認め得ない民族とを含むこの「絶望」と、僕の心象で一つの文学作品として熟れて行く「絶望」とは如何に結ばれ合ふであらうか。しかも旅に病んで、家もなく、職も亦喪れんとし、しかも百円に足りぬ金をしか現に持つてゐない僕の暗い心もちが、この絶望を描かんとする僕の小説への熱情によつて、果して少しでも明るく恢復して行くであらうか。僕は昨日澄子に、「風土は僕の最後の賭だ」と書いた。

**九月二十三日**

昨夜蚤に悩まされたせゐか今日は頗る睡い。九時半に柳沢病院[*68]にレントゲン撮影に行く。安静時間中は大抵眠る。午後ひどく雨がふつてしぶきが枕許にまで入つて来た。夕方歇むと、低い山なみの谷間に雲がたゆたつてゐるのが見える。

ここは帯広のサナと較べると遙かに安静の時間が長い。(八―九時半、十一時―十一時五〇、十三―十四時半、十五時半―十七時、二十時―二十一時)しかし患者はあまり励行してはゐないやうだ。検脈六時・十一時・四時。

今日は寝不足のせゐか頭がいたい。時間からいふと昨夜は八時から寝てゐて充分すぎる程充分なのだが、この頃の疲れが一時に出たのだらう。

風土の原稿をめくつてみる。しかしいつかうに気が乗らない。澄子のことを屢々思ふ。帯広でサナに入つた当座も、何にも気が乗らなくてぼんやり町の方の曇つた空を見てゐた。[*69]しかしあの頃は一里の道を歩けば澄子に会ふことも出来た。今は遠い。それは不可能に幾い程遠いのだ。

夕食後雨が歇んだ後の湿気の多い空気の中を一寸散歩に出る。直にたんぼ道になり冷たい風が身にしみる。一本の煙草のうまさを味ふ。山山に雲がかかり北面の山は無気味なほど静かに重苦しく暮れて行く。空は混ぜそこなつた絵具のやうな汚い灰色でその間に濃い紅が糸のやうに流れてゐる。帰つて澄子に端書を書く。

**九月二十四日**　月曜

朝の体重検査五三・六ｋ。帯広時代を思ふと嘘のやうに減つてゐる。岩崎さんの回診。空は曇つたままに次第に晴れて来る。今日も昼寝ばかりしてゐる。漸く第二章2[*70]を書きあげる。午後になり眠つてゐる枕許に強く陽が射して来た。婦長さんが机と寝椅子とを持つて来てくれた。

夕食後また散歩に出る。一本の煙草の誘惑が一日中心の中を占めてゐる。空は昨日より透明な部分が多いとはいへ、やはり暗い灰色の雲で覆はれてゐる。僕は煙草をふかしながら西に向つて畦道を進んで行つた。稲が首を垂れてゐる上を、冷たい風が静かに流れて行く。赤い残輝が西の山の頂きを染める。遠くを汽車の走る音。すだく虫の音。そして北面の山々（それは切り立つたやうにそそり立つてゐる）は暗く陰森として夜の中に融け込んで行く。僕はしづかに、時間のやさしい追憶に耽りながら、歩く。僕にとつて山は如何に孤独のこころよい表現だらうか。

孤独その言葉を僕はしみじみと理解する。孤独は絶望ではない。絶望は一の嵐であり、孤独は精神の情緒、その頽廃の持続である。[*71]僕を絶望からもちこたへてゐるもの、それはこの貴重な孤独に他ならない。

○僕が現在頭脳の中で計画してゐる僕の文学的活動は凡そ次のやうなものだらう。果してその中でどれだけが可能であらうか。これはただ僕の空しい夢にすぎないのであらうか。

ROMAN[72]〔長篇小説〕：

「独身者」第一部（続稿）

RÉCIT[73]〔物語〕：

「風土」
「虹[74]」

この二つは、云はばロマンの小さな二つのモデールとなるだらう。文体も構成も両極端に違ふ。季節も一は夏であり一は冬である。どちらにも死の雰囲気があり絶望の分析がある。「風土」に於て絶望は救ひがたいだらう。従つて暗い雰囲気の中に尚も希望を見出さうとする「虹」はまだ仲々僕の手には負へないだらう。

★「虹」は「夜行者」と変へよう[75]

SOUVENIR〔思い出、回想〕：

「莫愁記[76]」

POÈME〔詩〕：

「死と轉生[77]」六行長連
「未来の街[78]」四行長連
「誕生と新生とのためのソネット集[79]」

NOUVELLES〔中・短篇小説〕：

「夢の物語」のうち
「塔[80]」
「世界童話[81]」

TRADUCTION FRANCAISE（ママ）〔フランス語訳〕：

「夜」並びにソネット[82]

TRADUCTION JAPONAISE〔日本語訳〕：

-Igitur (Mallarmé)[*83]
-Les Chants de Maldoror (Lautréamont)[*85]
-Baudelaire (Suarès)[*87]

-Enfantines (V. Larbaud)[*84]
-Fermina Marquez (〃)[*86]
-Le Chronique de（ママ） Pasquier (Duhamel)[*90]
-Chansons de Bilitis (Louÿs)[*91]
-L'Autre Sommeil (Green)[*92]

ESSAI[*88]〔エッセー〕：

「仏蘭西現代文学作家論」
「詩人の世界」[*89]

**九月二十五日**　朝

明るい秋の日射の中に六時起床。何か希望そのもののやうに晴れた空、雲とも霧ともつかぬやうなものが北面の山の谷あひにうす紫に染りながら漂つてゐる。今朝はひどく寒い。吐く息が白く朝日に光る。東の部屋に寝椅子を持ち出し、クロオデル[93]を読む。

今日は仕事がはかどり午後までに二章3を書きあげる。

中村から（松本）電話があり二十八日の夜枝野と共に上田を訪れるさうだ。彼の話によれば渡辺さんが何だかひどく感情を害してゐて、それで中村の方も少し憤慨してゐるらしい。

夕食後また散歩に出る。今日は北面する山の麓に小さなお宮がある処まで行つた。此所からは上田の街がそれを囲む山山と共に、一面に夕靄に沈んで行くのが見える。南と西の山山はうすい紫に、そして北の山山は黒味を帯びた緑に暮れ初めて行く。そこには何か神々の黄昏といつたやうなものがある。僕が帯広の風土で最も我慢出来なかつたのは、山がないといふことだつた。成程日高山脈が遠くに見える。しかしそれはあまりに遠くあまりに幽で、眼に入るのはあのだだつ広いしまりのない平原ばかりだつた。僕にとつて山は孤独をつくるものだ。そして孤独なしに真の生を生きることは出来ない。孤独に関してシュアレスのいい言葉を読んだ。

《La solitude est la mesure de la force. Jamais le faible ne se fait à être seul. Il leur faut toujours vivre à trois ou quatre, ou dix ou trente.

《La plus profonde solitude est de l'homme tête à tête avec sa femme: car non seulement il est seul, il lui faut à chaque instant conquérir sa solitude.》(Suarès: Valeurs,VI. Force, XXIII(ママ), P. 184)*94

そして僕は澄子のことを考へる。彼女の孤独のことを。

**九月二十六日**

今日は全くの快晴になつた。その代り寒い。借物の蒲団では朝まで足があたたまらなかつた。天には一点の雲もなく青の神秘的な深みを示してゐる。少しづつ時間を置いてズドンと鉄砲の音がする。これは雀を追ふのだとか。それに子供がミシラブル〔misérable　貧弱な、情けない〕の声を立ててやはり雀を追つてゐる。最初はそれが何だか分らなかつたがこの単調な呼び声が耳の底にこびりついてしまつた。

昨日仕事をしすぎたせゐか午前中つひうとうとと寝てしまふ。堀さんの「曠野」を殆ど読み了る。何とか澄子のとこへ送つてやれたらと思ふ。熱は相変らず六度を上下する位で、何だか健康すぎて少し気まりが悪い位だ。血沈をもう一度みてもらはう。レントゲンの結果も聞かなければならない。食事が段々に不足になつて来た。

午後は仕事。その合間に「法皇庁の抜穴[*95]」を少し読み直す。かういふ遊びが何時になつたら僕に与へられるだらうか。僕にとつて、今、文学は辛い苦難の道以外には考へられない。

今日二章を全部書き終へる。しかしここまでは今迄にも書いたことのある部分なのだ。問題は三章以後にある。僕は自分の génie〔天分〕を信じるのだが……。

**九月二十七日**[*96]

陰鬱な曇り日。うそ寒い。血沈は昨日はかつたのが十六と分る。この前のは少々ひどすぎたが、十六といふのもあまり好ましい成績ではない。午前中うたた寝。午後苦吟。

夜になつて豪雨、一夜中降り続ける。寝つかれず且しばしば目覚む。過去を思ひまた未来を思ふ。

**九月二十八日**　結婚一週[ママ]年[*97]。

朝雨は晴れ次第に明るい秋晴の天気となる。十時頃より三章2を書き始めいつかうに進まない。

一時半頃、中村と枝野の二人が松本からの帰りに寄る。加藤は何時帰つて来るか分らず、ひよつとして広島に行く[*98]ことになると大ぶ長いのではないかと思はれる。中村・枝野の二人は、松本で仏文関係の本の荷づくりをして来たとか。渡辺さんとの間は相当面倒くさくなつてゐるらしいが僕はそれを渡辺さんのノイロオゼのせゐにした。雑誌の計画、小説のことなど、政治のことなど[*99]、色々と語る材料は多い。特輯の外国作家研究は年に三、四回位にし（選集も多様に評論も多く）他の月は少し長いモルソオ〔morceau　抜粋〕に誰か一人の特種[ママ]研究の論文をつけることにして逃げたいと思ふ。かうすればどんな作家でもある面に於て捕へ得るし、また相当量の翻訳も載せることが可能になる。二人は結局泊ることにし、僕が婦長にかけあつて承諾を得る。二人の持つて来た林檎、それに婦長もくれて久しぶりにゴオジヤスだ。食事を共にし加藤の空室で八時まで駄弁り帰つて来る。原稿は毎日十枚の予定が今日はまだ四枚だがこれはいたしかたあるまい。久しぶりに友人と語つたあとの快い興奮。

一年前の今日、僕たちが僕は上田に澄子と赤ん坊とは帯広に別れ別れに紀念日を迎へることを、誰が想像しただらうか。そこに無量の感慨がある。

**九月二十九日**[*100] 快晴

枝野・中村の二人は十時頃帰つた。枝野はまた来月三日頃松本に行き五日か六日かに寄ると云つた。それまでに出来た分の「風土」を彼に読ませようかと思ふ。煙草を何とかしてもらふやうに頼む。それからウルフの「波」〔The Waves (1931)〕を送つてもらふこと。

昨日四枚しか書かなかつた三章2を書き続ける。今日は陽が強く射してあつい。終日頑張り夜になつて2を書き了る。この節は少し余分なことに筆がすべつて（海は絶望だといふこと）[*101]随分長くなる。今日書いた分量だけで十三枚。相当にへばつてゐる。澄子に手紙を書いてやりたいけど、もうその気力がない。

午後回診。初めての若い医師。この人が来たとかいふので岩崎さんは一週間ばかり郷里へ帰つた。あまりつめて仕事をなさらないやうに、と云はれた。僕が仕事をしてゐることがこんな人にまで分つてゐると見える。

夕食後散歩。僕がしみじみと澄子を想ふのはこの時だ。大いなる黄昏。彼女からまだ一の便りがないのがさびしい。苦しいことが起つてゐなければよいがと思ふ。煙草は今日のんであと二本しかない。これと食事の足りないのとが、まあ一番つらいところだ。どつちも贅沢な言分だと思ふのだが。

**九月三十日**

終日苦吟。三章3を書く。十一枚。既に百枚を超えた。あつちこつち端書を出さなければならないところがあるのだが、昼の間はロマンが気になつて駄目、夜は書き終るのが八時頃だからへばつて駄目といふ訣で、次第に日がのびてくる。明日ぐらゐに一息に書きたいとも思ふ。「風土」は視野がひらけ、完成はただ時間の問題だと思はれる。[*102]一番むづかしいのは五章だらうが、三章の2と3とを書いて大体目安がついて来た。

**十月一日**

日の計算を間違つて今日は三十一日だと思つてゐたものだから一日損をした気持が抜けない。三章4の久邇のモノロオグ〔monologue　独白、ひとり言〕六枚を昼のうちに書きあげる。これで三章百十一枚を終つた。よく計算してみると一枚に大体六百字はあるから、全体を二百八十枚の予定にすると四百枚位になる。最初はここで全部を書きあげるつもりでゐたが、食事が足りないのと(量はたしかに帯広のサナより多いのだが、ひどく足りない。かうした気持は藤沢の下宿[*103]以来だ)それに秋吉の方どうなるか分らないので、やはり今月の十五日位でここを引上げようと思ふ。それまでに六章までどうしても書いてしまひたい。[*104]

引上げる時にまた追分まで行つて、松下さんのとこに一泊してから行かうかと思つてゐる。

今日は早く仕事が済んだので、澄子に手紙を書く。それから気になつてゐた白井・森・高橋などにも。どこからか煙草でも送つてこないかと、そんな虫のいいことを考へてゐる。

夕食後また、いつものお社に行つて最後の一本の光〔煙草の銘柄〕をのむ。曽(ママ)てこれほどうまい煙草をのんだことはないだらう。山からおりて来た人が火を借りたので、暫く一緒に話をする。北面の一番高い山は太郎山といふので、上の神社まで一里ださうだ。そこに行くと上田市中は勿論諏訪松本の山山まで見えるといふ。一寸行つてみたいやうな気もする。

山口といふ部落に行くとデリシャスが一貫〔三・七五kg〕七、八円から十円で二十五位あるさうだ。こんなことを聞かされても買ひ出しには行けさうにもない。

澄子から早く手紙が来ないかと思ふ。九月中の消息は遂に今までのところなかつた。

尚、小須田君が帰つて来て今日診察があつた。右の肺が全然きれいだから今のうち気胸をやつたらどんなものだらうといふのだが、ここで始めたなら中旬に引上げる訣にも行くまいと思はれる。

**十月二日**

午前に澄子から英文の端書、[*105] 秋吉の伯母さんから手紙。

澄子の方異常ないらしい。夏樹がよく笑ふとのこと。

秋吉の方からは早く来るやうにとの誘ひだ。丁度乾パンも切れ（あと僅かあるのは旅行用に残しておきたい）煙草もなくなつたところなので、この誘ひはこたへた。どうせここで「風土」が出来上るまで頑張る訣にも行くまいから中旬の予定を少し切りあげて十日位に退院してしまはうと決心した。順調に行けば九日位で四章五章と出来る筈なのだが、これはどうかしら。今日あたり難航を重ねた。四章1はゴオギヤンの絵の描写[*106]なのだが、これであまりに苦吟して四枚漸く書いたら六度八分まで上つた。今のところ漸く六枚目だがこの分ではうまく捗りさうにもない。僕自身どうも気の散りやすいといふのは悪癖だが、腹のへるのも深刻なものだ。

夕方父からも手紙が来た。秋吉のは先に家に来いといふのだがこの方はこの方で詳しい地図がついてゐて、あとにするといふ訣には行きさうにもない。それで秋吉と父と両方に十二、三日ごろこつちを立つて、まづ父の方に行くからといふ返事を出した。

これで安心して書けるだけ頑張つて書きたいものだ。疲れると加藤に借りたアララギ赤彦記念号[*107]ばかり読んでゐる。心理の世界に頭のいたくなる程伏線を張つたり影響を考へたりして首をつつこんでゐると、赤彦のやうな叙景歌が心の中に沁みてくる。

**十月三日**

朝体重測定五二・一k。この一週間で一・五kも減つた。しかもこれは着物を着ての計算である。帯広の療養所に入つた時には五六kもあつたものを。

午前中に四章1を書き終へる。今日はひどくむし暑く、南から突風が吹く。ひるすぎ長椅子に寝て、2及び3のプランを練る。そしてぼんやりと澄子のことや未来のことを考へてゐる。しかしかうしたモノロオグがいつしか過去に嚮ふと、イメエジとして現れるのは山下の家での屈辱的なこと[*108]ばかりとは、何うしたことか。僕の心の中に終生消えがたい苦しみを残してゐるやうだ。僕は今でも激怒が脣の上に昇つてくるのを感じる。ああいふ家に澄子を残して来たことが、僕に自分の行為をエゴイストとして反省せしめる。ああどこでもいい、どこかに澄子らと三人して住みたいものだ。どこにしても山下の家よりはましだらう。あの虚偽と物慾と因循との家！

午後はすごく蒸し暑く、夕食後もあまり暑いので寝椅子に凭れてぼんやり表を見てゐた。ぱらぱらと春雨のやうな雨が降つて来てゐる。煙草のない苦痛を痛切に感じてぼんやりしてゐる。するとそこへ、いつぞやひよつとしたら十月から配給がとれるかもしれないからといつて名前を聞いて行つた患者の一人が、十日分だといつて、刻み〔刻み煙草〕を一つ持つて来てくれた。この嬉しかつたこと。早速、綾田さんといふ隣の患者さんの見てゐる前ですぱすぱとやつてのけた。実にうれしかつた。文学とか戦後とかの話をする。

夜になつて仕事がはかどり結局十枚は書いた。2の半ば。モオリアク[*109]の癩者への接吻の訳〔辻野久憲訳、作品社刊〕を読む。むかしよく分らなかつたもの。今は分りすぎて、一応の感心をしか呈されぬ。

## 十月四日

夜半から猛烈な豪雨になり朝から降りみ降らずみとなつたが夕刻からまたひどく降る。午後は頗る寒くメリヤスのシャツを着こみ靴下をはく。煙草があるので仕事の調子はいいが、空腹なことは相当以上だ。一寸これではたまらないと思ふ。結局寒いのと腹がへるのとで毛布にくるまつてぢつと本を読む時間が長くなる。それでも仕事は2を終り3の半ば、今日は十枚。

モオリヤツクの「母」Génitrix〔1923〕を読む。これは前のよりよほどよかつた。こんなあまり名のしれてゐないのがかう素敵なのでは、読んでゐないLe Nœud de Vipères『蝮のからみ合い』〔1932〕

とかDésert de l'amour〔『愛の砂漠』(1925)〕とかを是非とも読まなければならないだらう。巻頭でエロイン〔héroïne ヒロイン〕(といふ訣でもないが妻の)マチルドが死んで、残された五十歳の男フエルナンとその母のフエリシテとの息づまるやうな心理をたゆまず描く。このランド地方の風光のとり入れ方、家の側を通る列車のひびきの扱ひ、すべて堂に入つてゐる。バルザツク的といふのだらうが描写が内面に及んだ時の作者の光のあてかたのうまさはどうだ。「風土」が出来たら、僕も「虹」でかうしたドラマをやつてみたい。

**十月五日**

一日中雨、それも野分の風を伴つて終日降りやまない。夜になつて颱風模様[*110]になる。一日中あまり気が進まないで、ぶらぶらしてゐる方が多い。雨が降るといふのも、それだけで退屈なものだ。併し仕事は午後するだけした。八枚書いて3を終る。これで四章が済んだ。[*111]丁度全体の半分、百四十三枚。[*112]さあこれで五章さへ出来たら、上田の滞在も大収穫なのだが、その「過去」の章[*113]がどういふものか。ここは三稿の時の舞踏会の章[*114]のやうにして、純客観的に三人の青年と二人の少女とを出さうと思ふのだが、かうした短篇小説的な行きかたは一寸手にあまるのだらうか。二十枚位で五人の人物を綺麗に書きあげてみたいのだが。

**十月六日**

この日は五章の計画を立てることで午前中ぼんやりしてゐると、九時半頃約束通り中村がやつて来た。彼が松下さんあての澄子の英文葉書と手紙とそして電報とを持つて来てくれた。このことはあとで書く。

中村とは久しぶりに色んなお喋りをした。文学のことや政治のことや。かういふ時間にだけは、僕たちは現実の苦しさを逃れて、純粋に文学と向ひあひ自己を抽象化することが出来る。もつとも僕の心には、澄子の電報が暗い翳を投げてはゐたけれど。お昼は中村が林檎の蒸パンを持つて来てくれたので有能だつた。[*115]僕等は愉しい時間を過した。枝野が今日松本から帰る筈で二人で待つてゐたが彼は遂に現れなかつた。内閣のつぶれたこと[*116]は中村から聞いた。段々に政治の面でもよりよくならうとしてゐる。天皇制に関する過激な議論なども交した。

結局四時すぎて二人で上田へ歩いた。四時に計ると熱が意外にも七・四あつた。それを僕はだべつたことや、日当にゐたことや、澄子のことで気を使つたことなどのせゐにした。しかしこれは気の重くなる事実だつた。歩くことは、併し、格別疲れなかつた。上田の外食券食堂で二人で飯を食ひ、僕は歩いて帰つた。澄子の電報は（松下家へ来たもの）一〇ツキイル」デキレバイソギカヘラレタシ」と云ふのだが前半が意味不明で結局分らなかつた。月一〇〇要るとの間違ひかとも思つたが、しかしその位のことなら急いで帰ることもないと思はれる。葉書の方で夏樹が病気といふことがあるので或はそのせゐかもしれず不安でゐた。午後また電報がきて、それによるとイソギカヘルニオヨバヌ」と云ふのでひとまづ安心した。しかしどつちにしても帰ることを望んでゐる様子なのだ。イサイフミ」とあるが、僕は手紙の来るのを待たずに岡山に出発するつもりでゐる。僕が一番心配してゐるのは、澄子が山下一家と決定的に不和になつたのではないかといふことだ。それは早晩予想されることだから。その時に僕らはどうすればよいか。金の問題があり住居の問題がある。何よりも父に会つて前者を相談し、秋吉で後者を相談しなければ、いま直ちに僕が帯広に行つたところで去就に迷ふだけなのだ。それで岡山行を更に急ぐことにした。「風土」は四章まで出来てゐるのだからまづ一応これで好いとする。もし至急帰る必要があれば、秋吉のとこ[*117]から立つ方が、此所より立つに較べてはるかに万事都合が好い。喧嘩をしたといふやうなことではないと思ふのだが、もしその場合僕たちはどこで冬を越すべきか。秋吉の九品仏宅も親子三人で行くのは困るだらう。東京では生活費の点でとても駄目だと思ふ。父のところは勿論駄目だし、中村が静岡の田舎に家を探してくれる[*118]といふのが一番脈がありさうな位だ。とにかくそこまで事が行つてしまへばもう大変なのだ。その位は澄子も分つてゐると思ふからまさか理由が喧嘩といふのではあるまい。夏樹の病気といふのも困るので、僕が行つても何にもならないとしても行かない訣には行かない。結局澄子が少しヒステリを起した位のところだと好いと、そんなことを曇つた頭で考へてゐる。

　英文の葉書は、山下の父に手紙を出して今迄の礼を述べてくれといふのだ。僕は前に出したもの位で好いと思つてゐた。あれだけ面と向つて色々礼を尽して来たのだから、この上また書かなくても好い気でゐたが、それがやはり非常識といふことになるのだらう。この夜三枚つづきで礼状と僕の去就について書いた。

　澄子の手紙は、これは長いモノロオグのやうなものだが、これからの生活の設計を立ててくれといふのだ。僕が帯広を去つたのが僕のエゴイズムであるかのやうに責めて来てゐる。そして僕の最初に出した葉書が、ただ僕個人のことのみを問題にしてゐると云つて。彼女は再来年から大学に入つて勉強したいといふやうな夢を書いて来てゐる。要するに夏樹を得て僕を失ふのでは厭だといふのだ。それは当然のことだ。併し彼女はどうして、僕が彼女のことを忘れて、ひとり自分の好きなことをしようとしてゐると考へるのだらう。僕が帯広に彼女たちと一緒にゐてそれで何とかなると思つてゐるのだらうか。僕としては今せい一杯僕自身の設計をしなければならぬ。何故ならそれが結局彼女と子供との設計にもなるのだから。勿論彼女が大学に入つて勉強したいといふのは僕の大いに賛成するところだ。そのため僕自身が犠牲を生じても構はないとまで思ふ。しかし今それを論じてもただ夢を見てゐるのと同じなのではないか。なるほど彼女の気の休まるやうな美しい設計を書き送れば好いのかもしれない。併し現実の根拠のない議論が今何になるだらうか。現実とは僕がショムール〔chômeur 失業者〕になりさうだといふこと、住居がないといふこと、金がないといふことだ。この辺のことが先決問題なのだ。今、僕自身が、かうした絶望的な條件の中で一筋にロマンを書いてゐるのが、果して僕のエゴイスムなのであらうか。僕は決して澄子や夏樹のことを怠か(ママ)にしてゐる訣ではない。しかし今、僕に何が出来るだらうか。それを考へると暗然とならざるを得ない。男は好いといふ、男はどこへでも飛び出せて羨しいといふ。女は赤坊の世話をして男から取残されるだけだといふ。しかしそれならば僕は何をすれば満足だといふのだらう。僕は厭だから飛び出しただけではない。僕自身の肩にかかつた責任を重く感じればこそ何とか希望を見つけたいと思つたのだ。それは三人の希望なのだ。僕は文学をやりたい。しかし現実はまだそれを許してゐない。僕は漸くにして小さな希望をこの「風土」にかけながら、絶望の中に喘いでゐるのに。澄子はまた彼女自身のより大きな希望によつて僕の心を圧倒しようとするのだらうか。彼女のいらいらした気持、取残されたやうな不安は僕にも分る。けれどもこの僕も不安に苛まれながら、遠く彼女と夏樹とを思つてゐることを、どうして彼女は分つてくれないのだらうか。

山下の父へ手紙を書いた後で、急いで(消燈時間まで間がなかつたので)仏蘭西語で走り書に用件のみを澄子に書いた。いづれあとから具体的な手紙を出すつもりで。

## 十月七日　日曜

この日やはり九時半ごろ枝野が松本から来た。汽車が水害のため不通になつて一日延びたとか。ヒカリを持つて来てくれたので久しぶりに両切〔両切り煙草〕にありついた。枝野が松本へやつて来た辰野〔隆〕・今井〔登志喜〕両先生の悪口をいふのを愉快に聞く。かうしたプロフエサア諸氏は全くやりきれない。それから枝野はとたんに僕の「風土」を読み始めた。僕は彼の持つて来た研究室の本を拾ひ読みしたり、読みかけのJean Davray: Fraicheur*119（これは真中へんから俄然面白くなつた）をだいぶ読んだり、また洗濯をしたりした。途中で昼めしを挟んで結局二時までかかつた。彼の読後感はお世辞でなしにこのロマンのよさを認めてくれた。非常に気が強くなる。好いのが当然だといふ自信の中にはやつぱり多少の不安があるものと見える。そのあと二時五十分位の汽車に乗るつもりで上田へ歩いて行くと見事に出たあとで、町の中をぶらぶらする。小さな町で少し歩けば町はづれになつてしまふ。段々に足が棒のやうになつて歩く。四時半に外食券食堂に入り、それから飯を食ひ僕は電車に乗つて帰つた。體の調子はどうなのか、あまりよくもなささうで少し不安だが、これは今までつめて仕事をしたせゐかもしれない。明日切符のことをうまくやつて明後日中村のとこに行き、それから岡山に立つ。もし澄子から電報が来なければ暫く笠岡でゆつくりしたい。そしてロマンをもう少し書いて十一月初旬に上京。それからまた追分に蒲団を取りに来て、それがすんでから帯広に行くつもりだ。もらへるだけ父から金をもらはねばならないから岡山行も一寸気の重くなるやうな感じだ。

昨日中村から聞いたのだが風間さんのとこはあれだけつめてやつて月二千円かかるさうだ。千ヶ滝は場所が悪いせゐもあるが三千円を越すといふ。物資は東京の方があるらしいが、枝野の説によると東京でちやんと食ふには一人月当り千円ださうだ。今日白井から来た手紙によると月五百円だといふ。米一升七十円ださうだ。かうした高さで帯広なんかは天国といふべきだらう。僕らにはとても東京で暮すことは出来ない。これだけなければ結局栄養不良になる他はないのでは赤ん坊にのますお乳なんかはとたんに出なくなつてしまふだらう。

信州でバタ一ポンド百五〇円、ジヤガイモ一貫十五円、カボチヤ一個十円、油一升八十円、タバコヒカリ二十円、キンシ十五円、砂糖一貫千円（八百円に下つたとのこと）、米一俵千五百―二千円（三千円の説あり）、林檎一貫松本で三十円。

## 十月八日

朝はまた雨であけた。午前中ふり続く。ぼんやりと本を読んで英気を養ふ。昼すぎ漸く晴れたので切符のことで駅に嚮ふ。ところが今日は悪いことばかりだつた。まづ駅長室に入つて古い笠岡行の切符を病院の証明書で何とかしてもらはうとしたが駄目だつた。期限の切れないうちに早いとこ書替へておかなければ駄目ださうだ。諦めて追分までの切符を買ふ。

雨は小降りにふつてゐる。次に澄子のとこへ予定を早めて岡山へ行く旨を電報しに行つたところこれまた見事に駄目で、青森以遠は受附けないとのことだ。向ふからは来るのだから不思議な話だ。その次に散髪屋に行つたらこれまた見事に満員で断られた。かう色々と続くと厭になる。尚電報が駄目ときいて速達を出さうと思ひ葉書を注文したらこれもなかつた。

小雨の中を歩いて帰る。途中で上田城趾に寄つたがこれも堀のあとがある位で貧弱だつた。小諸に劣ること数段。

夕方から支度をする。澄子へ速達を書く。出すのは明日になるがやむを得まい。夜、婦長さんとお喋りをする。親切な人だ。どんな小説かと聞かれて困つた。加藤の便りで彼はアメリカの飛行機で広島に行つたとか。[*120]

明日からまた旅行だ。お天気になれば好いと思ふ。

**十月九日**　朝九時半

夜中からまた猛烈な雨となる。前回にも劣らない程の。屢々醒めてしきりに未来を思ふ。

朝来雨は降りしきつて小降になるといふことがない。しかしもうお握りももらつたし五日分といふお米ももらつた。移動証明が来さへしたら（市役所へそのため誰かがこの雨の中を行つたらしい）もう何時でも出発出来る。荷物はズツクカバンとスウツケエスの二つにしたが、お米なぞが加はつたものだから意外に重い。せめて小降にでもなれば好いがと思ふ。

**十月十日**　朝　千ヶ滝松下家にて

昨日はお昼にお握りをつくつて待つてゐたがそのうち雨が小止やみ（ママ）になつたので一時半頃小須田さんに荷物二つを駅まで自転車で持つて行つてもらつた。彼は申告に行く用があつたので。二時ごろ二時四十分のに乗るつもりで加藤の赤い日傘を差して電車を待つた。ここで汽車の時間が二時八分だと分りその後五時半で乗りそこなつたら大変になる。雨はまたどしやぶりになる。電車の待合室で開いた松たけを百匁四円で一貫持つてゐる男に会ひ、ほしかつたけれど荷になるのでやめた。

汽車はおくれて三時近くになつた。雨のため上田の二つ先の駅[*121]で線路が決壊して汽車は折かへし運転をしてゐる。前に代らぬ猛烈な混み方だつた。漸く二等車の窓をあけてもらつて入る。追分の郵便局で局長にたのんで荷物を二つとも予ける。お米と寝衣とだけを持つ。ここでは電報が打てるので澄子に打つ。五時近く次第にうす暗くなつて来る中を歩き出す。濃い霧がかかつて、日傘に雨がしとしとする。道にはところどころ水が溢れてゐて、あけびの皮などがおちてゐる。趣きはあるが疲れもしてゐる。松下家に辿りついた時は心からほつとする。肉を食ひ御飯を沢山たべる。久しぶりにゆつくりしたアト・ホオムな気持になる。

今朝は霧で嵐の前の静けさといふ感じ。昨夜の天気予報によれば、今夜颱風が通るとのこと、気味の悪い空模様だ。今日は駅に申告に行き、風間さんのとこへ雑誌のことで相談に行く予定。

昨日雨でとぢこめられてゐる間に沢木四方吉[*122]の西洋美術史と例の Fraîcheur の残りとを読む。このロマンは後半が非常によい。実に暗くて陰惨だが最後の頁に鍵がかくされてゐるところなぞ実にうまく出来てゐる。鍵は——

Il (Bernard) savait aussi que Germaine ne l'avait pas trahi, mais qu'ils s'étaient trompés tous les deux, quand il croyait que l'amour les poussait l'un vers l'autre, alors que c'était la ressemblance de leurs destinées. Ils appartenaient au même troupeau, ils avaient un même langage; c'est pourquoi ils s'étaient reconnus, comme un soir sur un pont Henri Loiseleur et Gilbert s'étaient reconnus eux aussi.[*123]

家を出るのが次第におそくなつて十時に中村を後に残して追分の駅に嚮ふ。霧で傘が要る程ではない。今夜颱風が来るといふ警報が出てゐる。駅では時間はおくれたが申告はうまく行つて明日来ればば切符が買へることになる。それから風間さんのとこに行く。中村が追ひつき枝野が後から来る。一昨々日風間さんから電話が奨健寮にあつて、風間ペエル〔père 父親〕が雑誌のことで好い情報を手に入れたので今日是非来てくれとの約束だつた。川中島の犀河の鉄橋が流れかかつて汽車不通のため風間氏は駄目かと思つてゐたら、彼は昨日の昼、上田へ来てゐたので無事に帰つて来てゐた。ペエルとは別に風間氏自身もその昨日の上田行で一つの大きな収穫があつた。即ち羽田書店主（代議士[*124]）が信濃で農民のための新聞を出すための相談だつたさうだが、そこで風間氏が雑誌のことを話したらひどく乗気になつたといふのだ。羽田書店はまた出版を本格的にやるつもりで、事務所は神保町角の岩波の隣に買ひ、事務員も二十名位やとつたとか。この店は岩波の息がかかつてゐて今迄の出版方針も悪くないし、店主が文学には素人で政治的野心のある人（朝日に九年間ゐた経歴）で存外フランクに仕事をやらせてくれるかもしれない。この他上田の紙屋と交渉して、そこから紙を出してもらふこともうまく行きさうでもし羽田が駄目なら上田で印刷して東京で売るといふ段取になる。この二の手があるところが好い。次にペエルの方の話は親友の谷村氏といふのがお金をまうけてそれを文化的な事業に注ぎたいといふので、この人自身が政治的野心があるから雑誌の性格にどの位干渉するのかよく分らないが、全然の素人であるだけこれも話如何ではうまく金を出してくれるかもしれない。ペエルは古い第一回に当選したといふやうな代議士でもう直に東京に出るらしいから、うまく話をつないでゐてもらふことにした。僕等の雑誌が純文学だといふのが一寸ペエルの予想外だつたらしいが詳しく内容を説明したところ悪い印象は受けなかつたと思ふ。とにかく十一月早々中村と僕とが風間さんと共に羽田さんを訪問するといふことにきめた。これで雑誌のことは今迄に比を見ないほど進展した。

帰りには雨とも霧ともいへるやうなものが真正面から顔に吹きつけて来る。その中を雑誌のことなどを情熱をもつて語り合ひながら歩く。帰りついた時には相当にへたばつてゐる。晩はまた飽食する。九時の颱風警報[*125]によれば九州に近づいた颱風は明朝中部地方に達する見込で瀬戸内・東海海岸では高潮の懼ありなどといつてゐる。この分では東海道線も分らないので出発は明日は見合せた方が好いといふことになる。夜中の一時にもラヂオ放送があるといふので中村が起きて聞かうかなどと云ひ出す。早く行かなければ澄子や父なども心配するだらうし、第一、松下さんに少しばかりのお米を出したくらゐでは悪いので困つてしまふ。風の音が気持が悪い。雨も続いてゐる。

## 十月十一日　夜

朝起きてみるとやはり小雨が降つてゐるが風はあまりない。天気予報にゐる(ママ)と午前六時颱風は岡山附近にあるらしいが、もうだいぶ弱まつてゐるから心配はないらしい。ただ天竜川が決壊したとか、鉄道が不通とか被害は多いらしい。朝食後どうするかについていつかう極らず愚図愚図する。とにかく出発はやめにしたが、前日申告の切符は今日行かねば無効になる。それに昨日、中村が枝野(これまた前日申告で駅に行く必要のある)に駅で会ふ約束とそのあと風間さん宅でもう一度雑誌の相談をする約束とがあつたため、やはり出掛けようといふことにきまる。行く前に雑誌の具体的な指針のやうなものを書いてみる。これを風間さんやまた皆が持つてゐると、色々人と話をする時など便利なことが多いだらうと思つて。十一時出発。霧の中を駅に嚮ふ。駅では今日また申告し直して明日切符を買つて出発することにする。枝野は既に帰つてゐる。霧の道を再び風間さんのとこに行く。雑誌のこと、高等学校のこと、暁星のこと、色んな話をし、風間さんの小説女の歴史〔後出、十月十二日本文参照〕を借り、枝野にタバコを五本もらつて別れる。今度は十一月に追分に来て会はうといふ約束。それから一寸堀さんのとこによつて立話をする。川端〔康成〕さんが来るといつて来ながら仲々現れないらしい。十一月には泊めていただくかもしれないなどと云つて別れて、また歩いて帰る。霧は微になつてゐる。道々中村と未来のこと、せめて三十五位までに文学で飯が食へるやうにならなければ困るとか、文壇人の悪口とか、そんなことを語り合ふ。黄昏の空が薄気味悪く黄ばんで、無気味に風が凪いだ。帰つてやはり大いに食べさせられ、このところ満腹つづきで実にありがたいと思ふ。九時のニュースのあとで颱風は既に佐渡ケ島に抜け収つたことを知つたが、列車の不通箇所は凄く多く、中には来月十日開通見込などといふのもある。下り廻りで行くことは全く不可能だが、上りでも山陽線は明石の次との間で、二十日開通見込といふのがある。これでは待つてゐる訣にも行かないからとにかく明日は立たうと思つてゐる。明石くらゐなら何とか連絡はつけてゐるのだらうと思ふので。夜になつて雨も風もやんだらしく外は静かである。

**十月十二日**　午後

結局中村や松下の奥さんにすすめられて、明日出発することにする。今日は秋晴の強い陽射になつた。それでも名残の風があり雲が流れてゐる。明日は風間さんが東京へ出るらしいので一緒に行かうと思つてゐる。十一時ごろ駅へ行つて切符を買ふ。二等は贅沢かもしれないが、汽車がひどく混む時には長距離を疲れずに行くにはしかたあるまい。七十八円五十銭でお金があとあまりなくなつた。曇つた日で道は相変らず寒い。午後風間さんの小説、女性の歴史（志摩耿介[*126]）を読む。山本有三的な真実への意志に富んだもの。ただ思想的な点の窮屈さを認められる。しかし面白かつた。啓蒙的なものだ。

---

○雑誌のための
＝指針
1　純粋高貴な文学と批評との月刊雑誌
新しい日本文学のための先駆的一中心たらんとする。
2　若いｇｅｎｅｒａｔｉｏｎの作家達により、文学を旧来の日本文壇的なものから開放し、外国文学の水準に達し得る作品のみを期待する。[A]
3　従つて旧作家達には、善意ある指導者の他には執筆を覓めない。
4　外国の作家との広く親しい交流をはかる。
5　外国文化（特に文学）の歪められざる紹介による一般教養の向上を一目的とし、之に関する紙面を有する。[B]
6　青年の視野に立つ政治的社会的批判を保ち（遍く思想的立場を含む）現実を直視する紙面を有する。[C]
7　文学以外広く芸術・哲学・科学等の原稿を採用する。
8　若いｇｅｎｅｒａｔｉｏｎを読者に覓む。雑誌への彼等の自由な登場を歓迎する。
＝内容
A　60頁　140枚　作品、作品、——小説・詩・劇・論文

B　40頁　100枚　研究――一作家研究（例へばDuhamel）
　　　　　　　　　　　一時代作品研究（例へば十七世紀）
　　　　　　　　　　　genre〔ジャンル・様式〕研究（例へば演劇）

C　20頁　60枚　記事――現実に関する発言・外国文壇の動き・新刊批評・芸術界月評・暦

＝人的要素

編輯主幹（名目の）風間道太郎

編輯委員会・中村・加藤・福永（当分の間）

編輯事務・枝野・遠藤〔麟一朗〕*127・園池

＝題名

使者　使命　コスモス　Kosmos　九美神　Muses　青春

**十月十三日**　土曜　東京駅にて

昨日は一日を漫然と過した。夜は松下さんでおすしを御馳走してくれて且風呂に入つたりしたので、大公の如き気持だつた。今朝は五時半に起きた。中村・枝野の二人は同じ時間の下りで塩名田の片山さん*128を訪ねるとか。中村と二人慌しく朝飯を食べる。松下の奥さんはひどく早起されたらしく気の毒だつた。今迄の色々のお心尽しは一寸お礼の言葉も見当らない。豊富にお弁当をつくつていただく。時間が段々におそくなり、出掛けに博君が帰つて来てタバコを三本もらふ。二人で走るやうにして駅に来た。六時四十分の汽車である。郵便局から荷物を受取り風間さん親子と落合ひ共に乗込む。完全な満員でデツキにゐる。軽井沢で一輛つくといふので三人で走り、三等車のベンチに三人掛で坐れた。途中話しながら来る。彼等は赤羽で降りた。上野から省線に乗りこむ。昼の間をどうするかがまだ極つてゐない。バンクに行く必要があり、局と散髪とに行きたいと思つてゐる。ところが途中で一米兵がBreakfastを40で買はないかと云ひ出したので30ならといふことになり慌てて下りたら東京だつた。しかるにお金を出すのに暇取つてゐるうち他の奴に買はれてしまつて残念にも買ひ損つてしまつた。これでお土産がまた何もなしといふことになる。もともとクツシュ〔cash　現金〕が少いのだから二の足を踏むのだ。それで東京駅で考へてゐたけれど、荷物をあづけるところもないのでホオムにあがつてみる。一四・一〇の博多行が大阪行に変更で、どうやら坐れさうなので並んでみる。漸く最後ぐらゐで坐れる。それで局もバンクも散髪も一切空しくなつた。この汽車は明日朝四時すぎに大阪に着く。それから省線で明石まで行つて先は徒歩連絡ぐらゐはあるだらうと思つてゐる。

いま、汽車が出た。これでとにかく一歩前進だ。

## 十月十四日

汽車は朝四時半に大阪に着き降り仕度をしてゐるうち明石行に変更になり、明石から西明石まで省線連絡、その先を徒歩といふことになつた。約一時間両手に重い荷物を持つててくてくと歩く。行軍といふ感じで何しろ皆が早く行つて汽車に乗らうといふので少しも休まないからこつちもくたびれたまま強行した。大久保駅[*129]で門司行の二等車のない車に四人（その一人は安芸の海[*130]で二人は復員の将校だつた。この安芸の海は面白かつた）でまたボツクスを占め十時半に和気駅[*131]に着く。片山(ママ)鉄道[*132]といふのは一時すぎに出るので待合室でひる寝などをする。小さな玩具のやうな汽車。この辺は低山の間に大きな河と田畑とを持つた暖い風土である。九月中旬の水害がよほどひどかつたらしく至る処で蒲団などを乾してゐる。矢田駅[*133]に着きスウツケエスを山田旅館にあづけ、また歩き出す。約一時間これも仲々遠かつた。三時頃に父のとこに着く。両親の元気な顔は何よりも嬉しい。電報が来てゐないらしく不意を襲つた形になつたが真から悦んでくれた。全く挨拶の仕やうもなく、またそれで済まされるところが親子といふものか。ムツタア〔父末次郎の再婚相手、チェノ〕も大いに歓迎してくれる。話は尽きるところがない。少しも系統立つことなく次から次へと話題が続く。まつたけとシヤケ缶とのすき焼を腹いつぱい食べる。夜もまた色々の話の中に暮れた。

## 十月十五日[*134]

朝から素晴らしい快晴。ここは十畳の離れで目前に黄ばんで頭を垂れた稲の田が低い山のはざまに展開してゐる。朝父が明日一緒に笠岡に行く[*135]といふので、汽車の切符をたのみにまた矢田の駅まで行く。下駄で行つたところ足に下駄ずれが出来て痛い。午後からはお米を石臼でついたりする。明日は笠岡へ行く。ここで問題の argent〔お金〕手に入りさうもなく、僕として無心の出来ないとこがあるので困つてゐる。第一神戸へ出なければ何ともならないのだらうし、罹災のため何もないのを眼で見てゐると、一寸気の毒で何も言へない。持つてゐるものなら何でもあげたいと思ふ。岡山で焼けたのは全く不運なものだつたらしい。かういふ人たちもあるのだし山下のやうな人たちもある。父だからひいきにするといふのでなく、しみじみ人間のもつ運命を絶望的に考へたくなる。ここで聞いた色々の話のことは書けば長くなるからやめる。静かな田舎の黄昏になる。平和なところだが、闇の高いことは都会に劣らないらしい。これからの生活はどこにゐても同じで、どこにゐても辛いだらうと考へてゐる。

**十月十六日**

この日は大家さんの濃野(ノウノ)さんの家で結婚式があるとかでムツタアはその加勢に行くらしい。それで九時半頃父と二人で駅に歩き出す。村の人に会ふ度に倅を笠岡へ連れて行くといふ表現を用られるので擽ばゆい。和気の駅で汽車を待つ。来たのは貨物車でこれがまたすし詰の満員。荷物を持つたままひどく窮屈な形で押しこまれる。二時間うんうん云つたあとで漸く笠岡に行く。駅前に荷物をあづけ十円で四個の梨を買ひかどやといふ宿に行く。ここで肉のすき焼を食つた。そのあとで大磯まで歩き秋吉の家に行く。みんなが大歓迎してくれる。ノンリ〔秋吉家の三女、紀子〕が厭に大きくなつてゐるので吃驚する。伯父も伯母〔秋吉利雄とその妻、ヨ子〕も風邪気味で、洋子〔秋吉家の長女〕はカリエスの初期らしく一寸気がかりになる。話は色々。夜になつて宿に帰る。のみに悩まされて眠れなかつた。

**十月十七日**　宿にて

もう一日延ばすやうにとの秋吉のすすめで親父も明日帰ることにしたらしい。切符を買ふのが仲々らしく、今日駅に行つて当つてみなくてはならない。父と話は沢山した。しかしどうも一寸づつ話が食ひ違つてくる。これは時代の違ひなのだらうか、それとも僕等のやうな青年はとかく夢を見すぎるのだらうか。父らは自由主義の中に育つて来た。しかもそれは既に穏健にすぎるやうだ。僕らは過激なことを平気で考へるやうに馴らされてゐる。大衆の現在の考へ方を捕へるのが政治だと父などは思ひ、天皇制に賛成してゐる。僕は大衆の中にあるもやもやした不満、つまりまだ具象化されてゐない気持を捕へる、予測する、それが政治だと思つてゐる。天皇制などは勿論不要の代物だと思ふ。[*136] さういふところから話が食ひ違つてくる。父もこれからの計画は五里夢中らしい。秋吉の伯父さんも当分遊ぶといつてゐる。かう高等ルンペンばかりがふえたのではやりきれない。女学校の経営などといふのはうまく行けば父などには仲々いいのだらうが。

昼前から町の散歩。買物をしながら秋晴の田舎町をぼつぼつと歩く。秋吉に行きお昼、それから伯父さんたちは結婚式のなかだちとかで角屋に出発。僕等は残つて、父はひる寝、僕は眠いのにぼんやりしてゐる。夕方また歩いて宿に帰る。昨日はすき焼今日はちり鍋で毎日御馳走がある。地図の話〔武藤勝彦著『地図の話　少国民のために』（岩波書店　1942）〕などといふ本を読む。八時すぎに伯父たちが遊びに来る。これからの計画などに関して夢のやうな話をしてゐる。

## 十月十八日

朝、雨がふつてゐる。電気の光で、秋吉から女中さんが傘を持つて来てくれるのを待ちながら慌しくこれを書く。宿屋にかうしてゐると去年の油屋を思ひ出す。[*137] 澄子と共にかうした宿屋での一日二日を送れるのはいつのことだらうか。夢はしばしば彼女の上に至る。

雨の中を光ちやん〔秋吉家の次男、光雄〕が傘をもつて来たので出掛ける。秋吉のところでまたお昼を食べ十三・五〇の汽車で父が立つのを駅に送る。相変らずの貨物車で気の毒だつたけれどこの前のやうに混んではゐない。見送つたあとで漸く晴れた空の下を歩いて秋吉のとこに帰る。夜電燈の下で子供たちに囲まれてこれを書く。ノンリが泣いてゐる。上の三人[*138]がわあわあ騒いでゐる。これからはこの中で物を考へ物を書かなければならない。どこにゐても常に自分といふものを保ち、自分の中にある高貴なものを育くまねばならない。ただ小説家としての自分の眼が次第に鋭くなつて来たのは何によるのであらうか。

## 十月十九日

終日微雨、午後になり晴。今日は福山郊外[*139]に柿を食べに行くといふ約束だつたさうだが、雨のため迎ひのトラックが来ず遂にお流れになる。明日は決行といふ。一日中ぼんやり寝ころんでゐる。雨がふると内海の風景が雨に煙つて美しい。

## 十月二十日

朝七時半トラックにて出発。伯父伯母に洋子・ノンリをのぞいた子供三人〔光雄、輝雄、直子〕、黒田さんより三人計九人。九時半着。山ほどの柿を出される。そのあと果樹園に行き、柿を取り栗を拾ひ、且再び柿を食べる。ここは広島県下の需要の何割とかを充すといふので千本あり、その一本に甘柿は百個なるとのこと。百個でとめておくための剪枝が問題らしくそれ以上では毎年同じやうに実るといふ訣には行かないさうだ。傾斜面に黄色く熟した富有柿が鈴なりになつてゐる。昼食は仲々大した御馳走で田舎の旧家が如何に豪奢かを知るに足りる。赤飯、おすまし（松たけ）、うどん（あなご、松たけ入）、胡瓜と蟹のすのもの、こんにゃくと連〔ママ〕こんとのごまあへ（柿が入つてゐる）ぼらの砂糖煮、松たけ焼、天ぷら（乾海老、いも、松たけ、ごぼう等）三時に阿部〔ママ〕川もちが出る。四時に微雨の中をトラックで出発。コオスを行と違へて六時半帰る。何だか黒田さんといふ人と秋吉との関係がよく分らないから狐につつ[ママ]まれたやうで、結局御馳走のなり得といふことになつた。

この頃次のロマン夜行者[*140]の筋を考へてゐる。

**十月二十一日**　日曜

今日はたこ壺をあげに行くといふ約束の日なので、伯父伯母に光ちやん、それに昨日一緒だつた岡山医大の先生なる人（黒田さん方にゐられる）と共に出掛ける。約一里弱を歩いて碇泊中の第四海洋丸に行く。ここで船長が二人の少年と共に和船を出したのに同乗して波静かな瀬戸の内海を進む。たこ壺といふのは高さ七、八寸の素焼の壺で九米おきに縄にくくつて海底に流してある。それを一つ一つたぐりよせると三十位に一つ平均でたこ、蟹、などが入つてゐる。ぼらや石頭といふ小魚もかかるし、なまこもかかつた。ぼんやり見てゐても実に興味ある見物だ。船長といふのが若い海の男で微笑をたたへた好い男だ。ほれぼれするやうである。これがまた面白い話をしてくれる。たこは目と目との間を噛むと元気がなくなつてしまふ、それを船長が自分の歯で食ひ切るのが仲々猛烈で面白い。午後になつて雨が降り出す。相当の収穫をあげて岬の鼻から戻る。戻りは仲々時間がかかつた。島が大あり小あり、見え隠れするのが面白い。帰路は全くの雨。夜も降りやまない。

この二日の山と海との幸を探つた清遊は愉快だつた。澄子がゐたらといふことをしよつ中考へてゐる。風景を見つめながらイマジナシヨオン〔imagination　想像、空想〕の世界に遊んでゐる。

**十月二十二日**　曇、夕刻より雨

終日無為。ピアノの稽古。

**十月二十三日**

何となく一日中ぼんやりしてゐる。ピアノを弾いてみたり本を読んでみたり、いなそれより漫然と物を考へてゐる時間が多い。子供達が常に僕の廻りで飛んだり跳ねたりして喧しく騒いでゐる。バイエルの教本が漸く数十頁のごく初歩のところで低滞(ママ)してゐる。夕食に黒田さんの御招待があり僕もお伴する。今日は宵祭といふので御馳走が並ぶ。一汁十菜おすし等御飯類四種類、デザアト、見ために美しい。かうした料理が可能なところも現にあるのが世相の一端なのだ。帰ると伯父さんの旧友城崎さんがお見えになつてゐる。

**十月二十四日**[*141]

快晴になる。午前中城崎さんのお相手。昼すぎ伯父さんと共に駅にお見送りをし歩いて帰る。昨日澄子より書簡。雑務に追はれてノイロオゼになつてゐる彼女、遠くから僕のことを心配してくれる彼女、子供が可愛くありながら尚自分のいのちをよりいとしんでゐる彼女、そこに欠点はありながらしかも一番僕の好きな少女のタイプがある。彼女、彼女、僕がこのころ裏返しのロマン[*142]ばかり考へてゐるのは、彼女のchair〔肉体〕へのノスタルジイがさせるしわざなのか。

**十月二十五日**　快晴

この辺の潮の干満の差は四米とか。潮の加減で目前の内海の風景がまるで変つて見える。陽が秋の強い日射で、庭にほしたあみ（小さな海老）が直に乾いて行く。終日ピアノを弾いたり本を見たりする。澄子へ手紙を書く。昨夜中村からの速達によれば、風間さんは愈々発明協会文化部副部長になつて人を欲してゐるとのこと。局の方が駄目ならこつちに模様変でもしようかと考へる。月給は安い。翻訳もそろそろ盛になるらしい。すべては東京に行かなければきまらない。

**十月二十六日**

今日から水路部〔伯父利雄の属した海軍水路部〕の人たちが来て引越の荷づくりに追はれる。アブ子〔秋吉家の次女、直子の綽名〕が四〇度近い熱を出して風邪気味の洋子と一緒に寝てゐる。病人の多い家だ。子供の教育に関して色々なことを考へる。

**十月二十七日**

引越の荷づくりが忙しい。僕は何もしないけどそれでも色々と用がある。直子はエキリらしいと診断された。午後安西君[*143]といふ十八才の少年が上京の途中寄る。

**十月二十八日**　日曜

朝六時の汽車で立つ安西君を送つて伯父、光雄、輝雄と共に駅に行く。帰りに古城山公園に行く。内海と笠岡の町とを一望の下に見る丘の上で、漸く昇つて来た太陽に海の上の靄が流れるやうに晴れて行くのを見る。うそ寒いが実に気持が好い。もう初霜が下りてゐる。この朝飯前のピクニックは頗る愉快だつた。

午後井上の伯父伯母[*144]来る。直子は峠を越した感じ。風呂を焚いたり、配給のイモを女中のウラさんと一緒に取りに行つたり薬を取りに行つたりする。伯父さん達との話。

**十月二十九日**

直子の病気は赤痢であることが確実になりそのため黒田さんに行つたり医者に行つたりする。午後少し暇が出来て伯父たちは釣に行く。あとから僕も輝坊を連れて出掛けて行き防波堤の先でおいもを食べる。夕方の静かな海面に釣舟の浮いてゐるのが仲々いい。城山に昇つて漸く先の一行と会ふ。一匹も釣れなかつたさうだ。

**十月三十日**　微雨

伯母さんにもらつた赤ん坊用の毛糸や襦袢や石ケンやパウダなどを小包にして出しに行つたところ北海道は受附けないといふので断られた。上田では出せたのだから癪に障る。一日も早くと思つてゐたのがこれで東京に持つて行つて出さざるを得なくなつた。夜は井上の伯父夫妻と伯父洋子と五人でかど屋に御馳走を食ひに行く。ちりで大いに有能だつた。夜中に輝坊が一寸変な徴候を示して家中で大騒ぎする。

**十月三十一日**

引越支度大して進捗しない。アブちやんはだいぶよくなる。富岡の家へ本来なら今日引越なのだがこの分では延ばさざるを得ないだらう。父のとこに行くのも段々に延びて来た。

澄子のとこに葉書を書く。井上の伯父を駅に送る。時計に針を入れてもらふ。専売局で煙草の配給のことを訊いたが十日以来来月二日までの分はふいになつて三日に十日分配給するとのこと。全く不合理で腹が立つ。

**十一月一日**　快晴

四時半に起きて井上の伯母を駅に送る。九時頃駅にまた行き、うまく大阪までの切符を手に入れる。明日これで父のとこに行くつもり。寝ころんでアブちゃんに童話を読んでやる。秋も深く風がつめたい。

**十一月二日**

五時始発の汽車は笠岡発なので早起きしてとんで行くとこれが遠くから来たのに変つてゐてぎつしり満員故、あわてて金光[*145]で降りて次の汽車を待つ。夜が白々と明け東に月と金星とが縦に並んでゐる。材木に腰を掛けお弁当のおいもを食べる。次の岡山行で悠々と腰を掛け岡山に至り、そこで四十分待つて次のに乗るとこれが無蓋貨車でしかも満員。寒い風に吹かれながら漸く和気に来る。ここで一時間待ち片上鉄道に乗る。矢田からの道では頗る疲れ、父のとこに着いた時にはほつとする。やはりアトホオムなのはここが一番だ。といつても旅の感じは常に僕を離れないが。ムツタアに関して父の注意。僕として出来るだけのことをしてあげたいが、併し何一つあげるものもない現在のことを思ふと悲しくなる。身の廻りのものなど思ひつくままに分けてあげたい。

## 十一月三日

毎日秋晴の快晴が続く。午前中父と裏の山に昇る。少し行くと頂上になるがここにも家があつて佐伯村の端れとか。中国山脈が遠くに見え林はところどころ紅葉して美しい。柿を探してあちこちの家を訪ねたが駄目。こころよいハイキングの気分で帰る。今はどこも稲の取入で忙しい。夜もう暗くなつても家の前の田では篝火をもやして稲をこいでゐる。田園のしづけさ。

## 十一月四日　日曜

昨夜ひろしさんといふお百姓が来てその人の妹がここから三里ばかり先の果物屋さんに嫁に行つてるとのことで、そこへ柿をもらひに行くことにきめる。十時半においもを持つて出発する。道は明るく晴れ渡つて頗る壮快。だらだらの下り坂を下つてどんどん歩く。町苑田といふのから金川道といふのに入り目的の家に着いたのが一時。約三里の道のりはある。ここでまづ出された柿二つ梨二つを食べる。そのうまかつたことは歩いたあとだけに格別。富有柿はもう季節をすぎて漸く一番最後の客として入手する。二貫目、及び梨を一貫八百。この両者の価が前者六十円後者五十円で高いのに吃驚する。ついでに肉三百匁が手に入る。これは四十五円。一寸した買物も大変なものだ。しかしこれは田舎での話で都会に出たらもつともつと凄いだらうからさう驚くには当らないのだらう。帰り道は荷物があるだけ一層遠いやうな気がする。何度も一服しながら漸くの思ひで帰る。着いたのは四時半。帰つて数へると柿は三十九、梨は十三しかない。即ち柿一個一円半、梨一個四円といふことになる。晩には新米のそれもおまちといふ飛切の御飯に肉と松たけのすき焼を食べる。毎日御馳走だが今夜は特別。澄子に食べさせたいと痛切に思ふ。

○東京で、チツキを取る　○白井のところから本を持つて来る。特に茂吉〔斎藤茂吉〕とEnfantines[*146]　○実業の日本社と蜘蛛のことで掛け合ふ　○父の用で三井本社に行く　○新聞をとつて父に送る　○夏樹に小包を出す　○映画評論社と連絡する　○高村さん[*147]と　○研究室　○風間さんと　○帯広で、どん豆の機械　○毛皮のチョツキ　○東京でラヂオと電熱器　○帯広に澄子赤スエタア持参チリ紙・ぬか　○岡山へ国民服と真綿チョツキ、クリイム　○澄子に問ひ合す、本・いも・メリケン粉　○高崎ネル

**十一月六日**　ひる　和気駅にて

駅の待合室で下りの汽車を待ちながらこれを書いてゐる。昨日は一日ぼんやり寝ころがつてゐた。ムツタアが出掛けて夕方しか帰らなかつたので僕と父とはお昼に二人してホツトケエキを焼いたりした。虹（またもとの題の方がよくなつた）の人名や筋などを考へて午後を過す。夕方暗くなつた山道を歩いて特配といふ肉を買ひに行く。秋吉へ少しお土産にするつもりで。

今日は両親とも駅に送つてくれる。金のことは切り出しもしなかつた。すべて人をたよりにしてはならぬ。僕の力で出来てゐる間は頑張るつもりだ。父もこれからの方針に関して大いに迷つてゐるらしい。秋吉や井上の伯父に較べれば、まだまだ気分にゆとりがあり落ついてはゐるが、しかし結局は方策が立たず困つてゐるやうだ。さういふ僕でさへ自信はないのだが、併し道は自ら開けるやうな気がしてゐる。夢が今ほど多岐多様で美しいことは嘗てなかつた。今はあらゆる可能性がある。文学に関しても勤めに関しても、また澄子たちと一緒になつてからの生活でも、夢だけは美しい。その夢が絶望と紙一重であることを知りながらも。

すべてはうまく行くだらう。うまく行かなければならない。苦難の道であるとしてもそれは唯一筋だ。

岡山までデッキにぶら下りそれから漸く折りたたみの椅子に掛けて笠岡に戻る。秋吉のとこは変つたことなく、アブちゃんもだいぶよくなつたとか。夕食後今度引越した海岸の黒田さんの別荘に来て泊る。車中から読みかけてゐたBarnabooth[*148]を電燈の下でまで読み耽る。澄子からの葉書、元気でゐるらしく嬉しい。歌が三つ。風間さんからも便り、発明協会の方は僕の来るのを心待ちしてゐるらしい。有難いことだから早く上京して連絡したいと思ふ。この家はほんの側を汽車が通るから振動が烈しい。モリアクのジエニトリクスを思ひ出す[*149]。

**十一月七日**

朝飯にはまたもとの家に戻る。松原夫人[*150]、喜代子さん[*151]たち二人が現れる。久しぶりの対面。空はよく晴れてゐるが風が出て来た。昨夜よく寝られなかつたので眠い。空しく日を過したことを思ふ。過去の章[*152]と虹の筋とが常に念頭にはあるのだが。夜、山の家で留守番するつもりでゐたのが昨日も今日もこつちにされて仕事の出来ないのが惜しい。早く東京に行かなければ何も出来ない。ここでは人が多すぎる。

**十一月八日**

両方の家を行つたり来たりする。昼前に松原夫妻と洋子、光雄の五人で裏の応神山といふのに昇る。空がよく晴れ眺望は自在で快い。岩の上に昇つて内海や街を眺める。帰りには松かさを打つけ合つたりしながら陽気に山を降る。四時頃になつて急に貨車の荷物が出ることになり、おにぎりをつくつたりなんかして転手古舞をする。七時頃終了し伯父さんと駅に出掛けて貨車の状況を見、終つてから伯父さんが切符を掛合つて明日東京行二枚が手に入ることになつた。これで東京行が急に早くなり明後日ぐらゐに出発出来さう。夜は火鉢を囲んで皆が話をする。

**十一月九日**

今日は一日走り廻つて過ぎた。切符は伯父さんが買つて来た。山の家に残つてゐる荷物を小さな車で新しい家に三度も運ぶ。喜代ちやん達が午後の汽車で立つのでおいもの一杯つまつたリユック二つをやはり車で駅に送つてあげる。この新夫婦〔松原静馬、喜代子夫妻〕は一番悪い時に来た。引越などで忙しい最中だつたので殆ど相手にされなかつた。彼等はおいもを買ひに来たので、女中を使つてうまくチツキ二つ分のとリユックのおいもを手に入れたが、全くおいもに一貫した。厚かましいやうで、何だかこつけいなやうだつた。僕と洋子ちやんともチツキを一つつくり夕方車を押して駅に出しに行つた。全くやつとのことで通過した。ひどくくたびれて帰る。明朝立つ予定だつたが、どうも皆が疲れてゐるので一日延して明後日立つことにきめた。伯父さんも東京へ行つてみるとか九州へ行くとかでいつかうきまらなかつたが、結局九州行になるのだらう。ここの家の風景も仲々面白い。

**十一月十日**　午後

陽なたぼつこをしながらこれを書いてゐる。汽車が仲々きまらないでゐたが結局夕方五時半の東京直通を試みることにした。もう荷物も出来、お弁当もつくつてあとは時を待つばかり。この汽車は満員承知といふ奴だがあまり物凄い時は明日に延さうと思つてゐる。笠岡での四週間は無為にすぎた。しかし過去の章は書けるつもりでゐるから東京では早速始めよう。東京での生活がどうなるかすべては行つてからきまる。また二重生活で苦しむやうなことになるのかもしれない。いつぞや帯広でこの日記の第一頁を書いてゐた時と同じやうな漠然とした不安と希望との混淆がある。

**十一月十一日**　東京九品仏にて

昨夕は遂に五時半の汽車に乗つた。皆が、黒田さんまでが、駅に送つてくれた。伯父さんはホオムにまで入つて来た。混んでゐたけど遂に乗りこんだ。満員で、専務車掌室に入りこんで何となく坐ることが出来た。今日の午後三時に品川に着いた。それまでの二十時間は楽ではなかつた。僕は木のたなの上に腰を下した。お腹が冷えすぎて痛くなつたりした。洋子ちやんが気が利かなかつたり云ふことをきかなかつたりして、腹の立つことややきもきすることなどがあつた。澄子と一緒の時の旅行のやうなたのしさは少しもなかつた。九品仏の家に入り安西正明君と一緒になる。留守番の人は今日出るところだつた。三人きりになる。荒井さんにいつて貨車の荷物のことを訊く。どうも大変らしいので段々に弱つてくる。明日から色々奔走しなければならない。夜前からの約束通り洋子ちやんに風土の一章だけを読んであげる。分つたかどうかはひどく疑問だ。疲れてゐるから早く寝る。愈々東京での生活だ。正明君の話では配給はおいもだけだつたと。

**十一月十二日**

持つて来たお米やいもの量が尠くてつつましくする。食事はガスの出が悪いから大変だ。それにおかづにするものが何もないと来てゐる。朝はひどく寒い。全くやりきれない位。やはり岡山県下とは違ふ。午前は洋子ちやんが学校に行つたので正明君と留守番。午後は大宮駅にチツキを取りに行くのに加勢してもらつた。思つたより時間がかかる。駅では品物が見当らずに長いこと探し廻つた。あまり長い間受取りに来ないので駅員が中味をあけて調べてみたとか。漸く見つけて二人で持つて帰る。帰りついた時は六時で洋子ちやんが遅いといつて怒つて待つてゐた。中味をあけて色々出て来た時は嬉しい。なくなりはしないかとひどく心配しただけほつとした。夜はもうどこに行く気も何をする気もない。寒い。

## 十一月十三日

朝寝坊をして八時頃起きる。寒くて夜中に四五へん目を覚ます。頼まれた東横重役井田さん宅へ行く。奥さんに会つて紹介状を渡す。自由丘のマルシエノワル（ホウチヨウ五・五〇）〔marché noir 闇市場〕でひ物四枚十円で買つて来て晩のおかづにしようとする。午後菊名へ荷物のことを聞きに行く。まだ着いてゐない。結局日参しなければなるまい。トラツクか馬車かを何とかすると云つてはくれる。それから渋谷にも、又新橋に行きどちらででも闇市場を見物する。全く何でもあるといつていい。しかし高いことも高いからめつたに買物をしたら百円札位は直にふつとぶだらう。しかし色々欲しいものがあるからそのうちに少し買物をしようと思ふ。今日のところは見物だけにして放送局で白井に会ひ、ラレエ〔煙草の銘柄〕を十本買ふ。彼も演芸部でくさつてゐる。短い時間に雑誌のことや局のことや話す。金山嬢に会ふ。くびはまだつながつてゐる。帰宅夕食後また井田さんのとこに行き御主人にお会ひして荷物のことを話す。いざといふ時トラックを廻してもらふ約束をする。夜はひどく冷える。冬外套を着、手袋をして丁度いいやうだ。たかさんがひる現れたので賑かになる。

**十一月十四日**

高橋〔健人〕のとこに出掛ける。笠岡から出した端書はまだ着いてゐない。久しぶりで話が多い。彼は成城〔七年制の旧制成城高等学校〕で二日数学を教へてゐる。山本氏と一緒に。昼を御馳走になり、荷風を半分ほど持つて来る。小雨が降つて来る。丸の内へ出、発明協会を探す。やつと見つけると風間さんは帰宅後。超満員の地下鉄で広小路に出、市電で道灌山に行き城崎さん〔伯父、秋吉利雄の旧友。十月二十三日の本文参照〕の家に行く。お醬油をもらふ使者の役目を果す。話に興が乗つて晩の御馳走になり九時に引上げる。小雨の中を本の入つたケエスと醬油とを持つて帰る。夜は仲々寝つかれない。夜半豪雨となる。雷鳴を聞く。

**十一月十五日**

洋子ちゃんが鎌倉に行つた留守を僕と正明君とは銀座へ出掛けた。小雨が降つてゐる。正明君は水路部に。僕はバンクに行つてから日比谷から歩いて発明協会に行く。その途中素晴らしい虹を見た。低く地に半円を画いてゐる。風間さんは外出中で会はれずに帰る。午後は菊名へ行かうと思ひながら小雨でおつくうになりやめる。夜までなまけ暮してゐる。お茶一〇円、ニクロム線二本十円、五円、台十五円。

## 十一月十六日

毎日風間さんに会ひそこなふので今日こそと十時すぎに行つてみたらまた留守でお昼に帰るといふまでを局の方に歩いて行く。宮城前のお堀端は仲々いい。アメリカ人がこの辺を沢山歩いてゐる。局では白井に会つて煙草を買ふ。僕の局でのくびは十二月十日に自然退職になるさうだがその前に顔を出すと国内関係の教養・演芸・企画のどこかに廻されるらしい。これで中沢さん〔NHKの企画部副部長。十一月二十六日の本文参照〕と会つて一応たのむ。その前に堀江さんと会ひ荷風の話などをする。こんどすみだ川〔永井荷風の短篇小説（1909）〕を脚色放送するとか。こんな話をしてゐれば一寸演芸放送などもやつてみたいと思ふのだがしかし中の空気はあまり面白くはなささう。それから戻つて風間さんに会ひ色々訊く。発明協会の理事に友人鬼頭君[*153]の父がゐることを知る。この文化部の仕事は大体調査と外国の発明家の紹介、宣伝等でひまなことは暇さうだ。十二月十日のノオベル賞[*154]授賞日を期して講演会を開かうといふプランを述べてくれる。仕事は割合に未来性があつて面白いかもしれない。時間は九時から四時でそれもだいぶルウズでいいらしい。手当は物価手当二割、住宅手当一割、昼飯手当一割、家族手当とある。但月給が安さうなので今までよりは高くならなければ困ると云つておいた。これで急にくちが二口になつたのでどつちにするか迷つてしまふ。どつちにしても早く勤めてくれといつてゐるので今月中に北海道に行きたいと思ふ。帰りに大井町でチツキをきき来てゐるとは聞いたが探すうちに見つからないのでくたびれて明日にする。二時半に帰る。昼食後菊名で荷物を調べる。まだとのこと。夜はタカさんが家に帰つて三人で電気コンロ[*155]を囲んで話をする。煙草二十五円。

**十一月十七日**

正明君と二人で買物に行く。自由ケ丘も渋谷も午前中なので店が出てゐない。新宿に行く。ここは流石に店も多く人も多い。大井町に廻りチツキ（笠岡からの）が昼の時間で駄目で疲れて帰る。福神漬九・〇〇、靴クリーム八・五〇、ブラシ一・五〇、タワシ一・五〇、クリツプ四本六・〇〇、お茶五・〇〇。夕方近くなつてから洋子ちやんを連れて城崎さんのとこに行く。晩飯の御馳走になりみそなど色々もらふ。帰ると十一時をすぎてゐる。

**十一月十八日** 日曜

寝坊して九時半ごろ起きる。小春日和。昼すぎまづ芦沢さんのとこに行き久しぶりにお目にかかる。色々の話、戦争中の生活に関しノオトしたいことも多い。浴風園を占領してゐた参謀本部の連中の最後のだらしなさは相当だつたらしい。夕方から高橋のとこに行く。来週の水曜に彼は高崎に行くといふが僕は或は行けないかもしれないので赤ん坊のものをたのむ。尚芦沢さんから赤ん坊の着物をもらつた。まだベビイには大きすぎるけど。帰りの電車は買出し連で凄く混んでゐる。帰つたのは八時すぎ、おそい晩飯を食ふ。荷風の本を抱へて来た。

**十一月十九日**

午前中に発明協会に行く。風間さんと会ひそのあとで鬼頭理事と面談。一種のメンタルテストみたいなものだが、この人は友人のお父さんだといふだけでなく甚だ好感のもてる文化人だ。僕の印象もよかつたらしい。本俸は一四〇を最低とするといふ約束を受ける。風間さんに大体入るやうなことを云つてから局の方に行き白井に会ふ。その話ではひよつとすると外国放送を聴いて訳すやうなとこが中に出来るかもしれないから暫く待つてくれといふ。これでまたきめた奴がぐらつき出した。局も国内関係でなしにかうした海外向の同じ系列のものが作られれば悪くはない。ここは物価手当が五割出るさうである。迷ふ。四時に局を出る。この日の帰りの電車は全く殺人的だつた。新橋で何台もやりすごし大井町でもやはり何台も乗れなかつた。荷物をもつた婆さんが転んで殆ど踏みつぶされさうになつた。中ではひどく混んで坐つてゐる人の上にのしかかつてゐた。帰つたのは六時、いつもかうでは大変だと一寸考へる。いざサラリマンになつたらとたんに厭になるのだらうが、しかしどつちにしても勤めない訣には行かないのだから、発明協会の方は早くしてほしいといつてゐるが北海道行があるから僕は来月十日位にしたい。風間さんは入つてしまつてから行けといふが、どうもそれは気がすすまない。ここは物価手当と住宅手当とで三割、昼飯と足代とが二十五円とか。一四〇として二〇〇を一寸越す。総務部長の話では何とかうんと出すやうにするといつてくれる。精勤手当[156]などを本俸にくり入れるとも云ふ。しかし税を引かれて二〇〇足らずで食つて行けるかどうか誰が考へても明白なことだ。賞与は八ヶ月は出るらしいが一律に月給が倍にでもならなければとてもサラリマンはやつて行けないだらう。煙草十本。

## 十一月二十日

毎日忙しいので正明君に菊名に行つてもらふことにした。一緒に九品仏に歩いて行くと駅のほんの側で偶然も偶然全く不思議なことに田中謙二[157]に会つた。真にびつくりした。彼を家に伴つて来て暫く話す。二年半ばかし会はなかつた。仙台で兵隊生活をして終戦で漸く開放されたらしい。東京に四五日現れたところをうまく会へたのは運がよかつた。研究室で僕の住所を調べたけれど分らなかつたらしい。暗黒時代を過したにしては昔といつかうに変つてゐない。元気にしてゐた。今日は慌しくしか会へなかつたのでいづれ明日でもまた来てくれるやうに頼んだ。発明協会に行く。中村が上京してゐるので彼と会ふため。一緒に局に行き白井と話す。翻訳の色々な計画がある。これらが端から進捗して行くといいのだが。実業之日本とは明日研究室で会へるらしいから「蜘蛛」の話[*158]をしてみよう。白井は青磁社と関係があるからいづれ何かここで出せることにならう。パスキエ[*159]をみなでやらうなどと考へてゐる。

夕方やはり満員の電車で帰る。発明協会ではいつから来てくれますかと催促された。正明君にたのんだ荷物のことは要領を得ない。菊名に未着は確かだが田園調布に行つてしまつたかもしれぬとの通運の話。こんなことでは困るのでやはり僕が行つて駆け廻らなければいけないのだらう。伯父さんからの便りで移動証明が来る。この点は安心する。

翻訳のことも色々考へる。ラルボオ〔ヴァレリー・ラルボー〕やロオトレアモン[*160]もやりたいと思ふ。ロマンもこのところ久しく書かない。こんなに時間に追はれてゐては何も出来ないから憂鬱になる。僕の部屋である四畳半に電気がつかないので夜おちついて勉強が出来ない。しかしだらだらしてゐないで早く東京でのＶＩＴＡ　ＮＵＯ（ママ）ＶＡ[*161]に入らなければならぬと自分に云ひきかせてゐる。北海道行はどうなるのか、それも気がかりだ。早く澄子に会ひたい。しかし万事は荷物にかかつてゐる。毎日の日程が多いのだが、菊名へは明日にでも行つてみなければならないだらう。

## 十一月二十一日[*162]

中村と研究室で会ふ約束をしたので午前中に行く。渡辺〔一夫〕さんと会ひ話す。先生だいぶ元気さうになつてゐる。翻訳のことにつき相談するがまだ出版界は混沌たるものらしい。中村が来、芥川比呂志君が来る。外食券で昼めしを食ひ、半ば枯れ落ちた銀杏の並木道で偶然斉藤大志〔一高以来の後輩〕に会ふ。研究室で中島〔健蔵〕さんと雑誌、出版界、政状等に関して話し合ふ。待つてゐた実業之日本社の人が来ないので急いで引上げる。局によつて白井に会ひ煙草二箱を手に入れ、帰宅。約束通り田中〔謙二〕が待つてゐる。七時半ごろまで二人でだべる。昔のことが色々と甦る。独身者のノオトを持つて行かれる。これからの計画が半ば夢のやうに二人の話題にのぼる。あと五年のうちに僕たちは作家として一本立できるだらうか。トオマスマンの名などが対話の中に浮び出る。

## 十一月二十二日

朝から小雨がふつてゐて止みさうにもない。何となくなまけてゐたがやはり荷物のことが気になるので昼近くなつて出掛けた。菊名で訊いてみると荷物は着いてゐる。晴れたら午後運ぶ、トラックは廻すといふ話。悦んでぬかるみの中を帰る。午後になり雨はあがつたがいつかうトラックが来ないので明日になつたものと思ひ、約束通り白井のとこに出掛けようとしたらトラックが来た。六人ゐるのでチップが分らなくなり六十円渡したのが少し足りなかつたのか荷物が七つ八つ表へ置きつ放しでお茶を出すまもなく帰つた。それでも大体のところはうまく片づいたので大安心。晩飯後白井のとこに行く。渋谷から悪い道を歩いて行く。彼は一人きりで晩めしの支度などをしてゐる。局の話が大いに有望になつて来る。海外放送を訳すやうなとこがほぼ確実に出来るらしいし、そこでは語学手当が大体二〇〇位出る。時間的にはまだよく分らないが丸山・白井とトリオを組むのならいくらでも自由になる筈だ。かうしたうまいくちができると発明協会の方はにはかに影が薄くなる。フランス語はやはり生かしたいから今更発明協会などには行きたくない。ただ風間さんや鬼頭理事に断りにくいところが困るのだけれど。いづれ月曜に局に行つて色々と話をしてみるつもりだ。白井とは文学や政治や教育など活発に談じこんだ。話がはづみすぎて十時になり慌てて予けてあつたフランス語の本を持つて別れた。サツカリン（三〇）を買ふ。渋谷まで歩き自由ヶ丘から終電車で帰宅。

澄子から久しく便りがない。一寸憤慨してゐる。明日ぐらゐには来るだらう。もし局の方に急にきまれば発明協会と違つて北海道行もむづかしくなるに違ひない。もう少し帯広が近かつたなら。

**十一月二十三日**

午前中荷物を少しほどく。井田さんのとこに行き奥さんに会つて挨拶する。是非そのうち遊びに来てくれといはれる。今日は歩くと汗ばむほどの小春日和。自由ヶ丘の市場でいか三匹（十二）を買ふ。午後たかさん来る。洋子ちやんのお友達来る。最後に伯父さん〔秋吉利雄〕一人ひよつくり現れる。愉快に皆で談笑する。久しぶりに満腹。だいぶ安心する。

**十一月二十四日**

朝のうちに伯父さんは就職運動とかでお出掛け。少しばかり荷をほどいてゐると田代の実さん*163が来る。午後まで久しぶりに話を交す。正明君が消耗して帰つて来る。彼も就職のことがうまく運ばないで気象台へ出掛けたのだがお金をおとしたとかすられたとか。三十円ばかし貸してあげる。伯父さんは夕方東京の電車の混みかたに感心して帰宅。夜は皆が電気コンロの入つた火鉢を囲んで話をする。

**十一月二十五日** 日曜

朝から一日中荷ほどき整理などで時を過す。洋子ちゃんが結局部屋がなくて僕に予定されてゐた四畳半に入ることになりさうなので僕は伯父さんの書斎を片づけ始めた。この部屋は北向でひどく寒いのだが、しかし遮断されて落ついて勉強出来ることは一番だ。片づけたらだいぶ綺麗になつたから明日からでも仕事を始めようかと思つてゐる。どの位寒いかが問題だ。夕方までひどく働いて家の中がだいぶ旧に復す。荷物は殆ど整理を終る。澄子からは未だに便りがない。

**十一月二十六日**

昨日は伯父さんが頼んだ大工が来なくて僕等が荷ほどきをやつたためすつかりくたびれてゐる。今日も相変らず大工が来ないので僕等が労働をやり結局全部の荷物を片づけてしまつた。お蔭さまでふうふうになつてゐる。伯父さんも人使ひが荒いと云つてこぼしてゐる。僕はおまけに書斎の整理までやつてのけた。今この日記を書斎で机に向つて書いてゐる。ここは寒くさへなかつたら勉強には好適だ。午後から局に行き白井・丸山両君と新しく出来るといふ listning-Centre（ママ） の問題を話す。これは報道部副部長と彼等との会談が進まなければまだ具体的なことは分らない。あとで中沢さん（企画部副部長）と会つて復職のことを頼む。新ポストは企画部と報道部との両方で狙つてゐるらしく出来ることは確からしいがまだ何時のこととも分らないので、いづれどこかに入つた上でできるのを待つことになるだらう。渉外局の神谷さんとも会つて話をする。プランを作つて出すことになるらしいがパリの放送はよく聞えないとかで色々難点はある。第一ヒヤリングの方が頗るむづかしいのだから僕等でどの位出来るものやら問題だ。しかしまづここに入ることにならう。近々に復職届を出す。従つて発明協会の方は断らなければならないのだが、これがどうも云ひ出しにくいのだ。満員の電車で厭になりながら帰る。これはめつきりくたびれることだから、かうなると夜勤の方が大いに歓迎といふことになる。

澄子からはその後いつかう便りがない。実はいい加減くさつてゐる。今月になつて一つの葉書も来ないのだから。北海道行はこれで一寸駄目さうになつて来たがその原因の一つに彼女が何ともいつてこないのもあると思ふ。僕の行くことがただ単に僕だけの問題だつたら何も苦労をして行くことはない、とそんなことも思ふ。彼女は僕に会ひたくはないのだらうか。なぜ彼女の気持を一枚の葉書にでも書いて僕に伝へようとはしないのだらうか。

## 十一月二十七日

朝来微雨。寒さも厳しくなる。書斎にこたつ（電熱器を中に入れたもの）をつくり、一日中本を読んでゐる（Van der Meersch. La Maison dans la dune）[*164]。今日は局へ復職届を出しに行くつもりでゐたが雨がふるのでやめにした。復職は十二月一日からのつもりでゐたのが、伯父さんに云はれて、或は十一日位からにして北海道へ帰つてみようかとも思つてゐる。ただ切符が急には手に入るまいから、どうしても滞在できる日数は三日位になる。それほど無理をしてまで帰るべきかどうかがどうもきまらない。澄子から何とか云つてくれば直にも行く気になるのだらうが、今のところ日数の足りないこと、切符の入手難等でいつかうきまらない。行くとしてもおむつカヴやショコラがまだ手に入らないし、他に色々してしまはなければならないこと（例へば父の用や羽田書店行など）がある。澄子に会ひたいし、もうよく笑ふやうになつた筈の夏樹にも会ひたい。もしもう少し近かつたらと痛切に思ふ。

ファン・デル・メルシュの作品は一九〇七年に生れた作者が一九三二年に書いた処女作である。しかし此所には後のL'Empreinte du Dieu〔『神の烙印』〕（三六年ゴンクール賞）に見られる諸要素がすべてある。これはアクトの世界であり、しかも行為は心理を具象化する方法として用ゐられてゐる。フラマンを背景に他領と自領とを股にかける密輸入者を主人公として動きの多い舞台が演出される。通俗ではあるが、悪い意味ではない。何より作者が特殊の風土と特異な人物達をよく知つてゐることが強味である。主人公Sylvainはよく書けてゐる。これに較べればその妻Germaine, Noir: Lourges及び主人公のプラトニクラブの対象であるPascalineなどは影が薄い。前二者は類型的にすぎる。ただ少女の扱ひ方はほどよくぼかして書いてあるため主人公に及ぼす影響によりイメエジを感じさせる。犬の描写などはうまい。しかしやはりシルヴアンが一番生きてゐて、かうした肉体だけの人間が時々âme〔魂、精神〕にめざめた時の心理は巧みに描かれてゐる。最後のアゴニイ〔agonie 臨終〕の描写なども作者の若さを意識させせない。欠点としては筋の進行が大体軌道に乗りすぎてゐること、つまり少々おあつらへむきにすぎること、周囲の人々がもう少し書いてほしかつたことなどがある。ジャン・ギャバンで映画化したらさぞ面白いものになるだらうと、そんなことを思つた。さういふとこが通俗である。

## 十一月二十八日

北海道行のこと色々考へる。きまらないままに局に行く。どうも切符は入手出来さうにもなくそれに十日位で行つて来るのは現在風邪気味なだけ怖いのでやつぱりやめにすることにして十二月一日より復職仕り度といふ届を出してしまつた。白井と銀座をぶらついてから三井本社[*165]に行く。たづねた井口さんは春に脳溢血でお亡くなりになつたさうで大島さんに会ふ。父の用である株の払込のことは大島さんに連れて行つてもらつたので簡単にできた。そのあと高橋のとこに辞引(ママ)を取りに行つたが全員留守でお蔭さまでくたびれながら帰宅。

澄子から長い手紙が来てゐる。色んなことが書いてある。風邪をひいて一週間ばかし無理をしてゐたらしいから手紙がおくれたのはまづやむを得まい。延子さん〔澄子の妹〕も病気だつたらしくて色々ごたごたしたのだらう。姉及び母〔姉、慎子と母、山下ラク〕との間はやはり全然うまく行つてゐないらしい。さ来年の春まででも頑張るなぞと書いてゐるのが、早く東京へ来て一家をもちたいことが分るだけにしほらしく可憐である。うまく行かないことは始めから分つてゐるのだから、それを無理にあづけて来た僕に一番の責任があるのだらう。可哀想だと思ふ。しかし今急にどうすることも出来ない。住ひがないし金がないと来てゐるのだから。東京に来てから今迄に四〇〇つかつた。残りは僅かしかないから厭でも勤め出さざるを得ない。これを読むとまた急に北海道に行きたくなるのだけど、もうおそい。もう一日早くこれが来てゐたら無理をしてでも行つたかもしれないのだけど。夏樹はますます「面白くなる」さうだ。澄子は暇さへあると自分がまだ綺麗かどうかを鏡を見て心配してゐるさうだ。澄子、君は綺麗だよ。みんながさう思つてゐるのだし僕にとつては君が世界で一番のプレテイガールなのだ。そして君があたしはほんとにいけない子なのかしらといふ時に、僕は自信をもつて君が正しい素直な可愛いい(ママ)子であることを証明してあげる。君にさういふ反省を強ひる人達は一体どんな魂を持つてゐるのだらうか。

## 十一月二十九日

朝から寒い雨がふつてゐる。一日中寝て本を読んでゐた。少し風邪気味なのが抜けない。澄子に返事、山下さん[*166]に手紙。

## 十一月三十日[*167] 雲(ママ)

午前中正明君と大井町にチツキを取りに行く。長い間待たされその上で三十キロの重い荷物二個を二人で担いで帰つてくる。伯父さんのサアビスが悪い（といふより絶無）なのでもうちつと何とかならないかと思ふ。高村さんより返事[*168]。花巻でまた罹災されて山の中に独居とか。先生も老齢で大変だらうと同情する。午後は雨。秋声「足跡」[*169]を読む。この頃秋声がひどく好きになつて来たのはなぜだらうなどと考へる。僕は結局構成といふことを考へやすいのだが、かうしたロマンが単に流して行つたものだとは思へぬ。本質的に作者は巧みな構成家にでき上つてゐるのだ。この立体的に浮彫にする手法のうまさ。過去と現在とのメランジュ〔mélange 混合〕、そして文章の素直な味は何とも云へぬ。今日乾柿を買ふ（十二）。鮎沢さん[*170]への手紙。

## 十二月一日

今日から局に出掛ける。今朝は暁早くから咳が出て睡れずしかもチツキを持つたためか胸のとこの筋肉が痛んで困る。調子が悪いがこつちから一日からの復職届を出したので休むわけにも行かない。行つて中沢さんに聞いてもまだどこに行くともきまつてゐない。ただ報道部の資料室に行くことはほぼ確実らしい。ここに行けばあとでlistning(ママ) Centreに廻される時頗る具合が好いだらう。この新しいポストは目下部屋を探してゐる最中で、部屋さへ見つかればスタアト出来る。白井・丸山さんなどと駄弁つて午後になる。渋谷を経て帰る。色々の生活必需品を売つてゐる。今日は何だかしみじみ金がほしいと思つた。澄子と一緒にさうした物を買ひあつめて家を持てるのだつたらどんなに愉しいだらうかとそんなことをしみじみと思つた。

伯父は今日笠岡に立つた。中村から葉書が来てゐる。実業之日本の方[*171]は有望らしい。三万部刷つて印税一万円もらへなどと書いてゐる。かうした空想は仲々たのしい。

**十二月二日**　日曜

天気がひどくよく小春の暖かさがある。仕事もいつかう出来さうにないので昼をすまして出掛ける。昨日発明協会の風間さんから電報が来て(おくれて)ゐたので道をききながら中井の家を訪ねる。折悪しく一家留守。東中野へ歩き、偶然中野駅で小山・鈴木二君[*172]に会ふ。高橋のとこに行く。かねて頼んでゐた赤ん坊のものをもらふ。ネル大幅一丈、タオル地大幅五尺、浴衣二枚、帯、あんまり沢山あるのでびつくりする。高橋の親父さんの好意がだいぶあるらしい。お金の払ひやうもないし、お金もないので(一体時価にみつもつたらどの位になるのか見当がつかない。百円札が何枚かとぶことは確かだ)ただでもらつて来る。何かお礼をしなければならない。何にしても友達といふものは有難いものだ。これと辞引（ママ）などをさげて帰る。武蔵境の駅で芦沢嬢に会ふ。よく人に会ふ日だ。いつまでたつても平凡なお嬢さんだ。ただ最後に、学校時代に印象に残つてゐるのは、何か一生懸命にやつてゐた人だ、といふ言葉が面白くきかれた。澄子の話のあとでのこと、澄子が在学中に一心にやつてゐたのは僕との恋愛だらう。それが芦沢嬢にまでそんなつきつめた印象、好もしい印象を与へてゐたといふこと、それが興味があり、また澄子を理解する一つの鍵になると思つた。

今日梅野さん[*173]に葉書を出した。早くお金がほしいと思ふ。セリイズ〔séries シリーズ〕にして色々出すのがいいと思ふ（中村もその意見）。何とか翻訳ぐらゐでめしが食へるやうになるといいのだが。そして早く家をもつこと。澄子と夏樹と三人だけの。

## 十二月三日

東京は初霜といふ。朝の間はぶらぶらして午後局に行つてみる。まだ発会に至らずまだ当分は出勤の要なし。発明協会の方は正式に断つたのだからこれで局の方が駄目にでもなればいい面の皮だ。白井が探偵小説を二冊たのみもしないのに貸してくれる。早く家に帰り、夜エラリクヰン[*174]の埃及（エジプト）十字架〔The Egyptian Cross Mystery（1932）〕を読む。ロオトレアモンとビリチスの歌〔九月二十四日の註釈*85、*91参照〕の訳を考へてゐる。六月間の定期五六・〇〇。

## 十二月四日

今日は一日どこにも出ないで寝ころんでゐた。風土をやらうとして始めの方を読み直してゐたが少しやつたらあきてしまつた。どうもすつきりと行つてゐない。文章がスムウズでない。そんなことで止めてマルドロオル[*175]をめくつたりした。晩食糧一〇・〇〇。

## 十二月五日　水曜

伯母さん達が帰つて来るとの電報が昨日あつたので正明君と五時半に起きて迎へに品川に行く。今朝はひどく寒い。品川で七時まで待つて駅員に訊くと二時間位おくれて八時半になるだらうとのこと。そこで品川から前に僕の家のあつた白金猿町の方に散歩に行く。猿町の停留場をすぎ下大崎の前の家[*176]のとこに行く。もともと強制疎開でないのは分つてゐたが、あの辺一帯何もないのに驚いた。見はるかす限り何ものもない。国領さんや大岡さんの家のあとはただ礎石があるばかり。水道の水がじやあじやあ流れ出してゐる。畑になつた大根の葉にうすく射しそめた陽が霜をとかしてゐる。しづかで、何か夢の中の風景のやうだ。品川に戻る。駅員に訊いてみると既に広島発のこの汽車は着いてしまつたとのこと。慌てて戻る。伯母さん、アブちやん、テル坊、ノンリみな安着。伯母さんと久しぶりに話を交して局に行く。発会はまだ。白井とフランス現代小説シリイズの話をする。これを実業之日本に出させようといふ計画だ。もし駄目なら青磁社でやつてもらふ。とにかくこの計画はたのしい。白井は三田文学で原稿がなくて困つてゐるから僕に小説を書かないかといふ。耳よりな話で急にのりきになる。かねての「塔」を書く気になる。とにかく話は駄目でも短篇をひとつ試みるといふことはいいことだから、これを考へながら研究室に行く。次第に暖くなる。小春のよいお天気だ。研究室はしまつてゐる。廊下の窓に凭れて下を見てゐると、真黄色な銀杏の落葉がアスファルトにいつぱいたまつてゐる。そこを靴で歩く人の足音がかさかさと驚くほど高い音を立ててゐる。渡辺さんに会ふ。彼は相変らずペシミストで同情のない顔色だ。シリイズの話をしたが良心的でなければ反対だといふ。しかし何が良心的なのかそこがむづかしいところだ。とにかくまるで主義〔マルクス主義〕の訳では困るがさうかといつて今、生活を別にして翻訳なんか考へられない。彼から気に入つたものならやるとの約束をもらふ。帰つて伯母さんとの話。洋子ちやんの学校について、伯母さんの仕事について。正明君の気象台入りはどうも駄目らしい。

夜、作品「塔」（夢の物語）のプランを練る。

**十二月六日**

午前中「塔」を考へる。午後伯母さんと城崎さんのとこに行き御馳走になつて終電車で帰る。自由ケ丘で加藤のムツタアに会ふ。

**十二月七日**

一日家の中に閉ぢこもつてゐる。風邪気味なのが仲々直らずせきが出て困る。いい加減にプランをつくつてあとは一気に書くつもりでゐた「塔」も何だか集中しなくなつた。煙草のないのが原因の一つ。

**十二月八日**[*177] 大東亜戦争紀念日〔開戦記念日〕。

かうしてまる四年間が空虚にすぎ去つて行つたのだ。それは一つの悪夢だつたといへるだらう。特に青春の人たちにとつてどんなに大きな損失だつたか。

「塔」を考へる。煙草のないのがあまりに苦痛なので、加藤のとこに行かうと思つてゐると、ひる、彼がひよつこりやつて来た。三日ばかし前に広島から帰つて来たとか。暫く話をしてから彼は用があつて帰りまた迎へに来てくれたので連れ立つて宮前町の彼の家に行く。カフエなどを飲んで夜おそくまで彼及び彼の両親とだべる。話は山ほどある。加藤は広島で若い米国の将校と友人になり愉快な日を送つたらしい。[*178]この友人は近日東京に来るらしいからさうしたら近づきになれるだらう。僕たちは政治や文学のことを心ゆくばかり語り合つた。特に天皇制の絶対廃止について。

**十二月九日**　日曜

今日は僕以外の全員が朝から城崎さんの処へよばれて行つた。それで一人で「塔」を書いた。夜までに十八枚ほど書いたが、これらは schéma〔概要、あらまし〕に過ぎない。従つてあとからまだ多分に書き加へなければならぬ筈だ。何だか段々にメルヘン的になつて来たので弱つてゐる。もつと visionnaire 風[*179]のものにしたかつたのだが、どうもオスカ・ワイルドみたいになつてしまつた。マラルメの Igitur ふうの象徴味を加へるつもりでゐる。子供たちの合唱四行三連[*180]が簡単にできた。これが一種のエフエ〔effet　効果〕を生んでくれるといいと思ふ。昨日加藤と今週中に追分に行く約束をした。何とかそれまでに創つて中村や加藤に読んできかせたく思つてゐる。木庭〔一郎。筆名、中村光夫〕さんからマルドロオル断られた。どうにもならない。慌ててもしかたがない。

**十二月十日**

朝から局に行く。しかし listning（ママ）-Centre の話はどうなつたのかいつかう要領を得ない。白井はアヴアレ〔avaler　飲み食い〕に出てゐるし丸山さんは旅行からまだ帰つて来ない。フランス語は僕が資料室に属すると僕一人となる。しかし露語・支那語もあまり積極的ではないやうだ。僕の発会はまだ仲々らしいが、とにかく勤め出すことにして部長に紹介される手筈で中沢さんのとこにゐたら夕方まで待たされて結局駄目。かういふとこも官僚的で実に困る。実業之日本に行つて倉崎さんに会ふ。「蜘蛛」の紙型は焼けたらしいが直に始めるとのこと。校正ずりでもう一度手が入れられるから寧ろその方がいい位だ。最低一万は大丈夫とのこと、安心する。それから連れ立つて梅野さんを訪ふ。彼は新婦人[*181]といふ高踏婦人雑誌の編輯をやつてゐて、もう実業之日本にはゐない。ここで原稿を二つたのまれる。一つはフランスの短篇の訳、これにはラルボオの「子供の場景[*182]」の何かが適当と思ひそれをやることにしよう。もう一つは古典的作品の紹介或は読書指導の如きもの。これは何がいいのかまだきめてゐない。「神曲」なんかがもつともいいのだがこれには勉強が必要だ。前者は三十枚後者は十枚、一週間か十日のうちにといふ注文だ。ありがたい話で（勿論 gagner la[ママ] vie〔gagner sa vie　生計を立てる〕として）引受けようと思ふが肝心のラルボオが手許にない。運送屋にたのんではあるが何よりも早く本が白井のとこから来なければ話にならない。帰宅。目下心は「塔」にあるから頼まれたものよりも先にこれをしあげたいのだが、暇がありさうもない。夜はお客さんの相手をして風呂に入つたら、もう「塔」の中の子供たちの合唱を推敲して、この日記を書いただけで十一時に近くなつた。

## 十二月十一日

澄子からいつ帰るかといふ電報が来てゐる。仲々行かないので心配になつて来たのだらう。どうしても二十日頃になる予定。信州行がまづこれで流れさうだ。

午前中は井田さん宅に伯母さんに同行。午後局に行つたが誰にも会へず。白井と昨日の僕のたのまれた翻訳の話をして、そのまま帰る。夜加藤のとこに行き、信州行を断る。それより塔のシエマ〔schéma 概要〕を続ける。夜は寒く、かつ正明君が邪魔になつて困る。

どうも書斎は寒いし、茶の間では邪魔をされるしやりきれない。これでは本格的に仕事を始めたらどうなるやら。伯父さんが帰つて来たら一層事だらう。塔はますます好調。たのまれものの翻訳以前にこれをしあげたいものだ。運送屋は明後日になるといふからラルボオも期日がなくてあとで無理をしなくてはならないだらう。煙草三個九〇―（あがつた。これでも仲々手に入らないから無理をして買つておく）ツミレ一〇―、ノオト三冊四・五〇、雑誌タイム三―、残金一五〇―しかない。深刻になつて来た。

## 十二月十二日

午前中で「塔」の下書三十一枚は完成した。あとは手を加へて清書するばかり。あと一日二日かかりきりになれば出来るのだが時間が許さないだらう。局ではまだ発会にならないが報道部副部長がとにかく始めてゐてくれといふので、今日六時から七時までダイヤルを廻してみた。フランス語関係はとても駄目らしいが、暇つぶしみたいで楽なことは楽だ。ただ色々の短波をうまくキャッチするのには相当に神経を痛める。運送屋は十六日でなければ行けないといふから、ラルボオどうすればいいか困つてゐる。結局明日くらゐ白井のとこに取りに行かねばならないだらう。

今日澄子に速達を出した。電報は忘れた。

## 十二月十三日

朝はもう寒い。氷が張つて霜が白く畑を覆ふ。それでも陽が射すと四畳半は暖かすぎる位だ。「塔」の手入を始める。まだだいぶ抜したところがあるから遅々として進まない。しかしこの仕事はたのしい。午後局に行き白井に会ふ。青磁社のパスキエの話を聞いて、明日信州に立つ加藤に伝へるため、白井から聞いたこと（1）パスキエは本式に決定。ただ片山敏彦氏の全訳の形にすること。従つて僕等（加藤・中村・白井・僕）がやつても下訳といふことになる。部数一万内至二万、（2）フランス現代小説シリイズは白井も青磁社に持ちこんで、ほぼ確実らしい。その時は実業之日本の方でもうんといふとぶつかり合ふことになる。「蜘蛛」は単独でも実業の方で出さない訣には行かない。しかしシリイズに「嘔吐」と並ぶのがいいことも確かだ。さういふとこを近日中に倉崎氏と会つて決めなければならない。（3）青磁社の片山氏が、僕や中村やに会つて智恵を借りたいさうだ。いづれ顧問格にする由、（4）来年五月位からクオタリ〔quarterly（英）季刊誌〕を出すとのこと。川端・横光〔利一〕などに書かせ間に新人をはさむさうで僕なんかの出る幕もありさうだがまづ慶応の新人紹介といふことになるだらう。以上は昼のみでなく夜彼のとこに行つて話したことども。局から研究室に廻り三宅と神田とに会ふ。どつちも久しぶりだ。森〔有正〕さんはお子さんをなくしたとか。加藤は家に既に帰つてしまつてゐた。それから局に行き飯を食つてから白井を訪ねる。これも運送屋がサボつたせゐだ。玄関先でビール箱をあけてラルボオ「子供の風景」〔十二月十日本文では「子供の場景」〕を探す。途中で厭になつたが頑張つてとうとう見つけ出す。そのあと前のやうな話をし、九時半に帰る。代々木八幡で電車を五十分待たされて、自由ヶ丘からは歩いたため帰宅十一時半近く。

## 十二月十四日

ラルボウの短篇は昨夜電車を待ちながらだいぶ再読した。「ドリイ」にするか「ロオズ」にするかできまらない。[*183] この本は前に澄子と一緒に訳したらと思つてゐたのだからなつかしい。何だかほんの側に彼女がゐるやうな錯覚を起す。中村からの手紙でまた耳よりなニュースがあつた。田部重治〔英文学者、登山家〕・堀辰雄・片山敏彦の信濃組が集つてクオタリ「高原」[*184] と「花粉叢書」[*185] とを出すさうだ。クオタリは来年三月刊五百枚以上。中村が編輯委員の一人に選ばれたが、それには僕と加藤との原稿がほしいといふ意味があるさうだ。堀さんが僕のロマン〔「風土」〕を出したがつてゐるといふ。どこまでの話なのか中村といつぺん会はなければよく分らないが、まづあてになる話だ。中村も僕らの雑誌が駄目ならこれに合流しようかとも云つてゐる。何しろ書ける舞台が一つでも多くあるといふのは好いことだ。これで僕自身の原稿と翻訳とを並べてみると次のやうになる。

[1] 僕たちの雑誌。羽田書店と連絡。加藤はこれがうまく行かなければ、白井健三郎がやる筈の社会主義研究誌に合流しようと云つてゐる。「虹」で行きたい。

[2] 青磁社クオタリ、或は三田文学。僕の「塔」は今のところこのどつちかのために書いてみた形になつてゐる。

[3] クオタリ「高原」。「風土」を出したい。

[4] 翻訳「蜘蛛」の修正原稿及びノオト。実業之日本、或は青磁社。

[5] 翻訳「パスキエ家の記録」。片山さんの話如何でどの部分を持つかをきめる。青磁社。

[6] 翻訳「子供の風景」から。新婦人。それに読書案内の如きもの。

[7]

翻訳「マルドロオルの歌」。これは当なしでゆつくり。

今日は手紙書きやこの中村の手紙で色んなことを考へたりしたので仕事はかどらず。ラルボオを読む。「ロオズ」を一寸訳してみる。午後不動前まで澄子と伯父さんとに電報を打ちに行く。伯父さん少し病気で九州で悲観してゐるらしい。早く上京すればいいと思ふ。晩飯後出勤。ラヂオのダイヤルを廻してあつちこつち聞く。局の中はすごく暖く上衣を脱いでゐる。フランス語は摑まらない。大井町でおでんを食つて帰る（八・一）。手をかじかませながらこれを書く。

**十二月十五日**

今日はラルボオの「ロオズ」を訳す。これは割に易しくて筆がすらすら運ぶが、ただ女の話ふうに行かなければならないので一寸むつかしい。晩飯後出勤。風が吹いて頗る寒い。それが局の中では上衣を脱いで尚暑い位なのだ。今日はメルボーンの日本語放送サイゴンの仏語放送モスクワの日本語ニユースなどを聞いた。フランス語が摑まへられたのはよかつた。ただ早口の女のアナウンスでとても分らない。自信は一寸ない。帰りは窓硝子の入つてない電車で完全に吹きさらし。それでも身体の中の暖りが抜けないうちに家に到着するから寒いのは手や足だ。

**十二月十六日**　日曜

今日の一日はラルボオの訳で過す。今日中に終るつもりでゐたら、正明君に英語の試験をする約束があり、あとで同じ問題を洋子ちやんもやらせたりしたので夜がすつかりつぶれて二頁だけ残つてしまつた。英語は二人ともすごく出来ない。正明君27、洋子ちやん34（百点満点）、こんなことでどうなるかと思ふ。澄子よりの手紙。とてもいい手紙で感動する。夏樹が大きくなつたらしい。二人に会ひたい。全く一日も早く行きたいものだ。

## 十二月十七日[*186]

朝から雨。すごく寒い（高崎以北は雪だつたさうだ）。朝のうち残り二頁をしあげて「ロオズ・ルウルダン[*187]」の訳完了、三十四枚。通乃さんからの手紙。暗中模索してゐる向上心のある女性の姿を見る。何かやりたいが手段を与へられてゐない。関心はあるが実際には出来ないといふ悩み。通乃さんは盛に澄子を羨しがつてゐる。僕は澄子に対して常に理解と同情とのあるマリ〔mari 夫〕になりたいと願つてゐるのだが、それが澄子に分つてゐてもらへるかしら。通乃さんみたいな人を見ると、早くいい人のとこにお嫁に行つて、大いに勉強させたいと思ふ。まだ今の世の中で、女性が独立して勉強するといふのは不可能に近いのだから。どうしてもいい保護者が必要なのではないだらうか。通乃さんの手紙と同時に伯母さんに一時に局に来てくれといふ堀教授の速達があり、伯母さんは朝から他へ行つたので、僕が断りに行くことにする。それで早目に家を出たので、ラルボオを殆ど読みかへす暇もなかつた。雨がふり風が吹いて局まですごく寒かつた。まづこの冬始めての寒さだらう。局で白井に会ふ。青磁社の現代フランス文学のシリイズは正式にきまつたさうだ。但し八冊までで、あと二冊が未定。それは――（順不同）

1　ファン・デル・メルシュ「神の烙印」（新庄〔嘉章〕）
2　サルトル「嘔吐」（白井）

3　セリイヌ「夜のはての旅」（岡田〔弘〕）
4　シモオヌ「怒りの日」或は「地上楽園」（河盛〔好蔵〕）
5　モオリアク「海の道」（杉〔捷夫〕）
6　グリイン「幻を追ふ人」（新庄或は福永）
7　シヤルドンヌ「ロマネスク」（高橋広江）
8　ダビ「オアシス荘」（鈴木力衛*188）
☆　ジロオドウ「シユザンヌと太平洋*189」（中村真一郎）
☆　ドリウ・ラ・ロシエル「ジル*190」（山内〔義雄〕）
☆　マルロオ「希望」或は「人間の条件」（小松*191〔清〕）
☆　ニザン「陰謀」
☆　プリニエ「贋造旅券」

従つてあと二冊入れなければならない。商売上新人は二人までにしたいといふので、白井は決定だが、あと一冊は、中村のジロオドウがもし入るなら僕が遠慮し、もしこれを他に単行で出すなら僕が入ることになりさう。その時はグリインかメルシユかのどつちかだが、僕はグリインの方が勿論いい。新庄氏は何でも屋だからメルシユでもいいだらうといふことにする。問題はジロオドウで、もしこれを中村が固執するなら僕は遠慮すると白井には云つておいた。いづれにしてもこのシリイズが出るといふのはいいことだ。これで実業之日本とかち合ふことが心配になつたので、そのあとで廻つてみる。倉崎さんに会ふと、実業之日本では来年度にはとても間に合はないから再来年になり、今から約束は出来ないといふので、むしろ助かつた。現代世界文学の方もまだ作品の選定なんかは出来てゐないらしい。僕の「蜘蛛」は単行で出すか、それとも名目だけ二十世紀世界文学叢書のやうなものにして出すか未定らしい。とにかくこれは出るので、クリスマス位までに原稿を渡し、一月中にノオトを渡すといふことにした。仲々忙しい。出版部長といふのにも一寸会つたが、フランス短篇集を出すかもしれずその時はお願ひすると云つてゐた。倉崎氏と共に新婦人協会[*192]に梅野さんを訪ねたが留守。ラルボオは倉崎氏にあづける。随分早いといつて眼を丸くしてゐたから一寸威張つてやつた。そのあと新橋駅により切符のことを聞いたら北海道は上野しか扱はないといふ。これがまた大変むづかしいことになりさうだ。もう十七日だからクリスマスまで直に経つてしまふ。明後日までに読書案内をしあげ、「塔」と「蜘蛛」の修正をあと一週間でやるといふのは大車輪な訣だ。局で散髪、新聞をよむ。尚正式に発会になつたと金山さんが教へてくれる。十二月一日附だ。これでまづルンペンにはならなくて済んだが、こんどはあまり勤めに気が乗らないといふのも変な話だ。贅沢かもしれない。夜、短波を聞いてゐるうち支那語の鈴木君と議論を始めて聞くのはそつちのけになつてしまつた。天皇制で大いにやつつける。インテリが天皇制なんかを生ぬるく考へてゐては駄目だ。帰宅。大いに腹がへつてゐる。食物もとつてあるし火もあるのだがやつぱり澄子がゐたらなあと嘆息する。昨日の澄子の手紙以来どうも彼女のことばかり考へてゐる。

## 十二月十八日

朝から仕事。新婦人にたのまれた読書案内は、神曲にしようか十九世紀のフランス小説のどれかにしようかとさんざ迷つた末、今朝ジイドを書くことにきめた。参考書が何もなく且ジイドのものもないので不便きはまる。アントロジイ（仏現代散文）が一冊あるきりで、ジイドの日記[*193]を持つて来ておけばよかつたとつくづく思ふ。今度帯広に行つたら忘れず持つて来ようと思ふ。夕方までに完了。「ジイドに就いての手紙」十一枚。[*194]夜は今日が最後といふ意味でお休みにした。慌しいことに平川先生といふお客さんがあつてあんまり休養にならなかつたが、先生が寝てから伯母さんを摑まへて無教会論と詩論とをする。クエカア宗といふのは、牧師のゐない教会らしくて大いに調べるだけのことがありさう。

夜足がつめたくて眠られなかつた。

**十二月十九日**

今日は伯父さんと光ちゃんとが帰つて来るといふので伯母さんと品川に迎へに行く。十時半着のが二時間おくれて着。ゐない。すると伯母さんがげらげら笑つてゐるのでどうしたのかと思ふと、今日を二十日だと間違へてゐたのださうだ。伯母さんは局に堀教授に会ひに行く。僕は大井町の市で、のり二帳（ママ）（十四・—）を買つて帰る。おそくなつて慌てて出掛ける。銀行へ行くと閉つてゐてお金出せず。これを出すと残りがゼロになるのだから、僕も愈々背水の陣の訣。出せないのでくさつて新婦人協会に行き原稿を渡す。明後日原稿料をくれるさうだ。いくらくれるやら。局で報道部長などに挨拶する。夜サイゴンを聞いて帰る。すると伯父さん達がゐる。さつき帰つたところだと。やはり今日の汽車で関ケ原で雪のためひどくおくれたのらしい。久しぶりに会へて嬉しく思ふ。やはり子供と二人で九州旅行なぞをすると心細くていけないだらう。大いに元気をつけてあげようと思ふ。今日は何も仕事出来ず。伯父さんが現れたとなると、これからもあまり自由ではないかもしれない。

## 十二月二十日

午前中「塔」を少し見る。伯父さんと子供たちとがやかましくて仲々気が乗らない。午後早目に局に行く。白井と会つてゐると青磁社の若い人が来た。結局本きまりは、メルシュ、サルトル、シモオヌ、モリアク、グリイン、ジロオドウ、シャルドンヌ、ダビの八冊に別格でマルロオの「希望」らしく、中村のジロオドウを入れたので、僕の出る幕はまづなくなつたと思ふ。彼からタバコ二個もらふ（六〇―）北海道用。夜帰りに間違へて山手に乗り渋谷までつれて行かれる。GIからショコラ二つ（二〇―）を買ふ。高いけどしかたがない。

今日運送屋が白井のところに行つたけど留守だつたさうだ。今日はまづいことばかりだ。

## 十二月二十一日

朝の新聞に汽車がまた三割へると出てゐる。*[195] これで旅行はますます窮屈になる。

「塔」の修正続稿。午後早目に出てバンクに行つてみると今日も戸を閉ぢてゐる。凍結と同じことだから大いにくさる。「新婦人」による。ここでもまづいことがあつて、僕の書いた「ジイドに就いての手紙」は読書案内的なもので困るから全然読者を突つぱねた辞引(ママ)の原稿のやうなものを書いてくれといふ。内容はこれでいいのでもう少し形式を変へて、来月中旬までに頼むと。僕はジイドもう一遍書くのは厭だから断つた。フランス現代小説の展望のやうなものでもいいと云ふ。ロマン・フルウヴ〔roman fleuve 大河小説〕を列べて書くやうなものなら面白いのだが、それでもよく二十枚まで構はないといふので一応引受けた。併し、御婦人むき雑誌に書くやうなジャナリスチクな才能が僕にないことがこれで瞭かになつた。一種のプライドを感じる。あとで白井に話したら、それは手紙の形式による小説になつたとこがいけないのだらうと云つた。一種のトリステス〔tristesse 悲哀、さびしさ〕とプライド。原稿料（ラルボオ）一枚七円で（安い！）税を一割何分か取られ二百十円もらふ。まづ煙草銭にはなる。チクマに行くつもりでゐたが時間がなくて局に行き白井に会ふ。ここで青磁社本きまりになつて僕にグリインを頼むといふことを聞いた。中村もOK。これは実にグツド・ニュースだ。きまつたの次の如し。[*196]

メルシユ（杉）、モオリアク（河盛）、シヤルドンヌ（高橋）、サルトル（白井）、ダビ（鈴木力ヱ）、ジロウドウ（中村）、シモオヌ（新庄）、グリイン（福永）、別格にサンテクジユペリ Vol de Fuite[ママ][*197]（堀口〔大学〕）、マルロオ（小松）。なるべく早く原稿がほしいといふので三月位までにしなければなるまい。とにかく三人の名前が此所に加はつたのは嬉しいことだ。夜はラジオそつちのけでまた支那語の鈴木氏とロオマ字論などを戦はす。彼は議論の相手にはもつてこいだ。大いにやりこめる。現代支那文学では巴金〔中国の小説家、翻訳家〕の「家」「春」「秋」がひどく評判がよかつたらしい。周作人〔中国の作家。魯迅の弟〕は駄目ださうだ。

汽車の凄いことますますあつちこつちで聞く。今日は帰りにおでん（五―）を食つた。いいことと悪いこととが近頃はまるでごつちやだ。

夜寝て荷風の踊子[*198]（展望[*199]所載）を読む。作者の筆つきのみづみづしいのに全く一驚した。これを目して単なるいつもの風俗描写だといふのは全く間違ひで、如何なる讃辞を惜しむべきでないと思ふ。「新生」新年号[*200]（二一・五〇）。

## 十二月二十二日

「塔」僅かに数行を書き直したのみ。どうも伯父さんがうるさいのと部屋を一つ確保出来ないためとで能率が上らない。午後加藤のとこに行つて見ると雪にふりこめられたらしくまだ帰つてゐない。その足で都立高等前に行きみかん（一〇—）、洋（ママ）かん（一〇—）を買ひ、渋谷に出て風船（三・五〇）、色紙三帳（ママ）（三・九〇）、タイム、ニユースウイーク（六—）、川田順歌集（一・五〇）を買ひ、地下鉄で新橋に行き、前に見たのとは違ふがおむつカヴア二つ（二八—）を見つけ出し、ついでにスゴロク（三・五〇）を買つた。それから局に出てお弁当を食つたら鈴木君が帰つてしまつたので、何となく僕も厭気がさして帰ることにした。大井町でGIがサパア〔supper（英）夕食〕を五〇—で売つてゐたが、間一髪で買ひそこなひ、菓子を（五—）で買ふ。私服の警官二名につかまつて片隅で説諭されたのは愉快だつた。実に叮嚀なものだ。何も悪いことはしてゐないのだが、警官といふとこつちがばかに叮嚀になるとかが昔憲兵などにびくびくしてゐた名残だらう。始め不良かと思つて恐かつたが（近頃は殺人強盗はすごく多い[*201]から）警官と分つてかへつてほつとした。

帰つて今日本が来たのを知る。運送屋（五〇—）はまづ安い。「蜘蛛」の校正刷はあつたが、原書は売つちまつたらしい。あんまり本が少いので悲歎する。ノオトなんかをすてたのも惜い。

今日のひるクリスマス・トリイを飾つた。子供らへの贈物は仲々いいものがない。そしてみんな高い。今日だけで一三〇—ぐらゐ消えた。寝たら雨がふり出した。

## 十二月二十三日　日曜　朝

何となく仕事にかかるのがおそくなつてゐるところへ澄子から葉書二枚と手紙に入つた写真とが来た。元気でゐるらしく明るくてとてもいい。写真もよく撮れてゐて見てゐて実にたのしい。クリスマスの最上の贈物だ。ベビイの大きくなつたのは不思議なやうだ。眼のとこが澄子にそつくりで、口許は僕の赤ん坊の写真とまるで似てゐる。

これを見てゐる時に加藤が中村を連れて来た。久しぶりで中村に会つた。昨日二人で信州から来たとのこと。信州はもう雪が深いらしい。加藤が僕たちの雑誌のことで一ついい話を持つて来た。上田の柳沢病院長が本屋の社長になつて、その民風社[*202]といふとこで雑誌を出してもいいといふことになつたらしい。編輯者として僕が入り相当の月給（五〇〇位）をもらふ。雑誌の内容は僕等の自由である。問題は紙の値段でこれは近く加藤に返事が来るらしい。午後、民風社の近藤といふ人と関係があり顧問といふ形でゐるらしい石川達三氏が九品仏の側にゐるので会ひに行く。もつと傲慢な人かと思つたら謙虚なので感心した。僕等のプランに干渉も深入もしないが賛成だと云つた。まづこの点成功で、あとは文壇の話、仏印[*203]の話、立候補[*204]の話（彼は東京区から出るといふ）等をする。

夜は加藤のところに行き大いに語り合ふ。みぞれから雪になつて窓硝子にさらさらといふ音がする。雑誌の計画を次頁のやうに色々きめ、且これと平行（ママ）に文明批評叢書といふのを出したらまうかるだらうといふことになる。内容的には主として文士の文化擁護、世界平和擁護のパンフレット類の訣で、百—百五〇頁二円位で出す。この企画は優秀だからどこの本屋でもとびつくだらう。これが雑誌の特輯と平行に出版されるとこがみそである。

夜ふけてから、僕の未定稿「塔」を読む。好評。アレゴリク〔allégorique 寓意的な〕にならないことが以後の修正の要点。文体は頗る評判がいい。今迄の日本文壇小説とまるで違ふもので、その点で三人で日本の小説の古さをさんざんけなした。
十一時すぎに帰つて来た。夜一人歩くのは怖い。夕食(七―)。

雑誌　九〇頁　二三五枚
特輯研究　四〇頁　一〇〇枚
作品　三〇頁　七五枚
記事　二〇頁　六〇枚
(創刊号)　(2号より)
Duhamel 研究　翻訳短篇一
選集　三五枚　右の作家研究
年表　五枚(加藤)
論文(渡辺)二〇枚
同(片山)二〇枚
同(中野(好夫))二〇枚
作品
風土(連載・福永)四〇枚
短篇(未定)三〇枚
詩(未定)五枚
記事(一〇枚づつ五人)

森有正・時評
帰還兵士の手記（立石〔龍彦〕）
風間道太郎・時評
問題提出
暦
雑誌評（マニフェストを含む）

記事内容（各号）
哲学―森有正・串田孫一・立石龍彦
宗教―森有正・浅野準一〔順一。神学者〕
文学（日・英米・欧・亜）
演劇―芥川比呂志・鶴丸睦彦〔俳優〕・村山知義〔劇作家、演出家〕
音楽―片山敏彦
舞踊―
絵画彫刻―片山敏彦
建築―生田勉〔建築家。立原道造の友人〕
映画―北原行也*205
歴史―林謙太郎〔健太郎。歴史学者、評論家〕
政治法律―立石芳枝〔法学者〕

経済―加藤俊彦〔経済学者。堀辰雄夫人多恵子の実弟〕
自然科学―物理学（高橋健人・益田〔ママ〕）
植物学（古沢潔夫〔生物学者〕）
地震学（佐藤春夫〔地震学者〕）
生物学
社会―竹山道雄〔作家、ドイツ文学者〕・風間道太郎・今日出海・石川達三
新聞―山本進〔編集者〕
出版―近藤雄教
農村―橋本〔福夫。翻訳家、米文学者〕
教育・学生―
Book Revue〔書評〕
Revue des Revues〔雑誌論文の批評〕
Reportage〔ルポルタージュ〕
問題提出
暦
主張

シリイズ《文明批評叢書》　一〇〇―一五〇頁　二円以内
小版　一万部以上

監修　片山敏彦・渡辺一夫・中野好夫

Mann: L'Avertissement à l'Europe〔『ヨーロッパへの警告』〕（渡辺）

Romains: Esprit de la Liberté〔『自由の精神』〕

J. R. Block: Naissance d'une Culture[206]

Berl: Mort de la Pensée bourgeoise[207]

Fernandez[208]　　T□aler〔不詳〕

Duhamel（中村）　　Gorki: Hommages[209]

Roland（片山）　　Schweitzer

Foster[210]（中村）　　Tagore

Zweik[211]　　Croce[212]

Basso[213]（片山）　　Murry[214]

Malraux

**十二月二十四日**　クリスマス・イヴ

十時に自由ケ丘で二人に会ひお茶の水に出る。外食券食堂で食ひそこなひ、ところ天（三人・三一）で休息する。一〇一のビフテキはよし食はうと決心した時には売切。羽田書店に行く。羽田氏は選挙で上田へ行き留守。若い進士〔益太〕といふ人に会ひ、色々意向を訊き注文を述べる。羽田の方も雑誌は乗気らしい。これで二つの本屋のどつちを選ぶかといふ問題が残つた。文化学院[215]内の近代文学[216]編輯部で長井善次郎[217]を訪ね留守。みかん（五一）の立ぐひをし歩いて大学に至る。中央公論新年号[*218]（二・五〇　二冊）を買ふ。売切やダキ合せの多い中で漸く見つける。研究室はあいてゐず、大学は二日まで休み。鈴木力ヱさんの住所不明のまま。加藤に台湾人学生により切符が買へたら買ふやうにたのみ二人に別れて水道橋に出る。メモ六冊（二・七〇）・ノオト三冊（四・五〇）をクリスマス用に買ふ。局に到り月給（一九〇ばかり）をもらふ。白井に会ひ「蜘蛛」の原書を借りることをたのみ、且ショコラ・煙草なぞを予約する。空腹でふらふらになつてゐる。新橋の闇市でおでん（五―）・いも菓子（五―）を食ひ漸く疲れを医す。満員電車で帰る。

イヴの晩子供たちが寝てから洋子ちやんと二人でプレゼントの計画をする。結局僕の買つたものが全部で、伯父さんたちは何もなく、僕がサンタクロオスの代へンといふ訣。しかし昔の僕の経験を思ひ出すと何でもいいからプレゼントをもらへることはいいことだ。光雄（スゴロク・ノオト）、直子（ノオト・色ガミ）、輝雄（色ガミ・風セン）、ノンリ（色ガミ・風セン）、洋子（ノオト・メモ・千代紙・ショコラ半分）、女中（千代紙・ショコラ半分）、正明（ラツキイストライキ十本・メモ）、伯父伯母にメモ一冊づつといふことにした。お粗末だがしかたがない。ゆつくり探すひまがなかつたし、またいいものがないのだから。千代紙は澄子のをもらつた。彼女も悦んで提供してくれるだらう。夜大人たちだけが残つてカロル〔祝歌、頌歌。賛美歌の一種〕を歌ふ。基督教的雰囲気は僕の中にノスタルジヤのやうに滲み込んでゐる。それは実に懐しい。音楽のある家庭はいい。そして音楽がクリスチヤンの家庭にしかないとしたら、子供のためにクリスチヤンであることはいいことだとまで思ふ。夏樹をこのやうな雰囲気で育てたいと思ふ（これは伯父さんの家庭式にといふ意味では決してない）。澄子とベビイの写真頗る好評。伯父さんがひどく澄子をほめたのが印象に残る。赤ん坊の方を主にして見て下さいといふふうに抱いて、自分が少し横を向いてるところがとてもいいさうだ。
この夜はたのしく更けた。澄子たちはどうしてゐるかしら。写真が送つて来たので、一日も早く行きたくなつてゐる。

**十二月二十五日**　火曜　クリスマス

朝のうち白井のとこに出掛ける。折角運送屋が本を運んでくれたが肝心の「蜘蛛」の原書がなかつたので、これを借りに行く。電車はひどく満員だ。白井は留守でトロワイヤ[*219]を四五冊借りて来る。渋谷まで歩き、クリスマスのくじ引用の材料（柿一〇―・林檎一〇―・みかん一〇―）とあめ四本（一〇―）とを買ふ。ひるを過ぎたので加藤のとこによるのを止めた。本来中村と三人で午後から中野さんのとこへでも行く約束があつたがくたびれたのと、今日はホオムデエにしようと思つて。城崎夫人、恒彦さん、土井さんの奥さんなどが見える。みんなで話し合ひ、夜はそのくじ引やピアノを囲んで歌をうたつたりして過す。夜停電したので、勉強出来ず。九時半ごろ寝る。十二時前に寝たのは久しぶりだ。

**十二月二十六日**

段々年末に迫つて来た。石炭はますますなくて北海道行はますます心細くなる。一日中「蜘蛛」の修正と取組んでゐる。早くこれを渡して少し早目にお金を貰はふと思つてゐる。
夜出勤。近時頗る寒くなつたので、ぼつぼつと霜焼が出来始めた。それでも例年のやうなことはない。

中央公論所載荷風の「浮沈」を読む。これは本格的ロマンで彼として内容は女給物。構成は「おかめ笹」〔永井荷風の長篇小説（1918）〕的だが、完全なロマンになつてゐて踊子より上だ。未完[*220]なのが惜しいが先がまたれる。荷風老ひずの感が深い。僕の「独身者」もこの位の風俗的背景がほしい。

## 十二月二十七日

伯母さんは今日からCCD[*221]に勤めるとか云つて出掛ける。伯父は風邪を引いて寝てゐる。四畳半を取られてしまつたので、しようがなしに座敷で頑張る。今日は頗る寒くて手がかじかみ、僕には全く苦手の冬が本格的に襲来した。「蜘蛛」を続ける。昼すぎに加藤と中村が現れる。二人は昨日渡辺・中野両先生のとこに行きどつちも援助の約束を得て来たらしい。雑誌とシリイズの両方の監修と翻訳（シリイズ）と原稿（創刊号）との約束。今日は白井健三郎のとこに行かうといふので、出掛ける。台湾人の学生のアパアトによつて中村が切符をもらひ、目黒から新橋に出たらもうだいぶおそくなつた。それでプランを変更し、僕は局に出ることにし、二人に別れた。これで中村と暫くお別れだ。加藤からは切符をもらはねばならないので近日中また訪ねる。局に行く途中で小雨になる。局で配給のみかん（三・七五）をもらふ。白井との話。青磁社のクオタリは大体「文化[*222]」といふ名前になりさう。

澄子に電報を打つつもりでまだ機会がない。忙しくて葉書も出せないでゐる。大体来月の二日か三日かに出発の予定。

## 十二月二十八日

昨夜寝てからと今日の午前中とで「蜘蛛」の修正を終る。新しく筆を入れた部分がみな厭なところばかりで、それこそ厭になる。午後実業之日本に行き倉崎さんに会ふと、明日彼は郷里へ帰り来月中旬でなければ戻つて来ないとのことで、予定してゐた前借の件駄目。せめて昨日来てくれればといふ話だつた。惜しいことをした。これで当にしてゐた金が出来ないのでくさつてしまふ。局に行つても部屋に人がゐて短波がよく聞えないのでいい加減にして帰つてしまふ。夜は何となく駄弁つて十時就寝。これから十二時までグリインのヴイジオネイル[*223]を読むつもり。

## 十二月二十九日

昨日力ヱさん〔鈴木力衛〕の住所を聞かうと思つて渡辺さんのとこに電話を掛けたら何か話があるとのことで午後出掛ける。話といふのは鎌倉文庫が世界文学叢書の企画を立てそのうちフランス文学二十五冊の選定を相談したいといふのだつた。先生と二人でいい小説を考へる。まるでメンタルテストを受けてゐる具合だつた。そのうち中野好夫教授現れて鼎談する。荷風論なぞが盛になり先生僕に日和下駄〔永井荷風の随筆（1915）〕をくれるさうだ。それから中野さんが鈴木信太郎さん[*224]のとこに行くといふのでついて行く。焼野原の中にぽつんと書庫だけが残つてゐる。ふしんの話などをして中野さんと一緒に六時頃省線に乗る。大学の改革案なぞを吹きかける。加藤のとこにより白井健三郎をメンバアにする件を聞く。それから一高の雑誌[*225]に一月末までに「カメライ（ママ）[*226]」なる欄を設けて皆で書かうといふこと。家に帰つてからフランス小説のリストを書く。くたびれて進まない。夜なかなか眠れず色んなことを考へてゐた。眠つたのは二時近かつただらう。

**十二月三十日**　日曜

寝坊して十時頃起きる。直に支那人の学生（加藤の弟子、上田で識り合つた——）を洗足のアパートに訪ねる。留守。これで切符は明日にならう。どうも汽車は大変らしくだいぶおつくうになつてゐる。朝刊に上野駅の写真[*227]が出てゐる。実に物凄いものだ。鎌倉文庫のリスト製作。夜渡辺さんに手紙を書いてゐる途中で停電。九時すぎ寝てしまふ。寒くて寝つかれず且しばしば目覚める。伯母さんから三〇〇—借金する。世界[*228]四—、改造[*229]二・五〇—、文春[*230]二冊一・二〇、雄鶏通信[*231]・六〇。

**十二月三十一日**　夜半

今年一九四五年・昭和二十年ここに終る。

今日は切符のことで午前中ガク君といふ台湾の学生を訪ねた。切符は直にも手に入るが身分証明がないと検札の時に切符を取上げられるといふので買つてもらふのを延期する。中旬ごろに友人から旅行証明を手に入れてくれる筈といふので。とにかく正月に行くのは止めにした。澄子がどんなにか待つてゐるだらうと思ふが切符は自力ではとても手に入らないから已むを得まい。学生と天皇制や中国の将来や台湾の果物（檬果〔マンゴー〕・协枝〔ママ〕〔茘枝。レイシ〕・仏手柑〔ぶしゅかん。スダチの仲間〕）やロオマ字の話をし昼を外食食堂でおごつてもらつて帰る。彼等は四合配給[*232]ださうだ。展望（三・五〇）売れ残つてゐるのを買ふ。流石に世界と改造とはもうない。午後築地に行く。バンクは依然として開いてゐない。これで今年は伯母からの借金で暮れる。澄子へ電報。小為替を組むのをつひ忘れる。局で白井とダベル。荷風のこと。三沢氏が一緒になる。話盛ん、青磁社のシリイズ二冊ふえて十冊になりさう。一月十日頃朝日に広告を出すとかいふことだ。野田さんから買物、シガレット三三―（またあがつた）、ソオプ二〇―、ショコラ二〇―。白井と渋谷まで一緒に来て別れる。加藤のとこに行く。立石君が来てゐる。あとで益田君も来る。色んな話。エクゾチスム（歌舞伎(ママ)から）、朔太郎論（ルトウル・オ・ジャポン〔retour au Japon 日本への回帰〕から）、リルケの影響（朔太郎・白秋等の南蛮趣味と四季一派[*233]との違ひから）、ババロワの色鉛筆的カトリク、この辺で「独身者」を猛然と書きつづけたくなる。立石君は盛に僕の詩集を出版することをすすめる。さういはれると出したくもなる。併し詩集は仲々だらう。

十時すぎ帰宅。風呂に入つて寝てこれを書く。

この恐るべき敗戦の年[*234]は終つた。この日記もまづここで終るべきだらう。思へばこの日記はcarnet de voyage〔旅の記録〕だつた。併し同時にいつか僕のロマンの時代色的資料[*235]たらんことを祈つてゐる。僕は毎日サボらずに忠実につけた。この日記のモチイフになつたのは結局僕の澄子への愛だつた。僕は澄子のためにこれをつけた。さういふ意味ではこれはjournal intime〔私記〕といふより澄子への手紙といつたものだ。勿論日記をつけてゐなければ僕の愛情が薄いといふやうなものではない。併し僕は澄子にこれをいつか読ませ、別々に暮してゐても心はいつも通つてゐることを証明したいと思つた。夜疲れて帰つた時でも日記だけは休まなかつたのも、これをつけることに澄子への義務（別にそんな約束をした覚えもないのだが）を感じたからだつた。彼女は僕の励ましだ。日記は――僕の日常を表した日記は、僕の彼女へのサンセリテ〔sincérité 真心〕だ。そしてそれは同時に僕自身の心へのサンセリテだ。何故なら僕はここに嘘を書かなかつたから。

一九四五年この多難な年があと三十分ですぎようとしてゐる。日本の凡ゆる人々にとつて多難な年、そして僕と澄子とにとつても苦痛の如何ばかりか多かつた年。僕等は組長や群長で隣組から苛められ二人とも病人になつて大学病院に入院し、そのあと強制疎開、北海道行、向ふでの苦しい精神的圧迫の生活、サナでの孤独な生活、彼女の出産、その後僕は旅行に、彼女は赤ん坊のお守をして自由と文化とを欠いた生活の中に別々に離れて暮した。僕たちは他の多くの人たちが戦争のため不幸だつたやうに、不幸だつた。

併しそれでも僕たちはこの一年によつて深く愛することを、また愛することは悦びであることを知つた。これは少くとも僕にとつて大きな収穫だつたやうな気がする。愛は苦しいものと思つてゐた。大学病院時代には僕にとつても澄子にとつても、違つた意味で、愛することは悩み多いことだつた。併し僕等はそこを通過した。僕等は愛を灯のやうに心の中に燃して、それにより自分を暖まらせ自分を富ませることが出来るやうになつた。これは何といふ人間的成長だらう。澄子は今現に僕の側にゐる。すべてを理解し、すべてを体験して僕の側にゐる、さう僕は思ふのだ。帯広のサナ時代[*236]には数日会へないでゐればもうゐても立つてもゐられなかつた。この変化は、僕の愛がさめたのだらうか。否、絶対に否。愛の本質が変化したのだ。成長したのだ。大きな愛が僕の中に育つて行くのだ。彼女は今や僕と全く一体だといへる。僕のあるところに彼女があるのだ。そして彼女のあるところに僕があるだらう。彼女はこの日記を読んでも読まなくても、僕といふものの価値に一毫も足しもへらしもしないだらう。彼女は忙しくてきつと日記なんかつける暇がなかつただらうが、日記をつけてゐて僕がそれを読んでも、きつと僕の知つてゐる通りの澄子の日常がそこにあるだらう。僕の彼女への信頼は大きい。そしてこの愛は正しい。

僕は彼女を愛することによつて愛、本当の愛を学んだとしたら、僕はこの愛を万人におし及ぼしたい。すべての人を愛したい。僕が不満に思つた人たちに、これからはさういふことのないやうにしたい。すべてをあるがままに受入れて大きくすべてを包容したい。そこに未来がある。ヒュマニテイを信じなければ、世界は悪くなつて行くばかりだ。僕は自分の中に世界をつくり、世界の中に僕の考へを及ぼしたい。僕は一人の正しい人間として全世界の進歩に少しでも貢献できるやうになりたい。

道は遠いが、併し僕たちは少しでもいい方向へ歩いて行かなければならない。僕等は日本のみを見てゐては駄目だ。世界を見なければならない。僕は世界市民、コスモポリテース〔Cosmopolites 国際人〕として生きたいと思ふ。一つの日本といふ国が問題なのではない。世界の文明、世界の平和が問題なのだ。

一九四六年、この年はいいことがありたい。僕個人に関しても少しは日光の射すＶＩＥ〔人生、生活〕が展開することを祈る。過去はあまりに惨めだつた。過去は過去をして葬らしめよ。

僕はあと五年のうちに、三十三の年までに、文学によつて生計を立て得るやうになりたいと思ふ。この年がその第一歩であることを祈る。

いい作品を生みたい。そしてたとひ少数の人にでも正しく評価されたい。

澄子と夏樹ともなるべく早く東京によび一緒に幸福に暮したいと思ふ。この年にそれが可能だらうか。僕はそれを切に願つてゐる。

澄子は今、どうしてゐるだらうか。僕が今日までに遂に帯広に行き得なかつたのを悲しがつてゐるだらう。この悲しみは僕にも同じだ。併しいつかこの日、この年の二人の別居生活を笑つて思ひ出す時が来るだらう。

十二時、この年は過ぎた。
明日！　そして光明！
前進！

暇がなかつたゞらうが、日記をつけてゐて僕がそれを読んでも、きつと僕の知つてゐる通りの澄子の日常がそこにあるだらう。僕の彼女への信頼は大きい。そしてこの愛は正しい。

僕は彼女を愛することによつて愛、本当の愛を学んだとしたら、僕はこの愛を一万人におし及ぼしたい。すべての人を愛したい。僕が不満に思つた人たちに、これからはさういふことのないやうにしたい。すべてをあるがままに受入れて大きくすべてを包容したい。そこに未来がある。ヒユマニテイを信じなければ、世界は悪くなつて行くばかりだ。僕は自分の中に世界をつくり、世界の中に僕の考へを及ぼしたい。僕は一人の正しい人間として全世界の進歩にのしでて貢献できるやうになりたい。

道は遠いが、併し僕たちは少しづゝでもいい前へ向つて進んで行かなければならない。僕等は日本のみを見てゐては駄目だ。世界を見なければならない。僕は世界市民、コスモポリテースとして生きたいと思ふ。一つの日本といふ国が問題なのではない。世界の文明、世界の平和が問題なのだ。

一九四六年、この年はいいことがありたい。僕個人に関しても少しは日光の射すレーヌが展開することを祈る。澄子はあまりに惨めだつた。澄子は[illegible]幸をもたらさしめよ。

僕のあと五年のうちに、二十三の年までに、文筆によつて生計を立て得るやうになりたいと思ふ。この年がその第一歩であることを祈る。いい作品を生みたい。そしてたとへ少数の人にでも正しく評価されたい。

1945年12月31日の日記より

一九四六年一月三日〜六月九日

# JOURNAL INTIME[*1]

★

1946

★

FUKUNAGA TAKEHIKO

## 一月三日

新しい年が明けた。これは希望と光明との年でなければならない。僕と澄子と夏樹と、この3つの運命が少しでも好い方向に、明るい運命に、動いて行くことを望む。希望は常に大きくありたい。僕はこの年から5年以内に文筆、それも翻訳でなく創作で、生活出来るやうになりたいと思ふ。この5年といふ年月は直にすぎてしまふだらう。そしてその時は早く来るだらうか。それとも失望と後悔との中に容易に見きはめられないだらうか。すべては僕の génie〔才能〕と努力とにかかつてゐると思ふ。僕は自分にほほゑむ運命を信じたい。なぜなら運命は、僕にとつて、意志でするものであるからだ。僕は無気力に手を拱いて待つてゐるのでない限り、好運の星が上天に瞬くことを信じて疑はない。この年の僕の計画は、主として小説勉強にある。僕は「風土」を書き上げなければならぬ。「虹」は suspens〔一時中止〕の状態にある。これか「独身者第一部」のどちらかが完成するだらう。短篇は少くとも三つは書かう。翻訳は Green〔ジュリアン・グリーン〕: Visionnaire〔幻を追う人〕が決定し、Duhamel〔デュアメル〕: Pasquier〔パスキエ家の記録〕のどれか一冊がほぼ確実だ。その他恐らくもう一冊ぐらゐは頼まれるに違ひない。小説勉強は note を作つてどしどしやりたい。そのためには Duhamel, Troyat〔トロワイヤ〕, Green などが第一に勉強され、Dostoïevski, Stendhal, Mauriac なぞが次に勉強されるだらう。

雑誌も亦うまく start したいと思つてゐる。この中に僕は僕の全力を投げ込むだらう。僕は生活は pari〔賭〕だと思つてゐる。僕はこの pari を喪ふまい。

澄子と夏樹とを東京に呼び戻すことが果してこの年に可能だらうか。此所にもむづかしい問題がある。僕はどんなにかその日の早からんことを願つてゐるのだが、併しこれは客観的情勢によつて左右されるだらう。澄子には僕の気持は分つてゐるだらう。僕たちにはすべてが分つてゐる。

**一月七日**

このところ一寸気分が重い。少し風邪気味でそれが仲々よくならないからだらう。3日に白井[*2]のとこに行つて留守を食ひ渋谷から疲れて往復したのなぞも原因だらう。併し4日から「塔」[*3]を清書し出した。筆はよく進むが気分は愉しいといふ程ではない。夜よく停電するのなぞも予定がはかどらず元気がなくなる。しかも昨夜井上の博ちやん〔武彦の従弟〕が夜中に現れて、このためまた二三日つぶれてしまひさうだ。井上一家の厚かましさといふことが、僕がだいぶ苦労をしたおかげで癪に障つて感じられる。この年はあんまり憤慨するまいと決心したのだが、どうも駄目だ。何しろ個人の自由といふものをみんなもう少し尊重してほしい。やぶからぼうに人を当にして東京にやつてくるなぞといふのは困つたことだ。澄子の手紙。小為替200を送る。

## 一月十日

今日の午前中で「塔」が完成した。約60枚（45×30の原稿用紙で19枚）出来てみるとこれは仲々いいものだと思ふ。ただあまりにも日本の小説とは違ふ。日本の小説の伝統に嘗てなかつたものだ。これは全く外国、特にフランス文学の流れに立つてゐるから真の理解をHappy Few[*4]に求めることは出来ても、大衆に理解されることは仲々かもしれぬ。発表の機開(ママ)を如何にして持つかがむづかしいだらう。僕たちの雑誌ができるとしてもこれはどこか別のとこに出したい。「新潮」[*5]位に出たらどんなだらうかと考へてゐる。片山〔敏彦〕さんにたのんで、河盛さん〔河盛好蔵。評論家、仏文学者。当時は新潮社顧問〕に話してもらはうかとも思ふ。しかし書いてしまふと、さういふことがもう面倒くさくなる。結局「独身者」は第一部の途中、「風土」は丁度半分で、この「塔」が短篇とはいへ僕の処女作になつた訳だ。

近頃は日記をつける暇さへなかつたから思ひ出すままにつけておかう。

「塔」の再稿を始めたのは4日からだ。2日に大学、風間さん、城崎さんと歩き廻り、3日に白井のとこでふられたからだいぶ疲れてゐたが、ぐづぐづしてゐると暇がなくなるから思ひ切つて始めた。この夜停電だつたのでまた白井のとこに行く。寒くておちつかず一寸話をして帰つた。5日の土曜は女中のたかさんが正月の約束でまだ来ないので、たうとう洋子ちゃん〔武彦の従妹〕と迎ひに行く。池袋から武蔵野線で大泉学園に、そこから北風にまともに吹かれながら約一里強歩いてやつとつく。ひるを御馳走になり、たかさんの父親と三時間ばかり政治や農民の問題を論じてまた歩いて帰る。相当に疲れる。

6日の日曜閉ぢこもつて稿を続ける。夜停電。この日から今日まで毎晩電気がつかない。これは大いに能率を妨げてゐる。この日夜中に井上の博ちゃんが無警告で現れる。寒いとこを起き上つたり、僕の蒲団に一緒に寝かしてやつたりさんざんだつた。7日にはしかも博ちゃんが製粉器を買ひに行くのに案内してやる。それから局に廻りみなと少しづつ話をして伯母[*6]と一緒に帰る。夜は停電で何も出来ぬ。8日の夜は来嶋[*7]を原宿の家に訪ねる。この前直村の貞子さんから手紙が来て旧住所にゐると分つたからだ。この日は来嶋の命日で、僕は殆ど毎年この日は訪ねることにしてゐるから。徳ちゃん及びその夫人、赤ちゃんがゐた。小母さんも仲々元気だつた。

昔の人に会ふと懐しいといふのはお互に苦労をして来たせゐだらうか。9日は一日頑張つて「塔」を上げてしまふつもりでゐたが駄目だつた。何しろ夜が使へぬのは情ない。この夜博と同伴で〔安西〕正明君も帰つた。このとこ仕事と停電とで僕の御機嫌が悪かつたから博ちゃんには気の毒だつた。併しこの家のものはみんな厚かましい連中で、考へると腹が立つて来る。今日の午前中で、結局「塔」はあがり。

このあと、まだ用が山ほどある。今朝一寸具合が悪かつたのでそれが心配だ。何しろ身体が唯一のもとでだから。身体を壊しては何もかも駄目になる。東京での vie は何といつても忙しいからその意味では怖い。

## 一月十二日

10日の夜井田さんのとこに行く。bourgeois〔ブルジョワ〕家庭に於ける観察。一寸けたが違ふやうだ。青年たちの気持。ここでは天皇制の問題[*8]が真剣に□かつて来ない。ある澱んだ気持。話中に咳が出てとまらず暗い予感に打たれる。昨日は午後まで寝て元気をつける。局に行き伯母と共に帰る。夜はまた停電。

今日は頗る元気。体の調子もよい。愈々僕の小説勉強ノオトをつけ始めようと思ふ。Duhamel の L'Essai sur le Roman〔「小説についてのエセー」〕でスタアトだ。

## 一月二十二日

久しく日記をさぼつてしまつた。先年度のやうに毎日一行でもつけることにしておかないと駄目なやうだ。考へてみると僕に一番大事な五ヶ年計画のことがまだ書いてないから誌しておかう。

1946年といふのはきまりのいい年だ。これから50年までが第一次五ヶ年計画になる。51-55が第二次といふやうに。何しろ41-45といふのは暗黒時代だつた。きりのよい46年から新時代が発足だ。

この五ヶ年計画は僕の33の年までだ。それまでに一本立になつてゐなければ駄目だ。勿論二重生活をやめ、翻訳ではなく自分の書いたもので飯がくへるやうになつてゐることが出来るやうにしたい。とにかくこの五年に万事がかかつてゐる。僕の Vie Littéraire〔文学生活〕はこの五年のうちにきまるだらう。

僕の五ヶ年計画

第1年（1946）「風土」を完了。翻訳三冊（Flaubert: Le（ママ） Coeur（ママ） Simple〔フローベール「純な心」〕Green: Le Visionnaire, Duhamel: Pasquier 他にもふえるかもしれない。併し上半期に翻訳をして下半期に創作するといふのが僕の空想だ。一年の半分は自分の仕事にとつておかなければならない）短篇「塔」「帰郷」「橋」もう一つ、詩、せめてsonnet二つ位、論文Green, Troyet, Sartre〔サルトル〕, Mauriac. 他に小品、紹介、その他

第二年（1947）「虹」を完了。翻訳三冊（Larbaud: Enfantines〔ラルボー「幼なごころ」〕他は未定）短篇四つ、詩二つ、現代フランス小説論、この年「風土」と「第一詩集・遍歴時代」を出したい

第三年（1948）「独身者・第一部」短篇、詩、論、翻訳（段々に数を少くする）。「虹」を本にしたい

第四年（1949）「独身者・第二部」短篇、詩、論、翻訳。「独身者・第一部」「短篇集」「フランス小説家論」を本にしたい

第五年（1950）「独身者・第三部」短篇、詩、論、翻訳。「独身者・第二部」を本にしたい。「第二詩集・死と転生」が一冊にまとまる位の量が出来ればいい

少くとも「風土」と「虹」とで一人前になりたい。「独身者」はもうヨーロッパの作家を相手の仕事だ。

第二年のうちに東京近郊に家をもつて澄子と夏樹とを呼びかへしたく思つてゐる。澄子自身の文学的carrière〔キャリア〕を開いてやりたい。どこか大学に入れて勉強させてやりたく思つてゐる。彼女自身の五ヶ年計画は会つてよく相談しよう。二人で気を合せて大いに勉強し仕事したい。誰の世話にもならず、二人だけで生活を切り拓くといふこと、この現実は文学と同様に大変むつかしいことだ。僕たちはどうしてもそれに成功しなければならぬ。

生活のことは文学のやうにgénieでも割り切れないかつ予想がつかない。何しろ金がなくてはど

うにもならないし、それがどの位要るか、またどの位仕事をすればいいのか今からではいつかう分らない。年に二冊か三冊かの翻訳で一年分の生計がまかなへればいいと思つてゐる。僕自身放送局は早くやめてしまひたいがしかし当分は雑誌ができれば雑誌の編輯で、且、どこかのフランス語の先生ぐらゐをつとめて、軽い二重生活で行きたい。しかしいつまでも二重では困るので、早く一本立になることがどうしても必要なのだ。

雑誌のこともある。五ヶ年計画の第一年のうち、おそくとも七月号くらゐから出発したいと思ふ。そして僕は長篇を僕たちの雑誌に連載したいと思つてゐる。短篇やessais〔エセー〕を他の雑誌に出すことにして。

もし上のやうな計画がうまく運んだならば、僕は満足だ。

日記をつけないでゐたこの十日間に色々のことがあつた。第一は僕が北海道行を決意したことだ。恐らく25日に出発するだらう。これはもう諦めるつもりでゐた。切符が手に入らないこと。青函の連絡が野宿を必要とすること。仕事の方が忙しいこと。それに澄子から便りが来て帰りの切符もとても手には入るまいといふ、まづ諦めて澄子にその旨手紙を出したところに、正明君が八幡から切符を買つて来てくれた。これでだいぶ決心がゆらいだところに、帯広で百姓をするといふ鷹津[9]が現れて一緒に帰らうといふ。話があまりうまくなつたので、同行があるのは気が強いから、決行することにした。机上で空想してゐるだけではどうにもならない。仕事の方は少しぐらゐ延びても何とかなるだらうし、帰りの切符は帯広放送局に行つて掛け合ふつもりだ。

仕事はまた一つふえた。永井善次郎君[10]のやつてゐる近代文学（といふより文学時標社）がロウ・ポウ叢書といふのを出すこれにFlaubertのLe Coeur Simpleの新訳を出す。単行五、六〇頁、四六〔判〕、三万部一冊2円。印税は早く出すさうだ。締切2月20日で旅行から帰つてからで間に合ふかどうかがだいぶ問題なのだが、これは頑張るつもりだ。Green の訳が従つて少しおくれる。この他新婦人[*11]にフランス現代小説紹介20枚か小品10枚かを頼まれてゐたのだが（10日締切）これは後者にしてもらつて、雪国の随筆を書くつもりだ。10枚か15枚で青函の印象ぐらゐを帯広に行つて書きもつて帰る。だいぶ危い仕事だ。他に加藤〔周一〕からたのまれたので一高をバックにした雑誌[*12]に加藤・中村〔真一郎〕と三人で Camera eye（ママ）といふ欄をつくり、今月いつぱいに僕はフランス文学の紹介を10枚ぐらゐ書く筈になつてゐる。これがどうなるか、いち度加藤と会はなければなるまいと思つてゐる。自分の本当の仕事でなくて（といつてもその一部には違ひないのだが）かう忙しくてはやり切れない。

僕の「塔」は加藤と白井浩司とによませた。白井が塔の遍歴の部分が不要だといふ意見は面白い。この原稿は片山敏彦氏に送つた。新潮か高原[*13]に出してほしいと思つてゐる。出来れば新潮なのだが、何しろ日本文壇小説の伝統にない作品だし長さも60枚では一寸はみ出すので、どうかと思つてゐる。片山さんには分つてもらへるだらうし、新潮も編輯がフランス文学者の河盛さんなので、うまく行かないかなあと夢みてゐる。何しろこれが僕の一番最初の作品なのだからどうしても物になる必要があるのだ。

近頃 Sartre のノオトを取つてゐたら、次の短篇の構想が浮んだ。題は未定だが帰郷とするかもしれない。南方孤島にゐた兵士の homecoming〔帰郷〕の話だ。これを existentiel philosophy〔実存哲学〕の見地で書く。即ち島で、彼はあらゆる物をうしなひ、倒れ（第一の死）アメリカの捕虜となる。国に帰つて、家は焼け、肉身（ママ）はなく、友人の妹は見事な métamorphose〔変身〕を見せて幻滅させ、彼は群衆の中で孤独である。そこに彼を待つのは恐らく第二の死だらう。この彼は情[ママ]神的に色々なものを喪つて行く。国籍、国への愛情、肉親へのそれ、故郷へのそれ、女性へのそれ、人へのそれ（信頼）、そして常に保つてゐた憤怒さへも遂にはなくなる。実存への意識が最後になくなるのだ。これを過去と現在との交錯によつて約50枚に書きたい。「塔」をréalité〔現実〕でやつたやうなものだが、まづこれも多分に観念的になるだらう。

一夕高橋〔健人〕と天皇制を論じた。理論では承知しても感情で割り切れず何か逃道を探してゐる。白井と一夕、これは文学、加藤とは屢々、永井君とも会つた。

僕は25日に立つつもりだが、それ迄に実業之日本から金をもらふ[*14]のがむづかしくなつて困つてゐる。どうしても手に入れなければ行けやしない。印刷がこんでゐて本になるのはだいぶ先らしいから渋つてゐるのだ。何しろ金がかかる。今月になつて局から（局へは昼一寸づつ顔を出しても短波は遂に一度もきかなかつた）越冬手当で600—ばかり12月手当の残りとして66—それに12月のボオナス一月分125—を昨日くれた。しかし伯母に借金３００をかへした他に買つたもの靴下35—電球18—旅行用缶詰52—カンキリ4—煙草60—及び33—ショコラ100—（煙草とショコラは高橋に赤ん坊のもののお礼に少しやつた）ピース21—（第一回売り出しの時、次は買へなかつた）闇市で伯母におごつたのが24—、闇市で食つたのが60—位、お土産にみかんなぞを買つたのが30—位、他に何か大きいのを忘れてゐるやうな気がするがかうした調子で金がとんで行くのではたまらない。まだ正明君に切符代を払つてゐない。旅行用にピーナツや乾いもやみかんもほしいし、お土産もまだだし、仲々大変で、どうしても実業之日本から前借しなければやり切れないところだ。

日記をつけないでゐたこの十日間に色々のことがあつた。第一は僕が北海道行を決意したことだ。恐らく25日に出発するだらう。これはもう決めてゐた。切符が手に入らないこと、書画の連絡が郵便で必要であること、仕事の方が忙しいこと、それに澄子から便りが来ず帰りの切符をとることも手には入るまいといふ。まだ澄子にその旨を伝へもしないうちに、石田君が八幡から切符を買つて来てくれた。これでだいぶ決心がついたところに、帯広で百姓をするといふ鷲津が東京から一緒に帰らうといふ。話があまりうまく合つたので、同行があるのは気が強いから決行することにした。それまで金銭のことだけはどうにもならない。仕事の方は少しぐらゐ遅れても何とかなるだらうし、帰りの切符は帯広で鷲津が行つて受け合つてくれた。

仕事はまた一つふえた。永井善次郎君の始めてゐる河出文庫(といふより文学の種子社)から一四六・ポケット叢書といふのを出す。これに Flaubert の Le Cœur Simple の翻訳を出す。単行5,60頁、四六、三万部一冊20円。印税は早く出すさうだ。締切2月20日で旅行から帰つてからで間に合ふかどうかが少々問題なのだが、これは頑張るつもりだ。Green の訳が溜つてゐるのがある。この他、新婦人にフランス現代小説紹介20枚か十回位に枚数を縮めてあるのだが(10月締切)これは読者にはまるで雪国の感覚を書くつもりだ。16枚か15枚で青函の印象で了解を学校に行つて書き上げて帰る。だいぶ多い仕事だ。他に加藤から、この来月のでも一号をバックにした新誌に加藤・中村と三人で Camera eye といふ欄をつくり、今月いつぱいに僕はフランス文学の紹介を10枚ぐらゐ書く事になつてゐる。これがどうなるか、いずれ加藤と会はなければならないと思つてゐる。自分の本当の仕事でなくて(といつてもその一部には違ひないのだが)かう忙しくては仕切れない。

僕の「塔」は加藤と白井浩司とに読ませた。白井が塔の後半の部分が不要だといふ意見は面白い。この原稿は片山敏彦氏に送つた。新潮か高原に出してほしいと思つてゐる。出来れば新潮なのだが、何しろ日本文壇小説の伝統にない作品だし長さも60枚ではちよつとなみあるので、どうかと思つてゐる。片山さんにも分つてもらへるだらうし、新潮も編輯がフランス文学者の河盛さんなので、うまく行かないかなあと夢みてゐる。何しろこれが僕の一番気に入りの作品なのだから、どうしても物にする必要があるのだ。

近頃 Sartre の「嘔吐」を読んでゐたら、次の小説の構想が浮んだ。題は未定だが「帰郷」とするかもしれない。南方の孤島にゐた兵士の homecoming の話だ。これを existential philosophy の見地で書く。南方の島で、彼はあらゆる物をなくした。彼は(ヨーロッパの)アメリカの捕虜となる。国に帰つて、家は焼け、肉親はなく、友人の妹は見事な métamorphose を見せて幻滅させ、彼は群集の中で孤独である。そこに彼を待つのは恐らく死だらう。この彼は精神的に色々なものを失つて行く。国籍、国への愛情、肉親への愛、故郷への愛、女性への愛、人への愛(信頼)。そして常に保つてゐた憧憬されて遂にはなくなる。実存の意識が最後になくなるのだ。これを過去と現在との交錯によつて約50枚に書きたい。「塔」を réalité でやつたやうなものだが、まだこれでは多分に観念的になるだらう。

一夕高橋と天皇制を論じた。理論では承知してゐても感情で割り切れず何か郷愁を持してゐる。白井と一夕。これは文学。加藤とは会はず。永井君とも会つた。

僕は25日に立つつもりだが、それまでに実業之日本から金を受けとるのがむづかしくなつて困つてゐる。どうしても手に入れなければ行けないし、印刷がこんで来て本になるのはだいぶ先らしいから渋つてゐるのだ。何しろ金がかかる。今月に入つて届から(届では男一人ずつ寝るを書いて転出の道に一日しか居なかつた)就学手当で600、ほかに12月手当の残りとして66、それに12月のボーナス一月分125を昨日くれた。しかし個田に借金300を返した他に買つたもの 靴下35、電球18、旅行用雑誌 —、カミソリ4、煙草60、石鹸33、ミヨウガ40 —(煙草とミヨウガは高橋に来た時のものでお気にしなかつた) ピース21 —(第一回受け取りの日、次は買へなかつた)。周辺で伯母におごつたのが24、関東で会つたのが60位、お土産にみかんなどを買つたのが30位、他に何か大きいのを忘れてゐるやうな気がするが、かうした因子で金がとんで行くのではたまらない。まだ石田君に切符代を払つてゐない。旅行用にビタミン剤も少しはほしいし、お土産もまだない。仲田大吉でどうしても実業之日本から前借しなければいかぬといふのだ。

1月23日 昨日は1日中駆けずり廻つた。加藤が来ないので電話で大学に来てくれと頼んでくれたのだが、体のいいことで永井君から話のあつた文学的標準の文学講座・第四巻を貰つたあと、実業之日本に行く。例の前借の問題。くれたのは僅かに300。それでも一割四分経つてしまふ、結局250円しかもらへなかつた。あきれて物が言へぬ。それでも金のないところに贈物は有難い。局に行き白井に会ひ、煙草33を買ひ、他に革の鞄がほしかつたが手に入らず。それからだいぶ遅くなつて渡辺先生のところに行く。だいぶゆつくりと色んな話をした。その中で一つ大事なこと。こんど大学の文学部を学生に雑誌の出るさうだ五月創刊とか。それに現代フランス小説論を頼まれた。三十枚位。これは権威あるものだから書かねばならず、四月末までに大いに勉強しなくちや…

1946年1月10日～1月23日の日記より

## 一月二十三日

昨日は一日中駈けづり廻つた。加藤が家にゐると電話で大学にきいたら教へてくれたので彼のとこに行き永井君からたのまれた文学時標の文学検察・菊地(ママ)寛を彼にたのむ。実業之日本に行く。例の前借の問題。くれたのは僅かに300―それも一割四分税を引いて結局250―少しばかり。あきれてものが云へぬ。それでも金がないとこれを貰ふから情ない。局に行き白井に会ふ。煙草3本を買ふ。他に菓子の類がほしかつたが手に入らず、それからだいぶおそくなつて渡辺先生〔渡辺一夫〕のとこに行く。だいぶゆつくりと色んな話をした。その中で一つ大事なこと。こんど大学の文学部を背景に雑誌[*15]が出るさうだ。五月創刊とか。その号に現代フランス小説論[*16]をたのまれた　三十枚位。これは権威あるものでなければならず四月末までで、大いに勉強していいものを書きたく思ふ。これは雑誌が本格だから書くのにも大いに責任を感じる。次にFlaubert の Trois contes〔短編集「三つの物語」〕の訳はフローベル全集（多分太宰さん）と岩波文庫（山田九朗）との訳[*17]があり、僕の訳が出ることに大先生方が厭な顔をする懼れがあるとのこと。渡辺さんは構はないといふ。要するに立派な訳さへ出せばそれでいいわけだから。これまた大いに頑張らなければならない。他にペシミズム論を色々やる。尚先生によればフランスの現代物もアメリカ並に翻訳権がひどくやかましいらしい。27年以内は権利があり、フランスの librairies の agence が Boston にあつて、一々承諾がゐ(ママ)るさうだ。2割ぐらゐは取られるとのことで本屋はそこまでの冒険をするかどうか怪しいといふ。さうなると僕のやるものはどれも現代物だから甚だ心もとなくなる。もつとも翻訳が駄目なら自分の仕事にせゐ(ママ)を出せることはあるが gagner la vie〔生計〕が苦しくならう。困つたことだ。

晩めしをここで弁当を使ひ鷹津の泊つてゐる大学司書官の土井さんのとこに行く。そこで出発は

25日朝にきめる。彼の幼年時代の幾つかの短篇を読んでかへす。その話を暫くする。幼年時代を書くといふのは僕をして云はしめると真の文学の第一歩ではない。要するに遊びだ。彼がこの境地に□□することを取らない。夜おそく帰る。出発が近づき色々のことを思つて夜は屢々めざめた。

## 一月二十四日

昨日今日の買物を念のため、五色あめ15個10—ボンボン（と称するさらしあめ）16個10—ピーナツ入あめ2つ10—（この（ママ）辺はたしかに買ひすぎだつた。何しろのどが悪いからあめの類は眼がなくて困る。乾いも20—（これは非常用よりもお土産用）ピーナツ10—、みかん10—（これらもなるべくお土産にしたい）カレー粉3.50、ハミガキ60　クリイム15—（澄子にたのまれたもの）お白粧（ママ）15—（これは延子さんに）代用食の類10—（これは食つちまつた）正明君に乾柿をもらふこれもお土産

この他にも煙草やらショコラやらあみ（笠岡[*18]の）やら何しろお土産だらけだ。のり8—　みかん10—

出発は明日にした。

☆

日記[19]の態は一律ならず。余は詳かに之を記し以て他日創作の資と為さむことを計れるが近時の多忙愈々筆を執ることを懶くするのみなれば、爾今鷗外荷風両先生の態を倣ひ最も簡潔にして要を尽さむとす。果して意の如くなるや否や。

☆

**一九四六年三月十二日**　曇

渡辺助教授〔渡辺一夫〕より速達便にて履歴書持参来訪を覓らる。夕、助教授宅に至る。東洋大学文学部講師の職ありとて哲学科出教授〔出隆〕あて紹介状を得。十四日夕迄にNERVAL：la Sonate du Diable〔悪魔のソナタ〕の下訳を乞はる。窮境を察し諾す。帰宅、停電、夙に就寝。夜半以前に寝たるは北海道より戻りて以来始めてならむ。

**三月十三日**　水

夜来の雪を冒して仏文研究室に赴く。出教授不在。平岡氏[20]、鈴木力衛氏[21]と会ふ。高橋〔健人〕宅に至る。雪歇み、蒼空を見る。夜半二時に及ぶ迄ネルヴアルを訳す。この二日『幻を追ふ人』の日課を廃す。

**三月十四日**　木　晴後曇

午前少しく手を加へ訳稿を了す。研究室に至り出教授に会ふ。談甚だ意に反し希望を持ち難き印象を受く。白井健三郎[22]に会ふ。雑誌の件見込なし。彼は某書肆の手代となると云へり。渡辺助教授宅に至り訳稿を渡す。帰宅、グリインを訳して夜半を踰(こ)ゆ。爾後今少しく量を増さざれば予定日数にて終了すること不可能なり。澄子より書信有。万事進捗せず悩む。

**三月十五日**　金　曇

冬未だ去らず寒し。午後財産税[*23]申告のため築地に至りたるも用紙なく空し。井上博宛父の新住所を乞ふ旨打電。中村宛旅行予定に関し打電。白井浩司を局に訪ね新橋にてミルクを飲みつつサルトルを論ず。伯父尚風邪気味なり。家内の空気依然索莫。部屋を変へんことを伯母に計らる。

**三月十六日**　土　曇天底冷

父より来信。既に神戸に住所変更。仕事なく生計不如意なるものの如し。神戸に赴きて種々話を交したきものと思ふ。井上博より来信。井上一家は四月佐世保に移ると。澄子より二月十九日附書信来る。ノスタルジヤを感ず。午後局に至り月給を貰ふ。出勤簿に捺印せざりしため殆ど五分の一に幾(ちか)し。種々の意味より金の欲しき時なれば爾後印のみ捺しに行かむかなどと思へり。来島宅に寄る。直村夫妻不在なるも明後九州に立つ予定なりと。夜日課に努む。調子よき時は一時間三枚（四〇〇字）なり。此頃依然ペシミスチックなる気持已まず。然れども父に於て如何か。之を想ひて索莫。古き詩集[*24]を閲す。

**三月十七日**　日曜　朝来雪。午後より曇、微雨、頗る寒し

十時煙草買ひに行列ピース二個[*25]を買ふ。昼食後永井善次郎訪問、不在。菅原芳郎[*26]訪問、数年振の

対談なり。更に来嶋宅に至る。直村夫妻と晩餐を共にし別を惜む。何時の日かまた会はむ。夜九時半帰宅。日課。短篇の構想。

**三月十八日**　微雨

昼食を擁（かか）へて加藤宅に至る。旅行計画のこと。中央郵便局に至り父及び井上博宛速達発送。澄子宛書翰発送。銀座にて羊羹三本を購ひ秋吉一家と共に食す。明後信州に出発の予定。

**三月十九日**[*27]　曇、微雨

午後局に至り白井、斉藤と会ふ。夜大学病院に至る。沈丁花大いに匂ひそぞろ一年の昔を想はしむ。この日病院に泊す。

**三月二十日**　曇、水曜

やや朝寝をし、八時発列車にて加藤と共に上野駅を立つ。着席するを得。追分駅にて中村と落合ひ若菜屋[*28]にて閑談。信州の早春は始めてなり。夕食前堀〔辰雄〕氏を訪ふ。夜種々の物語を若菜屋のこたつにあたりつつ為す。

**三月二十一日**　晴

正に天晴れて涼々（りょうりょう）し。風のみ寒し。諸々に雪を見る。中村と共に松下家に至る。加藤は上田に至れり。千ヶ滝にて中村と共に自炊生活の計画あり。また中野の家に下宿を誘はる。夜は依然として寒し。未来を思へばよく眠る能はず。

**三月二十二日** 晴

朝小鳥の声を聞く。落葉松落葉し遠く雪の光る山脈を見る。十時駅に至り加藤と落合ふ。再び若菜屋に至る。夕食を堀氏に招ぜられ至る。片山氏塩名田より来る。橋本氏[*29]来る。談盛なり。『高原』の稿料[*30]あまりに安きに驚く。文筆生活への不安多し。夜遅く若菜屋に帰る。

**三月二十三日** 土 晴

食ひすぎのため眠られず、朝食また咽喉を通らず。十時の汽車にて追分を後にす。満員、頗る疲る。上野着加藤と別れ直ちに局に赴く。四時四十五分、斉藤を見ず、困惑す。帰宅、夙に就眠。

**三月二十四日** 日曜 晴、風強く寒し

一時間行列しピイス一個を購ふ。久しぶりに入浴す。永井君のパンフレットのため Jaloux: Le Message de Rilke（『「リルケ」の使命』）を試みに訳し始む。旅行中怠りたる日課を続く。澄子に長き手紙を書く。井上より承知の電報来る。父よりの電を待ち神戸に赴かんとす。東京の食糧事情深刻の度を越ゆ、我家に於ては殆ど危機に達せり。

**三月二十五日** 晴

梅漸く咲く。旧き詩集を閲す。『高原』第二号に載せむ[*31]ことを計る。午後洋子ちゃんのために浜

松町に共立薬専を訪ひ書類を届出。鳳文書林[*32]にて原稿用紙を貰ふ。局に斉藤を訪ひ五分間の遅刻を謝す。もつとも違約に非ざりしも非は非なり。このことに関し伯母に多少の怨あり。斉藤我に北村透谷の例を引き芸術の生活の資となすべからざる旨を言ふ。言すべて我が胸に響く。局の勤めを廃するは実に容易ならざる冒険なること我最もよく之を知る。我は独身者ならず。生活また重し。白井の許にて佐藤朔[*33]氏と会ふ。珈琲を喫しつつサルトルを論ず。白井の言によれば青磁社印税[*34]前渡の件は確実なりと。やや安堵す。帰宅後ジャルウ及びグリイン例の如し。肩凝り大く進まず。疲れ漸く出でしならむ。

**三月二十六日**　火　快晴

風微にして温暖、漸く春を覚ゆ。弁当を擁へて来嶋宅に赴く。既に来嶋の母の一人暮しなり。これより大学に行く。正門前にて田中謙二に会ひ「若松」にて閑談す。閑談といふべくあまりに暗き話題なり。菓子みつ豆代二十四円。但し閑寂。研究室にて渡辺助教授に会ふ。雑誌n・r・f[*35]二冊を借る。田中と共に彼の下宿に行き夕刻まで語る。情熱は我等の文学を可能ならしむるや否や。アメリカ小説訳本スタインベツク、ヘミングウエイを借りて帰る。事件あり、煙草二箱原稿用紙数十枚缶詰一個を盗まる。光雄〔武彦の従弟〕なるや彼の友人なるや不明。甚だくさる。日課進まず。

**三月二十七日**　水　快晴

光雄より「出て行つて貰ふから」と云はる。少しく行状を怒りしためなり。既に斯の如し。叔母（ママ）の行蔵亦腑に落ちざるものあり。親戚宅に在るは歓迎すべからざること知らざりしに非ず。されどここに極まれり。如何にせむか、之を思ひ苦しむ。局に帯広転勤を乞ひ今後一年を田舎暮しとせむかなぞとも思ふ。東京は経済的食糧的に我に酷となりつつあり。心弱きことかな。午後新婦人社を訪ひ梅野氏に会ふ。白井と会ひ、珈琲を喫す。『嘔気』及び『夜の終り』[*36]を借る。夜日課後、永井君に頼まれし『フランス文学通信』[*37]二枚を書く。この日サルトル『アンチミテ』(L'Intimite　邦題「水いらず」)を読む。

**三月二十八日**　木　晴後陰

朝郵便局に財産申告に行く。僅三〇〇円のためなり。午後永井君訪問、病院にて話す。彼の試みつつある小パンフレットに『リルケ』(ジャルウ)及び荷風論を約す。小文を手交す。微雨。高橋宅に至り、生活問題を語る。日課を試み夜半二時に至る。夜食にお萩を馳走せらる。帯広より齎しもたらしたるシユクル[*38]のお蔭なり。

**三月二十九日**　金　午前曇、午後晴風頗る強く砂塵を捲く。夜に及び止み温暖二十二度に至る。

この日高橋夫妻出掛け留守を予あずかり日課を進む。澄子に手紙を書く(但未送)。生活の去就に関するもの。即(一)局に帯広転勤を懇請し一家を構ゆ。小説勉強は可能なるも文壇進出はむづかし。(二)局に出勤し選挙放送でも何でもやる。文学的には野心を当分棄つ。下宿或はアパートに移る。(三)局を廃し、文学専心。旅の生活を試み、秋吉宅は仮泊するのみとす。高橋は四月中来れといふもノイロオゼには如何か。彼が宅に在りては徒らに澄子との生活を想へば。五月千ヶ滝に中村と自炊し、六月北海道に至らんとす。但このためには青磁社より原稿引渡にて確実に前金入手せざらんには不可。午後秋吉宅に帰る。サルトル『壁』〔Le mur 1937〕を読み、ノオトを作る。この夜頗る温暖、漸く春となれり。

**三月三十日**　土　晴、温暖

梅、椿、水仙、沈丁花、チユウリツプ等一時に咲く。午前銀行に至る。頗る時間を取る。銀座を逍遥し教文館にて永井と落合ふ。ブラジルにて一杯五円の珈琲を飲む、遅き弁当を遣ふ。空腹その極に達しをれり。「近代文学」に「永井荷風論」を書くことを約す。別れて局に至り白井と会ひ珈琲を飲みドオナツを食ふ。談サルトルを依然離れず。[*39]雑誌「世界」を買ひ、別る。「ハアパアス・マガジン」十二月号を何となく借る。外食券二枚にて夕食、帰りて夕食、しかも十円の薯を夜食ひて尚満腹せず。日課。この日『幻を追ふ人』第一部百五十九枚を了す。本日井上、父、澄子に打電。澄子より「イヘアレバカリルヤイナヤ」との電ありたれば「カリヨ」と打てり。帯広に一軒構ゆることの負担は澄子に重かるべきも、ノイロオゼよりは良し。文学に専心し東京帯広間を一、二ヶ月おきに往復することとならむか。されど文学への専心いつまで続くや否や。

**三月三十一日**　日　晴温暖、午后より風強く砂塵天を覆ひ、夜に至り風歇むと共に冷気加はる。

午前二時間の行列によりピース一個を買ふ、一日にして尽く。朝来日課を進め以後ジャルウ『リルケ』を訳して夜に至る。この日澄子より来信。左手にて書きたるもの故可愛らしき字並びたり。山下の父[*40]辞表を出せりと。これにて局面また転回し、澄子等帯広にて何時までも厄介になること危くなれり。彼女はしきりと信州にて一軒持ちたき希望を述べ来れど寧ろ帯広にて一家を構ゆることの方確実性あるに非ずや。連日澄子に書信を認む（未送）。本日伊藤太郎[*41]来れる時彼に托さむと思ひしに来らず。或は近日中帯広に行くこととなるやもしれず。

四月の計画次の如し。

グリイン『幻を追ふ人』第二部　予定三〇〇枚

ジャルウ『「リルケ」の使命[*42]』二十五枚「文学懇話」のため

ロマン〔ジュール・ロマン〕『精神の自由』高志書房「文明批評叢書」のため

『「フランス」現代心理小説』三十枚「饗宴」のため

『「ダンテ」地獄』十枚「世代」のため

『永井荷風論』三〇枚「近代文学」のため

この他小説『帰郷』及び『風土』続稿計画の中にあれど恐らくその暇なかるべし。加藤の電話によればロマンは原稿引替に印税の幾分を渡すべく交渉中なりと。この他に「高原」第二号のため詩数篇を選び堀辰雄氏に送らむとす。恐らく試作ソネ三篇とならむ。

本日秋吉宅に訪客相継ぎ饗応至らざるなし。我と洋子ちゃんと四畳半に蟄居し何等お八つに与らず。彼女大いに腐る。百匁二十五円の乾薯を買ひ来り半ばを食す。仲々なり。

**四月一日**　月　快晴、やや寒し

日課例の如し。調子よし。午後遅く白井を局に訪ひ「エヌ・エル・エフ」三冊を借る。夕食後加藤宅に行く。夜道に沈丁花の匂強く籬（まがき）に白く咲けるを見る。彼の母と生活の苦しきを語る。東京の生活は如何なる中産階級の家庭にても破綻に近づきつつあり。信州は物なく値高しと。彼と文学及び今後の計画を語る。夜道を帰る。小説ノオトを取りて深更に及ぶ。この日伊藤太郎来らず。澄子への書信そのままなり。洋子ちゃん女子大の試験失敗せるものの如し。

**四月二日**　快晴、風強く砂塵を捲く

終日机に向ふ。日課、サルトル「ドスパソス論」のノオト、ジャルウ訳等。澄子より電あり「チチカウベニテンニン」と。之により事態愈々急迫す。帯広にて我等三人にて家を持つか、或は東京近傍に家を持つか、二者選択となれり。何れにせよ我の責任重く、空しく策を練りつつあり。風呂に入りし故久しぶりに早く寝に就かむとす。十一時。就眠は夜半を踰えむ。こは早き方なり。

**四月三日**　水　祭日[*43]　晴、温暖

午後伊藤太郎来り澄子への書信を托す。帯広居住の意漸く動く。父より西下見合すやう電あり。モオリヤク「テレエズ」読了。

**四月四日**　木　晴

午后局に至り白井と会ふ。中村上京せざるため彼のジロオドウの企画届を代筆するべく研究室に至る。三宅[*44]と会ひペシミスチクなる会話を交す。本郷を歩き「三好野」にて蜜豆を食ふ。本を売りしとか、三宅我におごる。帰宅七時半、疲労甚し。夜、洋子ちゃんと私に飯を焚き缶詰をあけて食す。信州より持ち帰りし米を西下のためストックせしが不要となりたる故早速食ひしものなり。この日能率上らず。気候温暖、遠く澄子を想ふ。

**四月五日**　金　晴。温暖

この日始めて外套を着ずして外出す。

午前白井を訪ひ、中村の企画届を手交せんとせしところ、青磁社に行かむことを慫慂せられ九段下に赴く。青磁社にて右を渡し原稿用紙二帖を貰ふ。（原稿用紙は目下半ペラ一帖十二円なり）九段の桜五分より七分咲く。廃墟に在つて尚美し。来嶋宅にて遅き弁当を遣ひ、午後ジャルウを訳す。小母さんより東京近傍にて家を持つことをすすめらる。夕食を馳走になり帰宅。夜も薄曇りにて尚甚だ暖かし。夜日課。青磁社の言によれば、今月中に原稿出来せずば発行六月中にむつかしと。今月中は少々無理なり。されど途中帯広などに行きては完成は五月半ばを踰えむ。そも何れぞ。

**四月六日**　微雨。朝来甚だ寒く、気温全く冬に戻る

光雄君ジイプより物を盗みたる事件あり。されど少年遂に（例の如く）両親を籠絡せるものの如し。この日ジャルウ『リルケ」（ママ）の使命』を脱稿[*45]、二十九枚。夜微雨を冒して加藤の許に至る。千葉県下に看護婦を通じて貸間を探してもらふ件、依頼。午前並に夜、日課、毎日就寝後一時間の余を「フランス現代小説論」のための勉強に使ふ。

**四月七日**　日　晴

木蓮漸く開き始む。この日一日日課。澄子より来信、返事を認む。

**四月八日** 晴

九品仏（くほんぶつ）[*46]の桜美しく咲けり。局に至り白井と会ひ「エヌエルエフ」セリイヌ借用。共に弁当を食ふ。近代文学社に至る。永井君来らず。加藤・白井健三郎と落合ふ。ジヤルゥ原稿を残し研究室に至る。三宅と会ひ雑誌「ふらんす」に現代小説につき約十五枚二十五日までに書くことを約す。ミショオ[*47]及び「クロオデル・リヴィエル書簡」[*48]を貰ふ。ダヌンツイオ〔イタリアの詩人、小説家〕をやりしお礼なり。仏和大辞典を持ち帰る。時価百五十円。一年前に友人に五円にて売り損ひし本なり。白井と本郷にて茶を飲みて帰る。電車満員、胸痛きほどなり。この日いも二十五円食ふ。不経済甚だし。夜、日課、進まず。

**四月九日** 火 晴尚春冷なり。

午後高橋の許に至る。高崎に家を頼まんためなり。されど望み薄し。夜山本氏を混へ対談。日課チボデ文学史を読む。深更二時に及ぶ。泊す。

**四月十日** 曇

この日選挙なれど選挙権は信州にあり。午後秋吉宅に帰る。依然不愉快なる空気。伯母の如き物も言はず。理由を知らず。洋子ちやん共立第一次試験にパスせり。夕食後九品仏境内に遊ぶ。桜満開。修君〔武彦の従兄の子〕と語る。この少年既に家庭内の空気に厭気をさせり。伯母の権式（ママ）高きを憎み、子供等の生意気なるに反抗し、斯の如き教育をなせる伯父に尊敬の念を喪ひたりと。一々正鵠に当る。夜日課。以後よほど頑張らざる限り今月中脱稿は至難。目下半分なり。「ふらんす」「饗宴」の原稿なければ或は可能なるやもしれず。されど義理も亦闕（か）く可からず。この日早く就寝せんとす。

**四月十一日　木　曇**

朝澄子より至急報あり。「テンキョキウヲエウスグカヘレタノム」とあり。大にい（ママ）悩む。理由の一は金なきこと。帯広往復二〇〇円を要す。手持現金一五〇円に充たず。理由の二、グリイン訳稿を如何すべきか。もし行く時は今月の内に成らず、帰京恐らく来月五日の後にして訳稿完成は中旬となる。午後まづ新婦人社に至り梅野氏に会ひ、エセの稿料[*49]一四八円を受取る。町に選挙開票の騒音あり。局に至り白井に会ふ。彼も亦金なし。庶務部長に会ひ帯広転任の可能性を訊く。帯広局長との交渉に懸れるが如きもまづ至難ならむ。因に短波受信の件再び進捗せるものの如し。白井と共に青磁社員小山氏[*50]を訪ふ。印税先渡しの件を交渉。彼大いに好意を示せし故、訳稿引替にて多少の金額は入手し得べし。全額（半ば封鎖、半ば新円[*51]）は夢なりし如し。疲労して帰る。結果は来週月曜に聞くべく約束せり。最も望むところは至急帯広に赴きて稿を終へ来月中旬帰京手交と共に一定額を交附さるることとなり。されどもし今月中に完了の要ある時は旅行不可能となる。澄子の電短くして彼の地に赴くべき重要性の程度を知らず。ただ「タノム」の言あり。悩む。最近の如く空腹のため仕事進まずまた経済的に困却しつつある際、一日も早く彼地に行きたしとは思へり。ただ行きて所用のため翻訳の捗らざるをも懼る。すべて電文の簡なるを怨む。この日八時すぎ停電。予定の半ばも進まず。蠟燭の灯に日記を認む。夜に入りて微雨。九時半夙に就眠せんとす。

**四月十二日**　金　晴

澄子宛八十字の電を打つ。再電を覓めたるものなり。数日前より当家に滞在せる岡山在の学生二名部屋に来り修君と共に話を始む。日課進まず。家庭の内情、特に光雄君のクレプトマニィ〔窃盗癖〕に関してなり。既に客の持物盗まれたりと。甚だ困惑す。午後遅く偶然の機会より叔父の知るところとなり探求。十円札はひろひたりとの弁明にて済みしが、闇市にて十円ちよろまかせしこと、煙草一個、百円札一枚等問題多く、煙草のみ盗みしこと明白となれり。叔父の窮境察するに余りあり。叔母帰りてより懇談。されどこの叔母に何等反省の色なく、要は此所に存するを痛感す。修君の問題の如きも彼に対し同情薄し。叔父自ら「寒風吹き荒ぶ」と云へるも叔父に尚反省あり、叔母に全く無し。責めるところは修君なり、洋子ちゃんなり、要するに家庭に人の多きなり、異分子の在ることとなり。我及び修君のこの家に在ること迷惑なりとの意言外に明かにして大いに反感を催す。光雄君のこと依然シュスパン〔保留〕のままに進行せむ。惜む。叔父は修君の客観的観察に不満なる如し。されど彼の特攻隊出身なるを知らず[*52]、愛に飢ゑたるを理解せず、また叔父も叔母も愛を注入せんとの意志を闕く。爾り叔父の言の如く我家は目下非常時ならむ。されど非常時故更に家庭内の暖か味を必要とするに非ずや。客観的なりと云へば、我の如き窮る。すべてこれ小説的興味の源泉なり。叔母の我を厭ふも或は那辺に原因の存するや否や。夜に及び電灯点けるも談九時に及ぶ。日課大に捗らず。「ふらんす」のための原稿未だ手を附けず。嘆かはしき事なり。

**四月十三日**　土　晴

投票の結果民主勢力大に振はず。共産党の如き予想の三分の一なり。昨日の余波にて仕事進まず。

夜加藤の許に至り暫く語る。富浦〔千葉県〕に貸間を探す件更に依頼。追分は常に可能なり、最後の場合は此所に籠らむとす。帰りてより「ふらんす」原稿のための調査。材料を見るのみにて容易に執筆に至らず。

**四月十四日**　日　曇やや風寒し

行列してピース一個を買ふ。澄子より電来る。「イヘアテナシクルニオヨバヌ」家無きことは困却するに耐へたり。東京近傍にては更に当なしと云ふべし。しかも秋吉宅に身を置くこと一日は（ママ）一日と厭になりつつあり。旅費整へば今夜にも立ちたき位なり。我赴けば多少聞き合すことも出来るやと思ひつつあり。青磁社の都合にて或はやはり赴かむかなぞと思ふ。如何なる用あるにもせよ行きたきこと限りなし。午後一同遠足故洋子ちゃんと留守番。彼女青山に「パス」し共立薬専に落ちたり。元気なし。「ふらんす」原稿のため材料を読み書き始む。夜に及び目下十四枚なるも予定大いに超過することとなり早く寝に就き明日続稿せむとす。本日日課を廃す。

**四月十五日**　月　晴

午前やや寒し。「現代フランス小説」の稿捗らず。遂に諦めて昼食そこそこに外出。永井を近代文学社に訪ふ。研究室にて加藤・白井健三郎・三宅に会ふ。渡辺助教授よりネルヴァル（ママ）訳稿を返さる。口語文に雑誌社にて改稿[*53]せしとのこと、どうでもよきことながら、一般に編輯者の威張りたることは文学生活への自信を喪失せしむるに足る。田中に会ひ五円の薄き汁粉を食ふ。絶望につき語る。あらゆる青年は絶望せり。「独身者」を取返す。局にて白井に会ふ。青磁社、原稿引替にて相当の印税をよこすならむと。時日の先後あまり問題とならず、ただ交渉は原稿揃ひて後のこととなるべし。これにて帯広行可能なれども月給日二十日とか、遂に旅費なし。暫く待たむとす。帰宅。夜「現代フランス小説」脱稿、二十二枚。日課に至らず。（この日より闇市にていもを売らず、影響甚大）

**四月十六日**　晴

終日机に向ふ。日課、第二部前半を終了。原稿用紙尽く。澄子に打電、百字を数ふ。三枚続きの葉書を出す。近日帯広に行く行かぬは専ら返電にかかる、行きたき気持七割なり。夜空腹甚だし。（尚この日実業之日本社との電話にて『蜘蛛』出版は企画届未呈(ママ)出のため一期おくれたるを知る。書店の不親切毎度のことながら憤慨なり。）日課第二部前半を了す。これより幻想の部分に入る。

**四月十七日**　雨

午前夙に中村来る。種々論ず。彼も亦大いにスランプ気味なり。午後雨を冒して神田青磁社に至る。青山〔庄兵衛〕小山両氏不在。中村は原稿（「シユザンヌ」と太平洋[*54]）を置く。神保町にて小憩。局に白井を訪ひたるも不在。小山氏宅に行く。青山氏またあり。文学談。窓より雨に煙る町を眺めつつあるうち次第に絶望と焦燥とを感ず。煙管を床に落し二つに割る。談前借のことに及ぶ。その結果（一）印税は出版後なり。（二）原稿引替に入手し得べきは精々一〇〇〇円まで。封鎖なれば確実なるも新円そのうち二分の一なるや不明。（三）六月末までにゲラ刷をＣＤ[*55]に呈(ママ)出せば七月発行、そのため原稿今月中出来を要す。但しその時もゲラ六月迄に可能なるや否や不明。原稿おくるる時は七月五日の企画届再呈出（ママ）となり出版はまづ秋となる。夕暮の町に尚雨歇まず。絶望を感ず。中村の原稿による印税先渡もかくて僅小（ママ）の額に終らむ。暗黒なる気分にて帰る。これにより再度生活の設計につき熟慮せざるべからず。印税秋とならば到底一〇〇〇円にて生活する能はず。引越すら不可能なり。放送局の勤めを再びせむかなどとも思ふ。されど澄子等を如何にすべきか。勤め出せば帯広に行くこと亦難かるべし。山下の父の神戸転任はひと事なれど全く遺憾の極みなり。これなくば我一人東京にてともかく勤むることを得べし。秋吉宅にあるは実に厭なれど（他に行く処あらば今夜にも行くべしと思ひてより既に幾日経ちたるならむ）我慢すべし。ただ、此所に澄子等を呼ぶこと全く不可能なり。問題は秋までの生活費にあり。実に恒産なきを怨む。金なり。金なり。

夜、日課進まず。今月中仕上ぐること無理なる如し。しかも、初夏出版の目安明かならず、熱とみに失せたり。帯広行も亦不可能に幾（ちか）く、行きて何等事の決するところ無し。ただかかる絶望の央（なか）に在りては痛切に澄子に会ひたしと思へり。

文学による生活は夢想に過ぎざるや。爾（しか）るが如し。我は大いなるcritical moment〔危機的瞬間〕を感ず。この道は未だ遠し。

**四月十八日**　木　雨歇みたるも終日列風（ママ）

日ねもす机に向ふ。日課大いに進む。澄子に手紙を書く。但し発送するや否や不明。二十日すぎ一応帯広に赴き種々相談せむかと思へばなり。夜叔母（ママ）に呼ばれ、叔父（ママ）叔母（ママ）の話を聞く。食糧事情切迫し以後子供等の量をふやすとの宣告及び暗々裡に出て行つて貰ひたき意志表示なり。子供等の量決して今迄も尠きことなき筈。本日光雄より抗議を申込みたるとのことなり。叔母（ママ）しきりと澄子と

16

ズ。遂ニ諦メテ畫食ソコソコニ外出。永井ヲ近代文學社ニ訪フ。研究室ニテ加藤・白井健三郎・三宅ニ会フ。「瀆職ヨリ出ル」訂稿ヲ返サル。口語文ニ雑誌社ニテ[illegible]改稿セシトノコト、ドウデモヨキコトナガラ、一般ニ編輯者ノ威張リタルコトハ文学生活ヘノ自信ヲ喪失セシムルニ足ル。田中ニ会ヒ五円ノ薄キ汁粉ヲ食フ。絶望ニツキ語ル。アラユル青年ハ絶望セリ。「独身者」ヲ取返ス。局ニテ白井ニ会フ。青磁社、原稿引替ニテ相当ノ印税ヲヨコスナラムト。時日ノ先後アマリ問題トナラズ、タダ交渉ハ原稿揃ヒテ後ノコトトナルベシ。コレニテ帯広行可能ナレドモ月給日二十日トカ、遂ニ旅費ナシ。暫ク待タムトス。歸宅。夜「現代フランス小説」脱稿、二十二枚。日課ニ至ラズ。（コノ日ヨリ閣市ニテイモヲ売ラズ、影響甚大）

四月十六日、晴。終日机ニ向フ。日課、第二部前半ヲ終了。原稿用紙尽ク。濟ナニ打電、百字ヲ數フ。三枚續キノ葉書ヲ出ス。近日帯広ニ行ク行カヌハ専ラ返電ニカカル、行キタキ気持七割ナリ。夜空腹甚ダシ。（当ノ日実業之日本社ノ電話ニテ蝋燭。出版ハ（四書ニ）未定ノタメ一期オクレタルヲ知ル。書店ノ不親切毎度ノコトナガラ憤慨ナリ。）日課第二部前半ヲ了ス。コレヨリ幻想ノ部分ニ入ル。

四月十七日、雨。午前留ニ中村来ル。種々論ズ。彼モ亦大イニ「スランプ」気味ナリ。午後雨ヲ冒シテ神田青磁社ニ至ル。青山小山両氏不在。中村ハ原稿（「シュザンヌ」「太平洋」）ヲ置ク。神保町ニテ小憩。局ニ白井ヲ訪ヒタルモ不在。小山氏宅ニ行ク。青山氏マタアリ。文学談。窓ヨリ雨ニ煙ル町ヲ眺メツツアルウチ次第ニ絶望ト焦躁ヲ感ズ。煙管ヲ床ニ落シ二ツニ割ル。読前借ノコトニ及ブ。ソノ結果（一）印税ハ出版後ナリ。（二）原稿引替ニ入手シ得ベキハ精々一〇〇〇円マデ。読鎮ナ

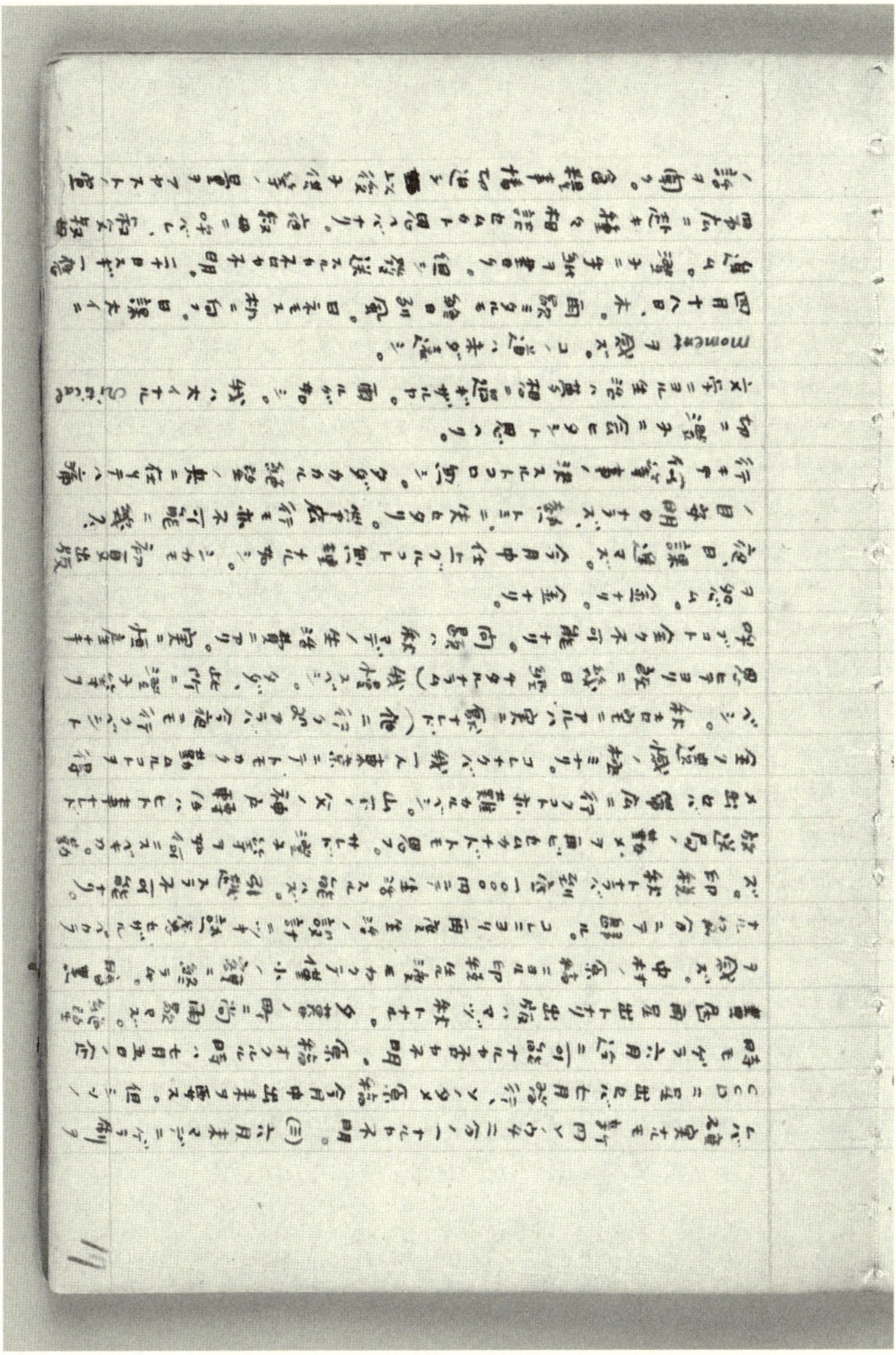

1946年4月15日〜4月18日の日記より

家を持つことの経済を説く。真意那辺にあるや既によく諒解せり。苦境ますます加はる。局に再勤せむか、いづこより通勤すべきか。いづこに身を置くべきか。

**四月十九日**　金　晴

事決せず。ともかく局に病気の届を出し、帯広に赴かむかと思ふ。昼に修君と飯をたき私に食す。之は彼の米なり。これより大学研究室に赴く。三宅不在。中村・白井（健）・実業之日本倉崎氏、すべて既に帰りたる後なり。運の悪きにくさる。「ふらんす」の原稿を三宅の机に置く。医局に加藤を訪ふ。久しく待たさる。三階の踊場にて茫然と風景を見る。この日煙草を忘る。物を忘れたることに烈しき自己嫌悪を感ず。ノイロオゼならむか。遠く上野の方角を望む。一年以前と今と、絶望により近きは何れぞ。執筆予定の「帰郷」の終章に於ける主人公の感情を追体験しつつあり。加藤に診断書を貰ふ。局に至るべく時既に遅く、帰宅。電車ひどく混み息の止る思ひなり。澄子より電あり。これ更に苦境に我を陥せり。即ち「ユクトコロナクオモヒマヨフ」と。彼の父と口論ありたるものの如し。之に依つて推せば我の帯広行は即ち澄子等引取のためとしか思へず。同情なき家庭かな。いづこに澄子等を引取るべきか。甚だ思ひ悩む。如何にしても急ぎ帯広に赴かざるべからず。しかもその以前に家を探すこと不可能なり。我は当分澄子等の帯広滞在は可なるものと推量せり。電により見れば一刻も早く引取らざるべからざるものの如し。秋吉宅はもとより不可なり。他にいづこに行く処あらむや。我等は如何にすべきや。

**四月二十日**　土　晴

事態は更に絶望的になりつつあり。殆ど手の附けやうの無き感じなり。午前局に至る。白井より昨日報道部柳沢副部長の話により解職に決したる如しと聞き直に副部長に会ふ。事ほぼ一週間或は二三日遅かりし如し。ともかく再勤の可能性及び帯広転勤の可能性につき副部長より人事に相談すとの言を得。この日月給日なれど、既に規定月を越えたるとか我の月給無し。大いに計算狂ふ。これにて帯広行の旅費すら整はずなりぬ。加藤宅に赴く。中村・窪田〔啓作〕と共に会する約束ありしためなり。生活問題を相談せしも誰にもよき智慧なし。窪田より百円借る。窪田夫人より赤ん坊用のガラガラを贈らる。中村は明日静岡に赴く予定とか。別れて再び局に至り副部長に会ふ。事既に遅しと。帯広放送局はごく小規模にて人を容るる余地無しと。その場にて退職願を書きて去る。かくて我は自由なり。この自由、如何にその値の高きことよ。新橋郵便局にて澄子に打電「コトスベテヒ」と。近日行くことを約す。折から銀座は復興祭にて賑はひたり。帰宅。日課。

帯広に行くこと屢々の電報にて催促せられつつあるも果して現在の如き状態にて行きたるとて効果あるや否や。職なく、家なく、金なし。漸く旅費を捻出したるとて無一物にては引越も適ふまじ。果してどの程度に急ぐか依然明瞭ならず。今第一に必要なるは、ともかく最善を尽してグリイン原稿を青磁社に渡すこと、及び家と職とを探すことならずや。帯広にて職を探すは恐らく難かるべしと思ふ。澄子等を東京に呼ぶべくんば家を探すは先決問題なり。本日打電したるも再度今月中待たれたき旨打電せむかと思ふ。原稿完成せば多少とも金の入る当あり。しからずば何等事を動かす能はず。就職も亦難事、家探しも亦爾り。本を売りて金を作らむと思へど本の値も亦下りつつあり。真に苦境。澄子のことを思ひ悲しみに堪へず。これすべて我の責任なり。ことすべて非、我すべて非なり。

**四月二十一日**　日　晴

午後芦沢家に行く。スプリングを手に持てあますほどの日和なり。道にてふと気附く、東京転入不能故家のことを聞きてもしかたなしと。ともかく行く。夫人のみあり。談すべて生活難。配給悪きこと、物の高きこと。辞して高橋宅に至る。へばりたる気持。夕食前に帰ること能はず、つい夜となり泊る。いざといふ時高崎の家に置きてもらへざるやといふ交渉。高橋夫妻と共に水曜一番の汽車にて高崎に赴く約束を取極む。前橋に一軒家あきてある模様なり。家賃一五〇円。その節は出来得べくばカンコ堂[*56]に勤めんとす。その交渉も亦。夜半一時を過ぐ。疲労甚だしけれど眠れず。夜眠られぬこと幾晩ぞ。

**四月二十二日**　月　晴

朝来物凄く暖かなり。十時すぎ帰らむとして武蔵境駅に至りたるに気分甚だ悪し。ヘルツノイロオゼ〔心臓神経症〕再発せる如し。頗る暗澹たる気持。再び高橋宅に戻り憩ふ。病気は最悪の条件なり。しかれどもこの原因、恐らくは過労と心痛とにあるものの如く、大して驚かず、且睡眠不足の故ならむ。午後帰宅。この度は何ごともなし。澄子の電報待つ。「シゴトモチスグカヘレ」ミナマツ」と。こちらにても長文の電報を帰宅後直ちに打ちに行くつもりなりしが（今月中待たれたきこと、明後前橋に家を探しに行くことなど）これにて出発を決意せり。但し目下金なく片道切符の他しかたなかるべし。一昨日窪田より貸りたる一〇〇円は昨日叔母に無心せられ貸し与へたる後なり。明日本を売らむとす。白木屋の即売展に出品せむかと思ふ。秋吉夫妻と談。今行くは全く愚に近けれど澄子恐らく苦境に立ちしならむ。ともかく行きて様子を見るべく思ふ。何等の策、何等の当もなけれど。堀辰雄氏宛書翰[*57]を認め詩「風景」「ソネット試作」を送らむとす。父宛苦境を訴へたる手紙を書く。斯の如し。前途を思へば唯暗く涯なき如く見ゆ。これより如何なるべきか。最もよき空想にても帯広に家と職とあることとなり。最悪の時は追分の加藤宅より他になし。高崎と神戸の父とは未知数なり。我のみ東京にあるを得れば如何にしても働くべし。東洋大学の方決定せば転入も可ならむ。しかれども澄子等と共にあるためには何処に身を置くべきか。職なき時は全く生活する能はず。人皆の我が放送局退職を責めるべきこと眼に見えたり。されど人に屢々斯の如きことあり。我の軽率なりしは認む。ことすべて斯の如く非となること、予想せざりしは我の愚を示すものなり。されどあまりに遅し。

かくて如何になるべきか。最早文学どころではなし。ただ文学への情熱今こそ烈しく燃ゆるは如何なる悪霊の為せる業ぞ。

本日殆ど日課を廃す。帯広に到れば完成はまづ中旬とならむ。

**四月二十三日**　火　温暖無風、晴

早朝起きてラッシュアワを上野駅に至る。駅前の国民学校にて切符を売る。行列甚し。この頃たまたノイロオゼ気味となる。疲労の所為なりや意志の弱き所為なりや。北海道は上信越と同じ窓口にて順を待ちては昼を過ぎても覚束なき如し。しかも午後早々修君と約束あり。特別相談も亦人多し。大いに困りたる時どもりの男現れて十勝清水までの切符を売る。即ち九〇円にて買ふ。十勝清水の先はまた如何ともなるべし。但し期限明後日までなり。不忍池の辺を歩き大学医局に加藤を訪ふ。彼より封鎖にて一二九円を貸る。早き昼飯を摂る。原広書店にてボオドレエル悪之華、「シユオブ[*58]」「レオナルド」を売る。計四十円也。このボオドレエルの安きに驚けり。こは売るべからざりし記念の本なりしを。市電中にて中野教授に会ふ。談。銀座に至り梅野氏訪問。文芸雑誌創刊のことを問ひ合せクチのことを頼む。まづ大丈夫の如し。「新婦人」に荷風紹介批評の如きものを依頼さる。二十五―三〇枚、来月中。有楽町駅にて修君と落合ふ。この時小雨あり。教文館にて本を売らむとせしも受取らず。白木屋即売展は本日限りの古書納入なり、即ち行く。渡したる書物、芥川全集十巻500　寒雲60　暁紅60　白桃50〔三冊ともに斎藤茂吉の歌集〕　邪宗門〔北原白秋の第一詩集〕30？　測量船〔三好達治の第一詩集〕20　智恵子抄署名本80　仏和100　「サロメ」20　「チボオ家」四巻各30　但し売れるや否やは問題なり。コンミション二割。ただ芥川は四冊尚高橋宅にあるを以て明日持参せざるべからず。気の毒なれど再度修君を煩はさむかと思ふ。金の入るは来月中旬なり。せめて芥川なりと売れることを願ふ。多少の感慨あり。修君と別れ局に行き白井と会ふ。インクを貰ふ。青磁社・斉藤書店へ話を頼む。新橋にて原稿用紙二冊を買ふ。即ちボオドレエルと等価。これより高橋訪問。違約を詫び、古書展の始末をたのみ且高崎前橋の模様を電報するやう依頼。晩飯を馳走せられ弁当用のパンを焼いてくれたり。かつ五〇円をおしつけらる。古本の値より差引くことを頼み借用。芥川四冊を抱へ帰宅。叔父叔母わが部屋にて我を待つ。百円を返さる。これ本日叔父恥を忍びて水路部にて借りしなりと。これ本日配給予定の米代に困りし故もあるべし。気の毒なれどこの百円にて帰りの汽車賃を得。窪田にもこれにて合せる顔あり。本日十七日附の澄子よりの速達来れり。修君より手交せられ高橋宅にて読めり。これによれば事は絶対的に急ぐことなき模様なり。もつともこの後情勢の変化ありたるかもしれず。問題は澄子の父の我に対する非難にあるものの如し。曰く無責任なりと。種々のことを思へり。今ここに記す気にならず。澄子も同意見なる如し。澄子にして爾る時は山下の両親の考へは察するにあまりあり。無責任と云はれたる時は（既に電文にこの句ありたる、最も強く我を刺せり）如何なる弁解も無し。如何となれば結果的に全く無責任なる如く見ゆる故なり。我の神身を労して努力したるは何の為ぞ、何の為ぞ。澄子はグリインの遅きを怨む。我はそれ程さぼりたると彼女は思へるか。ことすべて非なる時、これ等の言は悲し。

　支度をしつつあるうち夜も更けたり。既に蛙の鳴くを聞く。深夜十二時半これを認む。東北線不通なれば明日夜行の常盤(ママ)線にて立たむとす。

**四月二十四日**　曇、風強し

　午前叔父(ママ)と語る。一家の事情窮境の説明なり。我のみ東京に帰りし場合も出て貰ひたき意志表明。叔(ママ)母との心理的差違なぞを説明せらる。ここにも亦一の立場あり。修君とも語る。彼に四十円与ふ。これも亦已むにやまれざるものなれど澄子等知りたる時何と言ふや。嘗て澄子は我に立場の安易曖昧なるを言へり。我はあらゆる人の心理を恫(ママ)察しその是非を知りその立場を認む。これ人間の善性を見むとする我の一種のペシミスムの表れなり。されどそのため自己の立場を曠(むな)しくするとは澄子の非難なりき。今にしても我は同じ道を歩みつつあり。秋吉一家のすべての人、山下一家のすべての人、我は各々の立場を諒解し得る如し。弱さなるや。宿命なるや。昼食後出発せむとす。今年第二の北の旅なり。ただ心重し。同日昼餐を洋子ちゃん修君と共にし上野駅に至る、十二時半なり。東北線既に開通せりと。即ち行列に即(つ)く。この日砂混りの風強し。一班十人、第四三班なり。夏蜜柑を買ふ。この度の旅行何等の土産なし。水筒に配給酒を入れ時々飲む。七時十五分前プラットフォームに入る。駅員の先導にて静粛に進むさま一月の旅の時に勝ること万々。但し座れず。八時半出発。この夜頗る暑く上衣を脱ぎ尚暑し。夜半微雨となる。

**四月二十五日**　早朝仙台より腰掛く。曇

終日うとうとしつつヘミングウエイ「持てるもの持たざるもの」を読む。延着一時間半、夕六時着。直ちに班をつくる。一班五十名、第十三班。バラック建の待合室あり。掲示によれば明朝五時出帆樺太丸乗船予定は第一―七班。こは復員引揚者の多きためなり。次の出帆は夕六時なればここに一昼夜を待たざるべからず。大いにくさる。母親と共にある若き娘と語る。

**四月二十六日**　晴

寒くして眠られず。朝三時より焚火に当る。一人あり。我に第二班の切符を与ふ。その故を知らず大いに感謝す。乗船出航。風無く愉快なる航海。早々十一時半函館着。外食券食堂に入り食事、食既に全く尽く。行列。十三時半根室本線に乗る。座る。本線不通のため東室蘭廻り。海岸沿ひに漁火を見つつ行く。車中荷風「おかめ笹」「腕くらべ」を読む。

**四月二十七日**　土　晴

早朝七時すぎ十勝清水着。これまで大いに乗客及び車掌に諮るが意決せず一丹（ママ）下車。帯広までの切符を買ふ。約四十分後の汽車に乗る。冷気。狩勝は雪を帯びて美し。八時着。山下の家に嚮ふ。

夏樹大きくなる。澄子も元気のさまなり。安堵。食事大いによく東京とは問題にならず。山下の父より昼食時大いに叱責さる。放送局をみだりに止めたることなり。敗軍の将兵を語らずと云へり。非はすべて我にあり。ただ運尠きを怨む。多少の屈辱を免かれず。午前伊藤太郎来り午後山下肇[*59]来る。山下君近日帯広を去ると。夕食前我の不注意により煙草盆を欠きたること判明し再度屈辱の念。自己嫌悪。札幌の山下氏来り、夜麻雀。澄子及びその母と生活につき別室にて語る。引越は来月十五日迄と。当地にてくちらしきもの山下君の話に女学校[*60]講師の話あり。心未だ決せず、いづれ明日より大いに奔走せむとす。

**四月二十八日**　日　晴

夜は尚よく眠る能はず。疲労漸く出づ。午前太郎君訪問。午後山下君訪問、奥さん（玲子さん）泉君と共に晩餐を囲む。大いに御馳走なり。山下君は近日中に単身東京に帰る予定なり。談夜に至る。

**四月二十九日**　祭〔昭和天皇誕生日〕

尚寒し。引越愈々急を要する模様なり。我等の移転すみてより山下家移るべきとのこと故来月五日位迄に完了を要す。陸軍官舎[*61]の方急ぎ決定すべき筈なければ太郎君友人藤本君[*62]に頼み貸間を探さんとす。住居と就職と、頭重し。午前散髪。午後鷹津来る。久しぶりに大いに談ず。彼の家は七月完成の予定なれば以後は彼の家へ来いとも云はる。彼の説は就職の有無に関せず帯広居住を可とす。ただそれ迄を如何せん。夕、駅[*63]へ彼を送る。風吹き寒き夕なり。屡々昏迷して思索の糸鈍る。

**四月三十日**　火　晴

多少風邪気味にして気分重し。午前山下君寄る。午後澄子と夏樹と共に太郎君を訪ひ藤丸に行き藤本氏を訪ぬ。貸間の依頼なり。デパアトに隣接せる倉庫二階と藤本氏宅の二室との何れかを借受けむとす。事急になり五月五、六頃迄に移転するを要す現状なり。藤丸食堂[*64]にて種々懇談。次いで凍原編輯室にて更に小野田[ママ][*65]・有田氏[*66]等に会ひ語る。太郎君と共に市役所社会課を訪ひ住宅御斡旋願を呈出[ママ]。陸軍官舎は空家あるも進駐軍の命令にて目下貸借を許さずと。この方急に見込なし。この夜山下の父札幌に立つ。帰帯迄に家の方決定せざるべからず。

**五月一日**　曇後微雨

この日メエデエ歌を聞く。午前山下君来り共に女学校元教師荒畑女史[*67]を訪ふ。家庭教師のくち澄子の方八月以後女史の分を引継ぐこと可能なり。我の女学校就職につきては望み薄き如し。この女史は香蘭[*68]の元教師にして秋吉を識れりと。縁あること面白し。家に戻るに鷹津来る。微雨の中を駅に送る。彼より三〇〇円借用。ジャガイモ二俵を約束。尚卵二十個を貰ふ。夜藤本氏訪問延期の旨ホシ薬局〔ホシ伊藤薬局〕より使者来る。父、青磁社、実業之日本社に書信を認む。澄子の義父[ママ]より借りし三〇〇円を鷹津の金にて返すべきか否かに迷ふ。返せば必ず困り、返さざれば更に気嫌を損ずべし。家の方父札幌より帰宅早々に越さざるべからざる如し。藤本氏の方不可なれば如何にすべきか。

**五月二日**　晴

依然多少風邪気味なり。終日無為赤ん坊の相手をす。午後三時頃安田[*69]に行きたるも本郷支店振出の小切手（加藤）により生活費を払出すこと不能。山下君に偶々会ひ、荒畑先生木末牧師[*70]に我のことを話したりと聞き、夕刻至る。木末氏に会ふ。甚だ好感を持ち得る人なり。就職のこと色々と依頼す。帰宅後澄子と衝突す。まづき夕食を喫す。目下誰も彼も神経過敏の状態なり。澄子と共に太郎君を訪ふ。道々語る。この朝東洋大学よりフランス語六時間の講義依頼文来り我があまりに嬉しき顔をしたるため澄子が悪口を云ひしことより今日一中はお互に気まづき気持にてありしなり。東洋大学のくち今は全く余計の代物なれどことすべて非なる中にこれ今迄に唯一の好事なれば幸先よき如く我の思ひしなり。もとより東京に行く意志なし。太郎君と共に藤本氏（父）[*71]を自宅に訪ふ。暫く待ちし後藤丸デパアト主現る。年若くパルヴニュ〔成り上がり〕の感あり。話は即ち断らる。近日後妻を貰ひ倉庫二階に移ると。自宅はお婆さん分らず屋にて駄目と。期待全く外れ失望して表に至る。太郎君大いに詫ぶ。藤本ジュニアの不在なるも（本日午後農園[*72]に立てり）失敗を招きし事由の一。兎角ジュニアの話のみにていざとなり駄目になること多し。最後の時はホシ薬局の店員用宿舎の一室（四畳半）を借りることを太郎君と諮る。彼しきりに恐縮するところを見ればよほど具合悪き住居なるべし。ただ我等はあまりに事を急ぐ。五日義父札幌より帰宅する迄に是非とも決定せざるべからず。種々思ひ悩む。この日神戸の父に電報を打つ。

**五月三日**　金　晴

午前太郎君に貸間のことを聞く。部屋四畳半より八畳に変る。但し現在物を置きたる故六日迄に整理し畳を入れると。午後下見を約す。午後至り太郎君の友人と三人にて語り、三時出掛く。ヨコイ洗濯店のあとホシ薬局の工場となりその三軒隣に料理屋を改造せる店員用寄宿舎あり。我等の借りんとするはその二階の一室なり。部屋を下見せるうち「火事だ」との叫び。表に出づれば工場三階より出火*73（漏電と後刻判明）既に火はめらめらと燃え上りつつあり、西風強く、我等の借りんとする家は風下にあり。焼けること必常（ママ）と直観す。運命を感ず。太郎君の顔色蒼白、我も亦爾りしならむ。ガソリン缶ありとの声に我も亦火の下をくぐりて缶を運び出せり。その後人の後ろになりて火事を見る。凄絶なる光景なり。寄宿舎の他の部屋の人々しきりと荷物を出しつつあり。消防自動車来り消火を始む。風少しく歇む。消火の早きに驚く。三時半隣接の二軒に燃え移りたるままにて既に峠を越ゆ。あちこちより遠望す。ホオスより洩れたる水虹を描く。両隣を焼きたるのみにて鎮火。四時。太郎君及び伊藤氏に挨拶し帰宅。これにて貸間の件如何になりしや心もとなし。駄目になりたる時は最早他に全く当なき現状なり。鷹津我を待つ。農学校*74々長に近日横山氏*75と同道する件。これ小学校長が農学校々長に諮りたる結果なり。明日志田氏*76の紹介状を貰ひ明後鷹津を訪ふことを約す。この日一日中眠かりしが火事のため眼全く冴ゆ。しかれどもこの夜早く就眠せんとす。落つかぬ日々を送りつつあり。日課既に幾日となく廃し七〇〇枚のみ。これ亦如何すべきか。

この日頃夏樹漸く我に馴る。幼児の微笑にのみ神を感ず。

**五月四日**　土

恐らくは我の知る最悪の日なりき。ことすべて外れ我と澄子とは絶望をしみじみと味はり（ママ）ひたり。即ち午前まづ太郎君と工場焼跡にて会ふ。彼の不幸を前にしては更に部屋のことも言ひ出されず。

店員の罹災したる者の方を先にすべきこと当然なれば。木末氏に会へず。かくて我等遂に身を寄せるところ無し。午後澄子と共に山下君を訪ふ。彼の心当り三箇所を訊き、甚だ縁の遠き紹介状を貰ふ。踏切際の家は既に借用済。藤丸デパアトに藤本君を訪ひ不在。神社際の家は引越済。病院前のアパートは満員。この帰路澄子の表情愈々絶望的となる。一端（ママ）帰宅後我のみ鉄南三十丁目[*77]近くの家に行く。満洲より近日中に家族引揚との理由にて断らる。道遠く夕陽斜なり。夕食。澄子の表情見るに忍びず。食後ホシ薬局に行き太郎君に会ふ。罹災二家族あり工場社宅の方望みなきこと確実となる。太郎君と妹さんと色々心当りを相談しつつあり。最後には家に来て泊れと云はる。就職の方は農学校の方進捗し志田病院長に朝会ひたるところこの日午後校長と面談せし筈なり。但結果を聞かず。帰宅。澄子全く絶望す。我亦爾り。最悪の場合如何にすべきか。東京に戻り我は高橋宅に至り、澄子夏樹は来嶋さん方にでも泊めて貰はんかなどと諮る。ただ赤ん坊を連れての旅行可能なるか否やを知らず。一時ホシに泊り次いで山下君に泊り（たとひ東京に帰るにせよ）時を待つこと、澄子の母ホシの点に反対なる故（顔にかかはるとの理由なり）宿屋住ひをせざるを得ず。かくて我等殆ど進退谷（きわま）りつつあり。行先の当全くなくなりぬ。澄子戸外に飛出し我亦その跡を追ひ引留めて帰る。暗き夜なりき。眠られず。

**五月五日**　節句

朝澄子の父札幌より帰る。不機嫌なる表情。事情を話す。直ちに澄子と共に自宅を後にす。もはや当も無けれど荒畑女史及木末牧師に諮らむとす。牧師に会ひ窮境を語る。即座に三畳にてよければ来れと云はれたり。この時の難有き気持筆舌に尽し難し。玄関先にて殆ど涙出づ。二三日うちに引越可能と。これよりホシに至り太郎・藤本君に会ふ。それより太郎君と共に志田病院に到る院長に会はず。農学校々長宛の紹介状を貰ふ。昨日校長と会ひしところ頗るよろこびたるとのことなれば恐らく上手く行きつつあるならむ。昨日の暗き気持漸く少しく晴る。帰宅。昼によもぎ団子を食す。坊やの初節句もこの程度にて過ぐ。夕、再度牧師宅を訪ひ部屋を見る。三畳狭けれど無きにまさる万々。荒畑女史と談ず。人間的経験を豊にしつつあり。

**五月六日**　月　快晴

九時二十分の汽車[*78]にて横山氏を訪問。赤ん坊と三人なり。鷹津と行き違ひになる。昼に農学校校長訪問、早速道庁に手続すと云はる。官舎の方も探すとの約束。まづ好調なり。鷹津帰る。三時の汽車にて戻る。雲雀なき風なく、素晴らしき快晴なり。山下君訪問、弟さんと初対面。帰宅夕食後木末氏訪問、引越の日取を明日か明後日に極める。この日朝中学校長[*79]より電話あり、至急会ひたしとのことこの方また就職可能の模様なるも後の祭ならむ。そのことに関し太郎君を訪ひしも不在。おぼろ夜の町を古き寮歌をうたひて帰る。

**五月七日**　火　晴

午前太郎君訪問、不在。帰宅、鷹津来る。共に再び太郎君訪問、店先にて立話。鷹津と別れ中学校に校長を訪ひ、電話の趣きを聞く。英語教師の件。農学校に先口と聞きて校長大いに失望す。感じよき校長なり。少しく残念なる感じす。帰宅。先ほど鷹津と共に山下君訪問の約束を交したるも引越準備のため不能。夕食後澄子と山下君訪問、明後日出発すと。暫く話を共にして帰る。道々澄子と語る。我等の不運も一段落したる如し。これより三年間（予定）の田舎暮しは如何あるべきか。澄子友達なきを嘆く。男の人は羨しとは常に言ふ彼女の科白なり。核としての孤独を感ず。彼女は更に成長せざるべからず。三年後彼女をして大学に学ばしめることを約す。三年後は遠き未来なり。我等はこの未来を信ぜざるべからず。この日高橋より「本ミナ売レタ」との電あり。安堵す。

**五月八日**　水　少しく曇り

この日引越。東一条南九丁目木末茂（ママ）〔登〕方の三畳間に移る。昼食前一回後二回ホシより借りたるリヤカアにて運ぶ。頗る簡単なる引越なり。この日農学校々長より来信。条件を色々と書き来る。官舎は無しと。これにより些か期待を失し、中学校の方よきに非ずやと再考し始む。もし官舎なき時は冬通勤すること不能にして急に中学に鞍がへすることも能ふまじ。中学校ならば尚市中に住宅を探すことも可能なり。大に迷ふ。夕近く山下君お別れに来る。共に家を出で中途に別れ、我等は山下宅にて夕食を共にす。夜我等の家に帰る。爾りこれぞ我等の家なり、スイートホオムなり。未だ電気を引くこと能はず蠟燭を灯し早く寝ぬ。

平和は実に深く暖かし。我等かく家を持ちたるは去年一月品川の家を離れて以来なり。我等は快き眠りを持ちぬ。

**五月九日**　木　晴　寒し

ストオヴなき部屋の朝。朝飯は昨夜山下方より煮て持来りし馬冷（ママ）薯なり。食後部屋の片づけ。我は中学に至り校長に会ふ。農学校の方を止し中学に教鞭を取らむことを諮る。校長は既に農学校長と談合済とか。我は我の自由意志にて極められる如くなれば中学の方に決定せむとす。こちらは住宅の点に良く、他に五人の英語教師[*80]有る故責任軽き点に良く他種目（例へば西洋史）を教へ得るやもしれず、まづ我として心動くは当然ならむ。農学校の配給のよさも話ばかりにて実際を知らず、官舎ありては赤ん坊の病気の時は不便多く、英語教師我一人にては責任重くしかも普通科故ランキング低し。明日農学校長に会ひ意のあるところを述べむと思ふ。山下方にて昼（イモ）午後荷物を下げて帰れば太郎君よりイモ一箱届けられてあり。大いに好意を謝す。夕食、始めての二人きり（否、夏樹も一人前なれば三人）の食事、ニシンの焼きたるとネギの味噌汁に卵（当地では一円五〇銭なり）を入れたると、飯の代りは相不変のイモなり。されど斯の如き美味なる食事を知らず。我等のキタノオヴァ〔新生活〕はかくて始められたり。近日東京に行き後片附を為さむと思ふ。

**五月十日**

このところ連日薄曇り、肌寒く俄にストオヴなき部屋に移り些か寒し。夏樹風邪気味なり。澄子も過労気味にて船酔の如き状態にあること多し。朝鷹津に電話し、九時二十分のポッポ汽車にて横山氏宅に行く。農学校長に会ふためなり。横山氏、鷹津に事情を語る。昼食後鷹津と共に彼の土地に行く。柏枯葉のさらさらと音立てつつある林の中なり。切株至る処に残る。西風寒くガスになりしも田園の風光甚だよし。彼と漱石荷風を論ず。別れて農学校に行き校長に会ひ事情を話す。快く聴き届けらる。住居なければ冬期通勤不能なること自明なれば。再び横山氏宅に至り、五時の汽車にて帰る。夜は疲れて就寝早し。夏樹九時に牛乳を飲み朝は四時すぎに飲む。親の方は楽に非ず。

**五月十一日**　土　寒き日なり

中学校に渡辺校長を訪ひ農学校長との会見を説明、中学校に採用決定す。条件は月給最高一二〇円手当を加へて三〇〇―四〇〇円位。夏樹の牛乳代月一二〇円を除けば生活可能なるやうなり。偶然に所有せし（幹部候補生志願書中にありし）卒業証明書を渡す。東京へ帰らざるべからざる事情を話したるところ本日附を以て採用し学校より証明書を下附せんと云はる。学割二割引にして往復を買ふことを得べし。大いに校長の好意を謝す。辞して篠川病院[*81]に行き身体験査（ママ）証を貰ふ。尚注意を要すと云はる。左肺は無理をすべからずと[*82]。昼食後再度中学に至りこれを手交し、身分証明書及び学割を貰ふ。女学校長に会へず。ホシにて太郎君、藤本君他二名と会ふ。両君に昨日鷹津と相談せし国民高等学校的なもののプランを示す。夕食は豆入り御飯豆腐みそ汁、かまぼこなぞ豪奢なり。夕食終れば八時に近く澄子疲れて早く就寝す。彼女は天気具合のせゐにすれど、頗るノイロオゼ気味にして心配なり。東京行は出来得る限り短時日に片附けむとす。翻訳原稿当地にて少しも進捗せざること残念。果して六月上旬（太郎君上京）迄に完成するや否や。本日加藤より電報にて「カメラアイ（ママ）」の原稿依頼し来る。

**五月十二日**　日

次第に晴れたるも列（ママ）風砂塵を捲く。朝食後山下の父来り本日引越なれば加勢頼むとのこと。エゴイストの本領発揮せらる。諾して山下宅に至り午後までリヤカアにて東二条七丁目の家に荷物を運ぶ。駅にて切符のことを助役に依頼し明後午前中に切符入手の運びとなる。十四日か遅くも十五日に東京に立つ予定。ホシに太郎君を訪ふ。昨日藤本君より燕麦半俵を分けて貰ふ約束を得たる故確かめに行きしが本日藤本君来らずと。夕食後荷物を取りに山下宅に行く。夜の町に相不変風寒し。本日父より電あり、封鎖送金手続完了次第送ると。安堵す。食糧仕入に如何にしても金の要るところなり、且借金も多し。イモの他にも少しくは食糧無くば欠配続きの今日生活不能なり。秋吉、加藤に十四日帰る旨電。

思へば当地に来て引越も一応済み、就職も決定せり。我も遂に帯広にて中学教師となれり。こは夏樹のためなり。夏樹のためには一切を犠牲にせざるべからず。我の五ヶ年計画は頭初より斯の如く狂へり。されどこれをしも多幸なる出発と思はざるべからず。人生は苦悩の連続なり。人生勉強は即ち文学勉強なり。前途は遠く暗し。急ぎ東京に往復し六月より中学教師として生活の資を稼ぎつつ、慌てることなく文学に勉まんとす。人生変転斯の如し。

**五月十三日**　月　久しぶりに晴天、但し午後より曇り寒気加はる

中学校に行き校長に会ふ。五月十一日附月給百二十円の辞令を貰ふ。教頭[*83]に紹介さる。女学校に鎌田校長を訪ひ謝辞を述ぶ。木末牧師より女学校校長を経て履歴書を中学校校長に渡すことを得たるためなり。帰宅、鷹津来る。卵十個十二円、木末氏にお礼のため。百円借りる。昼食を共にし彼は用事を為しに、澄子は夏樹を背負ひ病院（夏樹の眼の充血と耳のただれ）に行く。我ひとり久しぶりに寝転がる。三畳も一人となれば広し。夕刻鷹津再び来る。彼を駅に送る。夕食後澄子風邪気味のため夙に就寝。夜夏樹屢々泣く。

**五月十四日**　火　曇

澄子と共にホシに至り、「凍原」編輯室に至り、太郎藤本二君に会ふ。澄子と共に第一食堂にて昼飯を食ふ。スウプ一円、カツレツ五円、オムレツ六円。別れて駅にて切符を買ふ。学割往復百四十四円。藤本君より燕麦二斗三〇〇円（うち一升を山下へ廻す）及び太郎君よりイモ。リヤカアにて単身運ぶ。山下宅に燕麦一斗を届く。藤本君に代金を渡す。志田院長に会はれず。帰宅。イモにネギの味噌あへににて（ママ）夕食。食後、旅行準備も愚図愚図と話ばかり。

**五月十五日**　曇

午前中旅行支度。山下の母メリケン粉を持ち来りパンを焼く。慌しき支度、但し手提一つにして往は復に較べ頗る楽なり。正午駅に至る。澄子夏樹を負ひて来る。太郎駅にて待つ。十二時半汽車に乗る。直ちに坐すことを得。

**五月十六日**

朝八時函館着。十時よりＤＤＴ。爾見氏を訪ふも不在。駅前の通りにて食事。十二時半乗船、十三時半出航。波静かなり。夕刻満月の浮ぶを見る。残輝美し。八時半青森着。一番に船より下り汽車に飛込み着席、頗る運よし。九時半発車。

**五月十七日**　金　晴

漸く退屈を覚ゆ。二月に比し汽車も幾分楽にはなりたるも。夕七時上野着。秋吉宅に行く。来客二名伯父と共に談笑中、他に泊り客五名ありと。呆れかへる。風呂に入り就寝十時。

**五月十八日**　土　微雨

朝伯父と話す。生活難愈々深刻を加へつつある模様なり。売りたしといふ本座敷に氾濫す。その日の生活に困りつつありと。水路部長の件未だ決定せずと。ペシミストなる表情。洋子ちゃん既に学校始りたりとか。午後まづ局に行き白井に会ふ。再会を約して別る。庶務課に人なく、微雨を冒して新婦人社を訪ふに梅野氏不在。地下鉄にて来嶋宅に行き小母さんに会ふ。傘を貰ふ。帰宅夕食は外食券にて済す。加藤訪問、彼は留守中に既に結婚せり。驚く。「カメラ・アイ」原稿至急頼まる。文学的談話。夜の道を帰る。雨歇む。

**五月十九日**　日　晴

青葉美しき五月を感ず。午前書物整理。昼外食。芦沢氏訪問。更に高橋訪問。白木屋にて売りし本の代価二九一円（五〇〇円送金、五〇円借金、一五円電信料を差引く）を受取る。夜『ダンテ』の原稿[*84]にかかりしも一行も為らず。

**五月二十日**　月　晴

午前別れて大学に行く。昼、外食雑炊。研究室にて渡辺助教授に会ひ、東洋大学講師の職を佐藤文樹氏[*85]に譲る。鈴木助教授と会ふ。渡辺氏と共に散策、印刻を頼み、別れて城崎氏宅に二青年を訪ひ帰る。夕、外食。夜小包一個作る。原稿いつかうに書く気せず。生暖き夜なり。

**五月二十一日**　火　晴

午前中「ダンテ」を捲りたるのみにて無為、いつかうに書き始めず。昼外食雑炊。局に行き白井に借りたる本を返す。インクを貰ふ。実業之日本社に倉崎氏を訪ふ。印税前借の件不能。企画届用紙二枚を予る。但し出版は年内は難しと。新婦人社に梅野氏を訪ふ。「新婦人」創刊号を貰ふ。八月創刊予定の文芸誌「小説」に三四十枚の小説を依頼さる。これよりぶらぶらと銀座を歩き種々の買物を為す。地下鉄にて来嶋宅に行き夕食を御馳走になる。独文の大学生と同席。後に森田[*86]来り実に数年振に顔を見る。旧友に会ふは大いなる悦びなり。小母さんに別れ、森田と夜の道を渋谷まで歩く。帰宅十時。

**五月二十二日**　水　晴、温暖

午前中チツキの荷を作る。昼外食。安田銀行築地支店に出掛ける途中、大井町の闇市にてコオルドウエル[*87]短篇集を十五円にて購ふ。実際は本を買ふべき余祐(ママ)はなきも遂に誘惑に屈す。値あまりに安きためなり。銀行にて待たされること長くして頗る神経を害す。銀行は我が最も憎む処なり。アメリカ映画を見たき気持ありたるも買物に専心し、白木屋三越等を歩く。昨日今日にて種々の買物を為せり。（訂即(ママ)、おすの素一びん10.00　紅茶二包22.00　カレエ粉二袋9.00　印肉5.00　替刃十枚4.00　手帳2.00　小包ひも2.50　金あみ2.30　細引10.00　僕のはし6.50　お客ばし十膳4.50　髭そり用ブラシ11.50　珈琲一ポンド6.50　コショウ二びん9.00　ワサビ粉一びん1.80　フクラシ個(ママ)一びん7.00　妻楊子一包2.00　ヘッド油一缶60.00（訂　これにて他の大事なものは買へなくなりぬ。電熱器、電球、体温計など大いに必要なれどまづ覚束なし。ヘッド油が一番の問題なれど恐らく）澄子を悦ばしめるものと憶測す。夕、外食。七時すぎ白井の許に行く。電車仲々来らず大いに苛立つ。東京の生活は斯の如き処に疲労の一因あり。白井と小説のことを論ず。未来は耀しく感ぜらる。彼よりパイプ及び刻み煙草入を記念に貰ふ。「セニョボス」[88]の原書借用。去年疎開時に予けしまま忘れゐたる瀬戸物類の箱より二三を持ち帰る。帰宅十二時に近し。尚本日加藤よりの電話にて土曜の会を日曜に延したき旨を望まれ諾す。これにて出発一日おくれたるも止むなし。

**五月二十三日**

昨日加藤より電話にて『カメラアイ（ママ）』原稿催促されし故、専らそれにかかる。昼外食後二時半までやりたるも完成せず。やむなく中途にて出発、立川郊外に山下肇君を訪ふ。五時半となる。鷹津のリユツクを借りる。この日午後夕立あり。尚ぽつぽつせり。別れて高橋宅に至る。晩（おそ）き晩飯を馳走さる。原稿残りを書きあぐ。本日あたり相当に疲労せり。

**五月二十四日**　金

高橋朝夙く成城に行く。朝食後出発。本郷にて田中を訪ふ。彼の部屋にて昼まで語る。乾イモを食ふ。研究室にて鈴木・渡辺助教授に会ふ。「マルドロオル（ママ）」[89]の歌の訳稿をすすめらる。地平社出版。医局に原稿を置く（加藤不在）帰宅。面白くなき空気。叔父と破裂せんことを怖る。秋吉一家は九州移住の決意漸く固まれる如し。併し実に不愉快なる家庭なり。一日も早く帯広に引上げたし。疲労また劇し。

**五月二十五日**　土　雨

この日午前中にチツキ荷作り完了せるも雨のため大井町に出しに行く気せず。この結果出発は火曜に延さざるべからず。雨空を怨む。移動証明完了。午後、大井町にて聞けば日曜もチツキ受附くと。或は月曜夜立てるやもしれず。局に行く。野田さんより石鹼二個、煙草一箱を買ふ。白井と共に小山君を訪ひ、「幻を追ふ人」原稿前半を手交す。半截五七〇頁。「思索」[*90]に原稿を頼まる。雨を冒して帰る。叔父叔母帰らず。子供等と聖歌をうたふ。[*91]叔父と共に夕食。叔父の告白。叔母の非ドメスチク〔家庭的〕なること。叔父輝夫[*92]を連れ、二八日頃九州に立つ予定の如し。水路部全く見込なしと。尚昨日光夫また事件を出来せる如し。この日叔父を気の毒に思ふ。こは憤慨とは別のものなり。この数日しきりにパイプを用ふ。甚だ佳。

**五月二十六日**　日　微雨

午前荷物つくり。午後矢内原伊作[*93]の帰還せることを来嶋にて聞き訪問、不在。井田家を訪ひ再訪を明日に約す。貸したる本を売らむと思へばなり。これより加藤訪問。彼の結婚祝ひなり。集る者、中村、窪田、同夫人、三宅。皆久し振の面会なり。談愉快にして尽きず。文学より政治万盤に亙る。夕食大いに御馳走なり。我配給のビイル二本を持参す。加藤等は五月十日に結婚せりと。物静かなる奥さんなり。澄子此所に在らばと思ふこと切り。夜の濡れたる道を踏みて帰る。

**五月二十七日**　月　晴

午前チツキを持ち大井町駅に行く。目方大すぎはせぬかとびくびくせり。闇市にてウルフ「歳月」を買ふ。疲れて帰る。昼外食。小包を作り、二度に渡り等々力まで出しに行く。六個、うち一個重すぎてやり直す。小荷物二個を再び大井町駅に出しに行く。帰りに井田家に寄る。本を送つてもらふべく交渉。夕食後本を応接間に移す。これにて漸くすべて片附けり。明日は愈々出発なり。叔父（ママ）は九州行を二日ばかり延期せる如し。東京最後の夜感慨多し。

**五月二十八日**　火　晴

昨夜叔父（ママ）遅く帰り、急に本日出発に決したるとか、そのため我も亦充分に睡眠を摂る能はず。五時前起床。やはり朝の汽車にて立つことに決め、叔父（ママ）叔母（ママ）洋子ちゃんと慌しく別れ出発。リュック、トランク、手提と荷物三個頗る重し。前途を思へば暗澹。上野駅六時半着。行列。漸く乗り込むことを得。勿論座席なし。夜仙台にて着席、但し硝子なき窗（まど）の下手なれば風入りて寒く、よく眠る能はず。

**五月二十九日**

七時半青森着。九時ＤＤＴ。班の順序十一時の船に乗り込むには遅すぎる故車掌に話し変更して貰ふ。乗船。甲板に漸く席を占む。汽関（ママ）の故障にて一時頃より動き始む。晴天、波なし。八時函館着。直ちに行列。九時半の汽車に乗る。既に復員者にて満員なり。一時殆ど諦めたるも漸くにして窗より入る。辛うじて立ちたる程度。

**五月三十日**　晴

朝小樽より座る。漸く安堵す。コオルドウエル短篇数種を読む。午後煙草の箱紛失したるを知る。且その直後パイプを折る。頗る腐る。折角のパイプを此所に於て折らんとは。しかれども帯広近くして心直ちに晴る。四時着。昨夜函館よりの電報は未着なるも澄子駅頭にあり。荷物を提げて帰宅。疲れ甚だし。大いに晩飯を食ふ。澄子と四方山の話あり。父より封鎖にて一五〇〇送金あり。その文面割に元気らしく安心す。山下の父は出発七月とか、連日麻雀と。安心して眠る。夏樹少しも我を見忘れず。

**五月三十一日**　金　晴

終日無為。骨の節々痛し。

**六月一日**　土　晴

相不変寒く火鉢にしがみつく。中学に行くに農繁期臨時休暇とか。事務の先生に会ひ五月分俸給一七〇円を貰ふ。帰宅、鷹津、太郎君宅にある旨の電話ありたりと聞きホシに行く。二君に会ふ。鷹津と文化講演[*94]に出るや否やの相談、大体講師を承諾するに決す。ホシにて昼の汁粉を馳走さる。二君と我が家に移り閑談。夕食を山下に招ばれ澄子夏樹と共に行く。夜晩く帰る。澄子風邪気味。

**六月二日**　日　晴

澄子風邪のせゐか頭重し。午後渡辺校長を私宅に訪ふ。火曜に行きて新任の挨拶をするに定む。家の方仲々見込薄。五月七日以後新任退職を禁ずる旨の指令が二十日すぎに来りたりと、校長より道庁に爾るべく話をつけつつありとのことなり。勿論大丈夫ならむ。帰宅。太郎君訪問不在、山下方に赤ん坊を連れて行き夕刻帰る。澄子の風邪多少よき方なり。尚汽車中より腹案せる「小説」のための小説、プラン熟しつつあり。今月中に書きあぐる予定なり。題「雨」[*95]。

**六月三日**　月　晴　多少暖かし

昨日小荷物今日チッキ来る。午前中片附けもの。遅き昼。頭痛を冒し安田銀行、山下君留守宅、ホシに行く。夕食後夙く就寝。

**六月四日**　火　晴　暖かし

本日より中学に行く。八時朝礼時に新任挨拶を全校生徒にする。午前中ぼんやりコオルドウエルを読む。午後校友会予算会議。三時より大坪教諭[*96]送別会あり、出席。国民酒を飲まさる。留守中に鷹津と太郎君と来りしとか。夕少しく教材を読む。

**六月五日**　水　晴　暖

授業を始む。二年A級にイソップ、五年ABにポツダム宣言公文。出来の悪き生徒達なり。午後早く帰宅。仕事の方仲々始まらず。夏樹のため親二人多忙也。

**六月六日**　木　晴

授業。来週考査後の授業受持、我は二、三年生となるものの如し。午後早く帰宅。夕、澄子の姉[*97]

札幌より休暇にて来る。夏樹おかゆ及びビスケット類を口より出す癖烈しくなり食事の度に苦心す。夜また屢々目覚め、澄子心痛。

**六月七日**　晴、暑し

午前授業。午後鷹津来り、太郎君来る。後凍原社に行く。夕食に澄子の姉妹を招(よ)ぶ。夜は大いに暑し。仕事の時間全くなし。小包六個到着。

**六月八日**　土　晴

この日頗る暑く全く夏の気候となる。炎天なり。午前授業、午後職員会議、主として「カンニング」懲罰に関し。山下の母と南爪(ママ)の苗を買ふ。夜澄子と喧嘩。

**六月九日**　日　曇後微雨

澄子の母及妹と南爪(ママ)を植えに鷹津の畑に行く。[*98] 一日大いに労す。穴二十三個堀(ママ)り苗四十六本を植ゆ。暑からず寒からず気候大いに佳。鈴蘭、ワラビを採る。夕大食、入浴。

一九四七年六月十八日〜七月三十一日[*1]

**6月18日**

帯広療養所[*2]に入所。澄子、夏樹、澄子母[*3]と共に夕四時半ハイヤアにて来院。澄子達自動車のパンクにて部屋を訪れる。夏樹初めて自動車に乗る。大して悦ばず。澄子達直ちに去り、後寂漠（ママ）。部屋は二人部屋に一人。夜、寝られず。

**6月19日** 木 曇

この六月連日曇る。晴は漸く二、三日。朝より気分重し。食事悪し。しきりに澄子の上を思ふ。小林副院長[*4]診察。午後より晴。橋谷田女医[*5]と話す。気胸不能の時は秋に上京して胸廓（ママ）整形手術[*6]を受くるを以て上策なりと言はる。いづれ気胸の結果を待つべし。

**6月20日** 金 晴

終日安静。空腹甚しく、帰心矢の如し。気胸不能ならば自宅に帰り療養せんかとも思ふ。日程次

の如し。［6時起床、検温。7時食事。8時朝礼。9―10時回診（院長[*7]二週に一度、副院長一週一度木曜）10½―11½安静、検温。12時食事。1½―3時安静検温。5時食事。9時消灯］「戦争と平和」一・二篇を読む。

**6月21日** 土　晴

窗（まど）より若葉を見、雲を見、小鳥を聞く。澄子のことをのみ思ふ。空腹甚し。禁煙また辛し。昨日今日しばしば死を思ふ。人生、宿命、幸福、愛。思考力減退す。

**6月22日** 日　早朝より快晴（四時に既に明るし）やや風あり

朝食後、沼のほとりに行く。足少しくだるき他何の異常を見ず。熱は毎回6°―6・3°、脈は60―66。一昨年に比し療養所の空気親しみにくし。或はここ一年家庭にて安楽に暮せるせゐか。夕近く乳井君[*8]訪問。澄子よりの手紙、パンその他食糧。１９４６[*9]一冊。N君より卵。原始林にて暫く話す。女一本の煙草。夕食後橋谷田女医来訪。帰宅の意志を打明け、すべて火曜日の気胸の結果を待つ。女史の話によれば、気胸可能ならばあと一月位安静にして気胸すればあとは通院にて可能。半年後には軽き勤めも可能と。ただ普通に近くなりたるとも尚二三年気胸を続くる必要ありと。気胸不能の節は秋に上京手術を受くるを上策となす如し。小林副院長は被手術者にして経験あり。我は最も適当せる如く見ゆと。この夜深更に至るも眠られず、久しぶりに充分に食事をとりたるも、思は懸つて澄子の上にあり。澄子よりの手紙、用紙十三枚を数ふ。言すべて絶望的なり。彼女は死を覚悟せるものの如し。我は如何にすればよきか。理性を以てさとすべきか。同情を以て引くべきか、愛に頼るべきか、更に我慢を強ひるべきか。悶々として策なく、しかも彼女の言ふところは戯談や気紛れに非ざること我知る。如何にすべきか。これを思へば眠ること能はず。一日も早く彼女の許に至り、彼女を説き伏せ、その心を希望の方向に向くべきことのみ思念せらる。

**6月23日**　月　早朝より快晴

五時より目覚む。昨夕橋谷田女史澄子の手紙をもたらせるも（一日おくれしとなり）電灯なく読む能はず。目覚めと共に直ちに開く。詩一篇[*10]「悲歌」なり。感嘆すべき作。これ全く早々のうちに成れるに違ひなきもこの格調、この哀切、真に驚嘆すべき芸術品なり。斯の如き作品を生み、尚自殺を思ふはそも如何なる精神ぞ。如何なる精神の作用ぞ。如何なれば、せめて文学に希望を見出さざるか。彼女の悲しみは、これを芸術に晶化せしめて既に地上の悲しみを離れたるには非ざるか。

午前レントゲン透視及撮影。１９４６を読む。三人のうち我は最もsincère〔真摯な、真面目な〕なれど評論の技倆、中村〔真一郎〕、加藤〔周二〕に落ちること明かなり。詩は成らず、小説は徒らに計画のみ。才能あるや否やを疑ふ。しかも文学以外に何等生活の手段なきに。

**6月24日**　火　早朝より曇天。灰色の空、霧、寒し

気胸日は月、金にして次回は金曜なりと。またまた時間を空費す。朝山下の父母来訪。豊富に食糧を持参せらる。澄子N君の話をききて当所の食糧事情に心痛せるものの如し。しかもその言動をきくに頗る不安多し。寝食不能の状況なる如し。我は肉体の病人なり。澄子は精神の病人なり。病は澄子の方むしろ重きに非ずや。かく別れ別れにありては心実に定まらず。心痛に心痛を重ぬるの

みなり。昨夜書きし返事を山下父[*11]に托す。澄子をして今一度人生に希望を抱かしむること不可能なりや。澄子を再び幸福にするは我の義務なり責任なり。ただその機会を与へられんことを願ふ。彼女にして自殺せば、我またよく生きては非ざるべきに、この愛は深くかつFatal〔宿命的な、不吉な〕なり。

昼頃より雨。梅雨模様の空にして寒し。午後寝て「風と共に」〔マーガレット・ミッチェル『風と共に去りぬ』〕を読む。三時6・7°。

**6月25日** 水　曇天。昼ごろより晴間あり

橋谷田女史来訪。保健同人[*12]なる雑誌五冊貸与さる。気胸及成形手術に関し知識を得。バター ポンド配給65・00。病院にて十五燭(しょく)の電球を取りつけてくれる。午後より晴れて青空を見る。三時6・6°。夕食後N君と共に澄子現れ驚く。N君の自転車の後ろに乗りて来りしとなり。顔色蒼く痩せたる模様。久しぶりにして談多し。澄子尚半ば怒り半ば諦めたる如く笑ふ。船津氏[*13]は我に悪きことを語り我はそれを知れるも澄子には告げざりしと木末氏夫人[*14]は語りしと、澄子に大いなる打撃を与へしものの如し。船津氏に斯の如き言あるとは真に意外にして且必要もなきに（しかも自らそれを確信しつつ）我が自ら悪きを知りて澄子に隠せると公言せる木末氏夫人の心境解する能はず。澄子の持ち来りし用件は、此の療養所を去りて協会病院[*15]に行かむことを計れるなり。協会病院にては人を頼みて炊事可能なると、小原院長[*16]の経費無料を約束せると。且自宅に近きため種々便利なるによれり。されど此所にて気胸の準備を整へつつあるを以て、気胸不能の時は移らむかと思ふ。以後澄子気嫌よくN君と三人にて愉快に談笑す。七時頃去る。後に澄子の齎(もたら)せるもの（主として食糧な

り）を見るに手紙あり。両親に宛てたる遺書なり。愕然として驚く。しかれども座談の模様より推測するに、こは事を決するの謂（いい）には非ざるべし。二人の間に後々の計画なぞ話題に昇りたれば、ただ苦しみの中にありて書きたるものなるべし。斯の如く考へて僅に安吐（ママ）せるも心尚しきりに澄子の上を思ふ。この日「風土五章」[*17]数枚を書く。

**6月26日**　木　雲多きも晴

中村に手紙を書く。菅野院長回診。三ヶ月入院後上京の計画は是認さる。問題は依然として気胸にあり。頗る温暖20°。山鳩、かつこう、次第に蟬の声に代る。帯広にて殆ど蟬を聞くことなし。郷愁切なり。「風土」を書く。「戦争と平和」三、四、五篇を読む。

**6月27日**　金　曇、晴間を見る

肺活量２９００、身長5尺5・5（約１６８cm）、体重14貫2（53kg）尚先日の赤沈験査（ママ）は14なりき。小林副院長により気胸の試み。失敗に終る。終日安静。午後6・9°。夕刻N君来る。暫く話す。米国産のPork Sausageの缶詰半分ありビスケットと共に二人で食す。更に月曜日に気胸を試みらるべし。澄子「悲歌Ⅱ」[*18]を齎す。Ⅰほどの出来ならず。手紙あり。我が心依然痛む。

**6月28日**　土

昨夜来微雨。暗き空なり。気温20°より10°を往来す。今朝寒し。昨夕今朝僅の血痰あり。熱はこの頃6・3°—6・8°位普通となる。入所二三日の低かりし方むしろ異常なる如し。澄子より大量に食糧補給あり。空腹を覚ゆることなく禁煙にもまた少しく馴れたり。根本たま[*19]、齊藤隆に手紙を書く。「風土」数枚を書く。「戦争と平和」六・七・八篇を読む。

**6月29日** 日　曇天寒し

「戦争と平和」九・十篇を読む。「風土」数枚を書く。夕刻、N君来る。澄子の長文の手紙を齎す。N君の前にて読み返事をよこすべしとの伝言故卒読す。すべて我を非難せる文面にして先日N君に托すべき手紙のなかりしこと。缶詰を少し残して返せること等より婚約時代にさかのぼりて一々我のégoïsme〔利己主義、利己心〕を指摘す。慌しく返事を書けるも心暗愁に包まれN君とよく語るを得ず。N君帰る。頗る寒し。澄子は何故にかくも悪き点のみを我には見るぞ。こは愛なき故なりや。再び手紙を精読す。27日及28日の書翰頗る長文にして殆ど絶叫する如く我の非を訴へ来る。一々我の弁明すべきことはあるも中心に我がégoïsmeあるを我も亦信ず。されど我に一片の誠意なく反省なく彼女の幸福への善意なしと断定するはあまりに酷なるに非ずや。彼女は言へり。婚約時代既に我がégoïsmeと病気との予感ありしもただ我に同情せるが故に結婚せりと。結婚後もただ自己の幸福のみを追ふ我の伴侶として不幸に沈潜せりと。されど澄子は常に斯の如く我を憎み、結婚に対する後悔と我に対する不満とのみを抱きて結婚生活の毎日を送り来りしや。何等の幸福も味はふこと能はざりしか。しかも今や、ただ自己の幸福のためにのみ彼女の自殺を禁じたりと我に責む。果して澄子の生を続くるのはただ我がégoïsmeなるや。彼女の幸福も亦この生の中以外に見出すこと能はず。しかも彼女は今や再び死の中に一切を棄て去らんことを述べ来る。これは如何なる意味なるや。再び斯の如く言ひ出したる原因は何ぞや。先日手紙を書いて托さざりしためなり。缶詰の小量を送り返したるためなり（我は澄子の方により多く利用することあるべしと思ひしに彼女はこれを我のposeなりと言へり）協会病院に移るを直ちに肯ぜざりしためなり。我にN君来り。彼女に一人の友達なきためなり。そしてすべて不幸の原因を我との結婚に見る故なり。我が罪多きは認む。自己の幸福を追ひ澄子に愛せるところ尠なかりしを自ら怨む。すべて過去は我に罪あり。しかれどもこれを未来に於て回復せんことを彼女は許さず。彼女は如何に我が真剣に反省し誓ひ彼女の幸福を計るべきことを述べても脣頭にてせせら笑ふのみ。そは全く不可能なりと。彼女は未来を信ぜず。ただ過去に失策を見不幸を見、その結果を現在に於て我に中傷すれば足る。彼女の現在の唯一の情熱、唯一の生きがひは我を傷つくることなり。斯の如く残酷なる言辞を弄し、我を徹底的に打のめすにあり。これは最早愛には非ざるべし。斯の如きを愛とは言はざるべし。彼女は夜も亦眠れずといふ。何故ぞ。我に怨みの数々を思ひ耽るためなるや。何等希望を見ず未来を見ずして、ただ彼女の良人の欠点のみを見る。そは妻たるのつとめなるや否や。爾り我は良き良人にては非ざりき。されど我は意識しつつ悪くつとめしには非ず。もつともよかれと願ひしことの運つたなく悪かりしなり。しかも彼女はこをただ我が自らのためにしか為せしところに非ずと言ふ。我の言行はすべて我個人の幸福のためなりと。しからば現在彼女は如何なる幸福を求むるや。我慢ならざる故我との約束を取消すと彼女は言ふ。約束とは秋上京の機まで自殺を思ひとまるやう我の懇願せしを言ふなり。我は平身低頭して彼女の自殺すべしといふ決意を押し留めたり。療養所に入りたるまでの約二十日間連日の如く彼女は怒りかつ泣き我は沈黙しかつ謝りたり。しかもいま、彼女は言ふ。我は彼女の自殺せずと見抜きてより最早彼女のことを思はずなりぬと。また彼女を生かしむるは我の看護のため食事のため夏樹の世話のためなりと。斯の如きは単にヒステリイ発作に基ける一時的言なりや。真に彼女は斯の如く思考せるや。彼女の死によりて彼女の得るものは何物も非ず。我の喪ふものは無限なり。如何なる希望も幸福もこの後に何かあらむ。我の彼女を幸福にすべしといふ約束も決意もすべて彼女の生を前提とすること勿論なり。我は今彼女の幸福のためすべてを犠牲とする意志あれば一切のことを聞くべし。ただ自殺はあまりに愚かなるに非ずや。しかも彼女は之を以て尚（しかり尚も）最後の幸福なりと言ふ。我の彼女を生かすは「自分で幸福になりたいためでせう」と言ふ。二人を（N〔夏樹のこと〕を加へて三人を）幸福にする以外に幸福はないと先便に詳しく説明したる返事がこれなり。斯の如く固定観念として、自殺による終決、良人に対する憎悪のみを見る人間に、この上如何にして希望と幸福とを与ふことの可能なるか。我は殆ど答を知らず。我は今迄充分に努力せり。彼女は今迄何十遍死ぬと言ひしならむ。一度でも我が勝手にすべしと言ひたれば事は終りしならむ。我は常に頑強に戯談を言ふなと言へり。これは酷なりしや。まことに言は易し。されど我は何故に許可を与へざりしか。自己の幸福のためなりしか。澄子自身のためなりしか。実に明かなることに非ずや。しかも我は邪魔せしや。彼女は邪魔するなと言へり。我は彼女に許可を与へざることにより、彼女の最後の希望を邪魔せりと彼女は考ふるなり。我は如何にすればよきか。彼女は斯の如き自殺への誘惑と生の侮蔑とを、そしてまた良人への軽蔑憎悪とを一日一日と続くるつもりなりや。全く投げたる如き態度にて、人生に希望も善意をも認めず、我の反省を嗤ひ、我の願ひを嘲笑し、我の言ふこと行ふことにすべて égoïsme を見抜きつつ、一日一日を暗き絶望と虚無的態度のうちに生きるつもりなりや。彼女は書き来れり。これはあんまりだと。我も亦、これはあんまりだと言ふことを得べからざるや。一片の理性は彼女に復（かえ）らざるや。

夜暗く寒し。宿命を観ず。

## 6月30日　月　曇天。依然として寒し

午前中澄子に長き手紙を書く。されど恐らくは彼女のこの二つの手紙は一種の発作的表現ならむと思ふ。しかる時に我が非難に対するに非難を以てするが如き返信を認めたりとも何にかならむ。徒らに彼女を刺戟するのみなるべし。依つてこの手紙は彼女に見せざるやう決意す。昼近く気胸。今日は背面三ヶ所すべて不成功。気胸はこれにより我には駄目なることほぼ判明せり。その後小林副院長に以後の計画及病状を訊く。答次の如し。成形を試みるべきもすぐといふわけには行かず。左いま少し固まる要あり右も少しく患部あれば様子を見る要あり。左の病ソウは相当に悪し。成形は唯一の手段にして之を試みざれば希望をもてず。最初の計画通り三ヶ月して東京の気候よくなりてより上京入院し様子を見つつ成形を行ふべきも早くて年末ならむ。現状はいま一週間洗面及身の廻り以外は安静のこと。一週間たてば安静三度（安静に五級あり。）にして少しく散歩許可せらるべし。執筆はすすめられず。一昨年退院時[*20]に於ても決して良好の状態なりと言ふを得ず（誰が許可したんですか。院長ですか。そんな筈はないんだがなあ）普通に生活したらむには現在の如くならむは当然の推(ママ)路なりと思考す、云々。

これは実に予想外の驚きなりき。我はすべてを良き方に考ふる悪癖あり、されど実に斯の如く悪しとは想像せざりき。こは橋谷田女史の言ひしところよりよほど悪きなり。茫然として沈思す。

我はすべてを澄子に打明けんと欲す。斯の如く我が健康状態良好ならざるに於ては、我に何の自信なし。彼女は之を聞きて果して我を離れ去るか、自殺するか、或は我に対して真に愛情を復活するか。我は知らず。されど我が回復には長日月を要せむ。彼女よく待つや否や。しかも我は目下無

力にして彼女なくして殆ど何をも為し得ざるべし。我は彼女の同情を求めんとするや。我は同情を求めたくなし。我は愛を求めたし。如何にすべきか。如何にすべきか。九月我東京に行きてより後澄子は如何に暮すか。上京の件は如何。また現に協会病院行は如何。我はこれらのことを澄子に相談せむとす。最早我はただこの二年間を悪夢の如く振返るのみ。如何なればより早くレントゲンをとらざりしか。正に澄子の言の如くなり。而してその被害者はやはり我なり。澄子はこの点を理解せず。苦しめる者は彼女一人に非ず。我は我が病状を率直に語り澄子の意向を聞かむ。彼女は依然として自殺を欲するか。最早我に之をとどむべき何の権利もなかるべし。何故ならば我は最も彼女を必要とする者にしてこの必要さは確に ègoïsme なれば、彼女我より離れ去らんには我が前に何の希望もなし。されど単なる憐み、単なる同情によりて助けらるるよりは寧ろ憎まるる方可なり。我はただ愛を求む。孤独の中に愛を求む。夕近くより晴。N君来らず。澄子への手紙を書きN君に托すべく待ちしも一日延さざるべからず。我は一日の猶余(ママ)を得たり。我は澄子に我が言の打撃となるを怖る。彼女は上京を一日千秋の思ひにて待ちつつあり。そのためにのみ死より生に復りしなり。しかも我が病状は本年中の上京を彼女に不可能ならしむ。我は実に無力を感ず。澄子に尽したきこと無限に多く而も何一つ為す能はず寧ろ彼女の為すところを待つのみなり。病状に対する恐怖と澄子に寄する心痛と、過去を思ひ未来を思ふ。生と死、愛と犠牲を思ふ。晴夜尚寒し。今宵も亦眠られざるべし。

**7月1日**　火　曇天。気温八度、寒し

澄子への手紙を少し書く。澄子に如何なる打撃を与ふるか。彼女は遂に自殺を決行するか。それ

ともよく之に耐ふるか。我は真に懼る。我の望むもの彼女の同情に非ず愛なり。この打撃あまりに大にして死すと言ひし時最早我に之を留むべき権利なし。死は自由なれば。されど幸福のため彼女は生を選び且一人の道を選ぶと言はばその方更によし。我は悦びて彼女の新生を祝ふべし。されどまた我と共に幸福を待つと言はば之にまさるものはなし。之はegoïsmeなり贅沢なり。我にその権利なし。我は無力なり。一切は澄子の意志に委ねらる。我は彼女の最後の意志を知ることを懼る。彼女は何を以て我に対すか。死か、新しき一人の道か、諦念か、同情か、或は愛か。心不安にして痛みに耐へず。午前安静時間にN君来る。畑に行く途中にて帰路にまた寄ることを約す。昼及び夕、澄子への手紙を続く。されど如何に書けばよきか分明ならず。心乱れ僅に読書に気を紛らす。「戦争と平和」殆ど読了。夕食後橋谷田女史来り色々質す。成形手術後三ヶ月にて退院可能尚三ヶ月の安静あるをより可とす。協会病院行は賛成の模様なり。途中にてN君来る。手紙を托す。朝澄子を連れ来り夕また来る如く計らはんと言ふ。我にはその方都合よきも澄子の支度大変ならむと思ふ。弁当を必要とし朝早き故なり。すべて澄子に任せむとす。ただ我の手紙のため心を労さざるを祈る。話せば分つてもらへると思ふ故なり。されどもし分つてもらへざる時には。之を思へば暗然。

**7月2日** 水　曇。午後より少しく晴

九時澄子来り六時半に帰る。一日を我と共にせり。最初頗る元気にして我を赦せしに我の少しく「風土」を書きたることを知りてより怒り悲しむこと甚だしく帰らむとす。帰るは死を意味することあまりに明かにしてしかも非はすべて我にあり。甚だ悩む。遂に彼女諦めたるも以後尚二度発作的に強き怒りを投げつけたり。この結婚の失敗なりしことを明言し、かへしてほしいなる言葉もて

過去三ヶ年の青春を惜めり。代りの人を見つけてほしいとも言へり。我はともかく一年を待ちてより彼女を幸福にするより他に手段なくただ時を覓(もと)めたるもこの時は即ち彼女の苦しみなれば我は殆ど言を発する能はざりき。気嫌よき間にきめしことは、九月澄子我と共に上京夏樹を半年山下に予(あず)け我は東京の療養所[*21]に澄子はいづこかに間借せんとすること。及び協会病院に移ることなど。とにかく上京せば澄子の気も晴るべしと思ふ。彼女の精神全く疲労せる如し。我に之を如何にすべきか策なく暗然として眺む。

**7月3日**　木

朝の霧あがりてより快晴となり午後気温20°に昇り全く夏の感じなり。本日回診なし。小林副院長は既に保健所長に転ぜるや。本日昨日と変り澄子の不在をしみじみと感ず。殆ど書物も読まず茫然として考へ込む。愈々近日中に協会病院に移るべく澄子と打合せしたれば此所の印象もあと数日ならむ。遠い日のことなどしきりに思ふ。

**7月4日**　金　晴

先日澄子との約束に依れば今日山下父の来るべき筈なるにそのことなく些か不安なり。夏樹を半年あづけることのうまく行かざるか。或は協会病院への問ひ合せおくれたるか。澄子の気の変りたるか。悪き方のことのみ思はる。苺百匁〔一匁は約三・七五グラム〕を買ふ。25円（昨日は30円と言へり）澄子に土産に持たしめむと思ひてなり。その幾分を食す。季節を感じ、藤沢[*22]にて澄子と共に食したる苺の味を思ひ出す。臥床しつつ「旅への誘ひ[*23]」を訳す。健康回復後のことを思ふ。

**7月5日** 土

夜来雨の音を聞きつつ眠る。朝も尚微雨。N君来る。澄子の手紙を齎す。昨日食糧尽きたれば持参の弁当パンを深謝す。N君畑に行きたる後澄子の手紙を読む。気嫌よき文面なり。我の心も亦晴々となる。小説をもたらす。熟読す。前半「アイシャ」[*24]に似て後半甚だ暗し。されど進歩せし所明かなり。この絶望の小説をして現実よりの évasion〔脱走、逃亡、遁走〕としての効果を持たんには、小説を書くは澄子にとり一の救ひたるべし。この小説澄子の特異なる性格心理を明かに示す。正に彼女に非ずして書き得ざるものなり。中村の手紙来り北海道に来りてもよしといふ。澄子これを聞き大いに悦べる如し。もし中村の来ることあらむには澄子も大いに元気づくべしと思ふ。我にありては論なし。手紙によれば彼は頗る景気よき模様なり。夕、菅野院長来る。協会病院のこと少しく話す(リンパ腺脹れたる故診察に来れるなり)承知、されど来週日曜位になる見込なり。夕にN君再び来り。澄子に苺二百匁を托す。本日は20円なりき。

**7月6日** 日

早朝より殆ど雲なき快晴なり。気温頗る昇り昼は既に夏を感ず。気温25°に達す。風なし。昨夜会計氏来り。教職員共済組合員証を求めらる。なし。これあればすべて無料となるもなき時は一時全額を支払はざるべからず。以後の療養に関しこの保健証(ママ)は重大なる関係あれば急ぎ本朝中学宛[*25]ハガキを出す。これを手に入れざれば協会病院に移ることも不能なり(此処は月700円位と聞くも協会病院は個室月6、000円を要すと)不安なる気持なり。午後安静直後に澄子N君に連れられて現る。予期せざりし故大いに嬉し。桃色のワンピイスに黄色きリボンをしたり。少女の如し。頗る御気嫌よく談笑す。山下母は夏樹を予ることを承諾せるものの如く安吐す。気の毒なるも他に方法なし。夏樹がお気に入りなるは幸ひなり。澄子とくさぐさの話をなす。主として澄子の書きし小説のことなり。夏樹がお気に入りなるは幸ひなり。我訳了せる「旅への誘ひ」、改訳せる「秋の歌Ⅰ、Ⅱ」[*26]を読む。澄子等帰りてより齎せる雑誌類を読む。夜に入り微雨。この頃鷗外「即興詩人」[*27]（三読なり）「ヰタ」（森鷗外「ヰタ・セクスアリス」）その他短篇を読む。九鬼博士「日本詩の押韻」[*28]再読熟読す。夜に入りても尚暑し。8時にて19°あり。

**7月7日**　月　曇。午後俄雨あり。天候不順なり

中村より澄子宛の手紙を読み、感あり、よき手紙なり。N君畑の往復に立寄る。

本日は夏樹の誕生日なり。満二年を迎ふ。感慨多し。我はよき父に非ず。汝を置きて父母は上京する支儀となりたり。汝は好き子なれば祖父母の家にて元気に過すならむ。されど我が病のため親子三人上京せんとするplanは頽れたり。夏樹は何といつても澄子一人になつきたればさぞ寂しがるならむ。そを思へば我の為せる罪の大きさに打たる。不幸な子なり。しかれども汝は元気に育つべし。汝の道は平安と幸福とに通ずるべし。我が祈なり。我が誓なり。

**7月8日**　火　終日雨。気温下り12°なり。寒し

雨を冒してN君来る。畑を休みただ我がために来てくれしやうなるもの。澄子の手紙を齎すに再び前の如く暗黒なる文面に驚く。何もかも嫌になり、今にも死にさうな手紙なり。原因思ひ当らず。

要するに彼女に於ける種々の idées fixes〔固定観念、偏執観念〕は殆ど絶える間なくその精神に復り来るならむ。之を見るに中村の手紙すら何の効果もなかりし如し。たとひ中村の当地に来り、我々の東京に至りても、この idées fixes のある限り彼女の心の晴れ切ることはなかるべし。しかもその源はすべて我にあり我は之に対し如何なる言葉を以てすればよきか不明にして、ただ思ひ悩むのみ。澄子は怒り、我はそれを聞きて思ひ悩むのみ。この度の手紙の主題は我に於ける démon〔悪魔、悪霊、邪神〕（文学）に対する反感に出でたる如し。démon のことＮ君に少しく語りたることあれば、或はＮ君の澄子に語りたるか。我は実に démon に憑かれし人間なるやもしれず。しかし理性をなげうちて démon に憑かれしには非ず。精神の業として文学を愛するのみなり。一生を賭けたりとは言へ一生を投げすてたるには非ず。我が生活、また我が精神をのぞいて、文学の存在するには非ず。澄子は我にとり生活の半ばなり。彼女なくして幸福なし。そのためには文学をさへ後廻しにしてもよし。しかもこの気持も、目下我の病床にある故を以て、目下直ちに彼女を幸福にすること不可能なるを以て、すべて空しきか、すべて不可能事として彼女のせせら嗤ふのみなるか。彼女は我に「何故犠牲になる必要があるか真平だ」と書けり。我を「破廉恥」と呼べり。之はもとより発作なるべし。しかれども我は爾く悪人なるや。思ひ迷ふ。斯の如き発作的怒りの何時まで続くものなるや。永遠に不幸なるや。

昼、Ｈ女史来り話す。日本人絶望論を述ぶ。持論なり。

**7月9日**　水　曇。次第に温暖となる

午前Ｎ君来る。本日は澄子より齎せるもの何ものもなく、漸くに彼の洩せしところによれば、昨

日四時頃澄子より電話かかり夏樹を療養所に連れて行つてくれと頼まれしさうなり。彼おどろきて駈つけしにK氏夫妻〔木末登夫妻〕もその場にありて彼女を慰めつつありしとか。N君は八時すぎまでゐて種々物語をしたるとか言へり。恐らく今日手紙も食糧もなきはそのためなるべし。彼女の受けし打撃は容易に回復せざる如し。しかれども我にはこの上言ふべき言葉もなし。信ぜざるに於ては、幾千言を費すも遂に空言に過ぎざらむ。彼女の怒りをとくべく、我は正に我の約束の他に何物も持たざるべし。彼女の悲しみをとくべく、我に我が愛あるのみ。しかも愛とは遂に空しき言葉の綾にすぎざるものか。

午後空腹甚だし。中里恒子「まりあんぬ物語」[*29]を読む。この頃ボオドレエル訳詩二篇「お前にこれ等の詩篇を捧げる」[*30]「照応」[*31]成る。夕、齊藤隆（清瀬に入院中）より返書来り種々の事情明かとなる。父〔福永末次郎〕、及齊藤に手紙を認む。苺二百匁を買ふ百匁15円となれり。本日は多量にあるも澄子にことづける手段なきを怨む。我にとりては折角の苺も空腹の足しの如きものなり。

**7月10日**　木　暗愁曇天。朝10°にして寒冷なり

これは果して帯広のみの悪天候なるや。澄子さぞ気をくさらしゐることと思ひ天を怨む。朝食粗悪、食はざる人多し。齊藤の手紙によれば東京療養所は外科療法と食事の悪きとで有名なりと。果して如何なる程度に悪きや。ぞつとするやうなものなり。澄子は東京の食事情を全然知らざればその点不安多し。午後まで雨降りしきる。本日院長回診ありたるも格別のことなし。既に協会病院行の許可を得たればまだかと訊かれて返事に困る。本日あたり空腹甚しく堪えがたき程なり。されど協会病院に移りて満足されるとしても東京のことを思へば如何。空腹に対しては終日安静の他に方

法なし。夜、部屋まで苺を売りに来るを買ふ。百匁25円。高し。

### 7月11日　金　曇。晴間を見る

午前山下父来訪。病状及以後の計画、澄子の模様など種々懇談。夏樹を予けることは快諾を得。苺二百匁（百匁20円）を托す。詩人、[*32]近代文学[*33]六月号来る。詩人掲載の澄子の詩は「髪」[*34]なりき。午後木末昇（ママ）牧師来訪。種々懇談す。朝山下父の齎せる弁当箱はカラになりたる故木末氏に持ち帰つてもらふ。二回に渡りパン来りたる故安心せり。

澄子より来る二つの手紙はいづれもひどく絶望的なり。この前我の急ぎ書きたる返事に理性的なれと言ひしが気にさはりし如し。こちらより出す手紙の一寸せる手落にも、一々斯の如く反応を呈されては、手紙も書けず。齊藤の手紙を見せたるも悪かりし模様なり。齊藤は二回目を試みると書きし故、成形に関し彼女は希望を失へるものの如し。要するにこの手紙により我に宣告せるところは、もう待てぬ、もう駄目だといふことなり。如何に慰めればよきか。如何に言へば彼女の心は収まるか、ほとほと我も困れり。斯の如き澄子の手紙を受取りし時の我の心中を何とか言はむ。歯がゆさ、憐悔、愛、多少の怒り、自己嫌悪。そのすべての mélange〔混合、混入、ごたまぜ〕なり。これほど言つても分らないか、といふのが恐らく澄子の気持にしてまた我の気持なり。ちぐはぐなるに非ず。ただ互ひによく分りたるも尚相手を説得し得ぬなり。山下父に聞きても木末氏に聞きても、澄子はこの頃平静なる如しと。しからば我が受取りたる手紙の中に於てのみ彼女はその本心を露呈せるか。我は聴き役を厭ふ者に非ず。されど彼女の苦しみは次第に我が能力の上に出でつつあり。如何にせば彼女をこの深淵より引き出すこと能ふや。木末氏は牧師なれども宗教は彼女の前に実に無力なり。我の愛、夏樹の愛の如きも実に無力なり。澄子の苦しみを我は理解すと信ずるが、これを解脱すべき方法の我に無きを如何にすべきか。ただ澄子はことさらに、自ら求めて、苦しみをより大きくせんとしつつあるに非ずや。あらゆる点に悪きことのみを見て、強ひて未来を暗黒に塗りつぶしつつあるに非ずや。我の反省も後悔も約束も一切無力にしてただ澄子のもう駄目だ、もう駄目だと言ふを聞く時、我は痛切に人間の惨めさを思ふ。何たる無力のものぞ、人間とは。彼は苦しむためにのみ生れしや。

澄子に手紙を書きかけしも途中にて厭になる。空し空しすべて空し。

**7月12日**　土　曇。寒し

何時までこの陰鬱なる曇天は続くや。昨夜よく眠られず。澄子に手紙を書くに言葉の空しきやう思はれてならず。

昼近く快晴となる。

この日記は備忘のためだつた。従つて文語体で簡潔に書きたいと思つた。しかし文語体では内心のことは書けぬ。そしてしばしばもどかしさを感じる。もつとも口語文で書いたところで同じかもしれぬ。何やら空しくてしかたがない。言葉といふものが実に空しい印象なのだ。或は人間の空しさ、人間の努力の空しさかもしれぬ。僕の澄子に対するあらゆる努力が何の役に立つてゐるかといふもどかしさだ。それはもう文語や口語の違ひではない。思考が空しいのだ。

昨夜3枚、今朝6枚ほど澄子に手紙を書き、何れも厭になる。さういふものを読ませて何になるか、といふ苦い予感が、自分の書いたものに嫌悪を起させる。

しかし僕は理解した。度々の澄子からの手紙で一つの結論に達した。それは澄子が僕を愛してゐないといふことだ。澄子の絶望は愛する者がゐない、従つて心の中に大きなあながあいたことを示してゐる。彼女は今迄僕を愛してゐるつもりでゐた。しかしそれは同情にすぎなかつた。同情とそれに恐らくvanité〔空しいこと、空虚、虚栄、見栄〕もあつただらう。その二つで彼女は愛を偽装した。それを僕の病気といふ、彼女のegoを満足させないものの発見に依つて、はつきり対象の存在しないことを暁（さと）つたのだ。絶望とは、愛する者が死んだ時、自分に背いた時に来る。（僕の経験でも、多くの人の経験でもさうだ）しかるに彼女の場合、僕といふ人間は生きてゐる。そして尚熱烈に彼女を愛してゐる。僕は病気だ。しかし健康になる可能性は充分にある。従つてもし彼女が僕を愛してゐるなら、一時的な悲しみ苦しみはあつてもそれがこんなに持続する筈はない。僕を愛してゐないから、僕の病気でそれが分つたから、彼女は愛するものの不在といふ傷のために呻いてゐるのだ。愛する者とは、最早僕ではない。

　愛するといふことは献身だ。それはおまけにvolontaire〔任意の、自発的な〕なもので人から強制されたのではもう愛ではない。澄子が繰返して言ふのは私は貴方の看護婦ではない、そんなことは真平だといふ叫びだ。そして気の弱くなつた時には、貴方が命令するから看護するのだと言ふ。要するに自発的に僕の病気をみとらうとする気持はない。僕の病気が彼女の幸福を妨げた。そこにあるのは僕の病気に対する憎しみだ。私は看護婦ではない、誰か好い看護婦をお探しなさい、といふのはこれほど献身と愛とを否定し、自分の立場ばかり考へた言葉は他にない程だ。もう勝手にしろといふのだ。

　彼女は今誰も何も愛してゐない。僕も夏樹も、文学も生活も何も愛してゐない。恐らくego、彼

をみとらうとする気持はない。僕の病気が彼女の幸福を妨げた
そこにあるのは僕の病気に対する憎しみだ。私は看護婦では
ない、誰か好い看護婦をお探しなさい、といふのはこれなど両
身と愛とをを■否定し、自分の立場ばかり考へた言葉は他にない
程だ。もう勝手にしろといふのだ。

彼女は今誰も何も愛してゐない。僕も書物も、文学も生活も、何も愛してゐない。恐らくego、彼女自身をも愛してゐない。そして彼女はそれに耐へられないでゐる。そこに絶望があり死の誘惑がある。彼女は愛する者を求めてゐる。

愛する女と愛される女とがある。彼女は明かに愛する女だ。そして昔僕は彼女が愛■する女である故に愛した。アイシカを愛した。文学を愛した。僕を愛した。そして彼女は幸福だった。そして今は？ 今は何も愛してゐない。

昔彼女は自分のegoを愛した。今はそれさへ棄てようとしてゐる。そこに彼女の絶望がある

ところで僕の方は今でも彼女を愛してゐる。そして今僕は彼女が僕を愛してゐないことに気がついた。僕の前にも絶望がひろがってゐる。澄子との今迄の生活がすべて無駄だったといふ苦い後悔が僕の心に湧く。自分を愛してゐない女のための悦びか苦しみ

しかしかうしたことはすべて[illegible]んぢやないか。彼女の手紙はただdélireの表現で、やはり僕を愛してゐるんぢやないか、とさうして希望は帰って来る。恐らくそれが澄子への手紙を僕が書き続けさせる原因だらう。一体愛してゐる者を愛してゐない悲しみと愛

1947年7月12日の日記より

女自身をも愛してゐない。そして彼女はそれに耐へられないでゐる。そこに絶望があり死の誘惑がある。彼女は愛する者を求めてゐる。

愛する女と愛される女とがある。彼女は明かに愛する女だ。そして昔僕は彼女が愛する女である故に愛した。アイシャを愛した。文学を愛した。僕を愛した。そして彼女は幸福だつた。そして今は？　今は何も愛してゐない。

昔彼女は自分の ego を愛した。今はそれさへ棄てようとしてゐる。そこに彼女の絶望がある。ところで僕の方は今でも彼女を愛してゐる。そして今僕は彼女が僕を愛してゐないことに気がついた。僕の前にも絶望がひろがつてゐる。澄子との今迄の生活がすべて無駄だつたといふ苦い後悔が僕の心に湧く。自分を愛してゐない女のための悦びや苦しみ。

しかしかうしたことはすべて間違ひぢやないか、彼女の手紙はただ délire〔精神錯乱〕の表現でやはり僕を愛してゐるんぢやないか、とさうも希望は復つて来る。恐らくそれが澄子への手紙を僕が書き続けない原因だらう。一体愛してゐる者を愛してゐない悲しみと愛してゐない者を愛してゐる悲しみとどちらが大きいのだらうか。僕はそれを澄子に聞きたい。しかも僕の悲しみは、なぜ澄子のやうな絶望、死の誘惑に僕を駆り立てないのか。

澄子が僕を愛してゐない証拠は沢山数へることができる。しかし僕はまだそれを疑つてゐる。僕たちはそんなに愛情のない夫婦だつたらうか。その点の反省が恐らく僕と澄子との間の最後の反省だらう。

そして澄子がもし僕を愛してゐないことが明かになれば、彼女を救ふ者は僕ではない（僕も亦救はれる方に属する）それは誰かだ。未知の者だ。

しかし僕は彼女を愛してゐる。責任も感じてゐる。しかし愛のないところに幸福はないと僕は信じる。僕等はこのままでは不幸を続けるだけだ。しかし死が彼女の絶望を解決すると僕は信じることが出来ぬ。僕はその問題をもつと考へなければならぬ。

夕、気分が重い。澄子への手紙はますます書けなくなる。人造バタ[*35]配給200匁17円。「第五フランス通信[*36]」を読む。

澄子への手紙を十一枚まで続く。これを見せるべきか否か。これは事の終りであること疑ひを容れない。死か（即ち復讐）自己への愛（引いて他者への愛）かといふ選択をまかせることは確に危険なpari〔賭〕なのだ。しかも僕の道は唯一つだ。孤独だけだ。恐らく今僕の絶望の方が澄子より大きいだらう。

**7月13日** 日 朝気温9°。ガス

今日は多分澄子が来るだらうと思ふ。彼女の気分はどう変化したらうか。やはり同じだらうか。僕の書いた手紙は僕として最後的な気持だ。彼女にまづ自分を愛せと言ふことは、決してその次に僕を愛してくれといふことにはならぬ。これを見せる限り僕の前にあるのは孤独の道だ。それは厭な辛い道だ。僕は人から愛されることはできないのだらうか。

澄子への手紙十五枚を書き終へる。万事終つたやうな寂しい気持だ。「君がこれを読み終つた時に、僕の孤独は決定するだらう。しかし君は必ず死なないだらう」かういふ傷ましいpariの他に、今の僕に彼女の自殺をとめ彼女を救ふ、何の方法もないのだ。

安静時間後澄子N君と来る。最初より気嫌悪く持参の原稿（小説）がよごれたと言つて泣く。少

し気嫌が直つても貴方の顔を見るのも厭だなどと言はれて、手紙の内容を話し出す。次第に議論となる。N君黙つて聞いてゐるのみ。最後につい死ね、勝手にしたまへと言ふ。言ひすぎだつた。彼女は飛出してしまつた。万事休した。しかしかういふふうになる以外に何の方法もなかつたやうだ。彼女は死ぬだらうか。僕の手紙を読んでももう何の効果もないだらうか。彼女は感情（憎悪）のかたまりだ。もし冷静になつて考へさへしたら生きる力は戻つて来ると思ふのだが。彼女はカルモチン[*37]7グラムを持つてゐると言つた。怖い。

**7月14日**　月　朝より快晴

昨夜はおそくまで眠られなかつた。澄子のことが不安でしかたがない。蛙の声、夜汽車、咳の音などを聞いて眠れなかつた。不安は今日も同じことだ。もし彼女が死んだらといふ暗い予感の前では精神の均勢（ママ）なんてものはない。昨日は確に言ひすぎたかもしれない。手紙の内容を口にしたにとどまるが、澄子が顔を見るのも厭だ（彼女は平静な表情でそれを言つた。「文学のことなら気が紛れるから、顔を見るのも厭なのだけど、原稿を持つて来た。みてもらはうと思つて」とさう言つたのだ。）と言つた言葉に僕が少し腹を立てたのとN君がゐたので彼に公平に判断してもらはうと思つたのと、しかしそんな理由は薄弱かもしれない。彼女は確に僕を憎んでゐる。昨日はそれがあまりはつきり彼女の表情と言葉とに出たので、僕はもう駄目だと思つたのだ。愛が憎しみに変つたといふやうなものだらうか。もう愛は少しも残つてゐないのだらうか。

死んでほしくない。それはもう僕の égoïsme ではない。僕はただ彼女に生きて行つてほしいのだ。自分の生命を愛しながら。そしてそのことは決して不可能ではないと思ふ。

彼女が僕にindifferent〔無差別な、公平な、無頓着な、平気な、冷淡な、可不可を言わない〕であることを望んだのは僕が彼女にindifferentであることではない。放つといてほしい、勝手にさせてほしいと言ふのに対して、遂に僕が勝手にしたまへと言つたのは、僕にはもうこれ以上彼女を引きとめる力がなかつたからだ。僕の全力をあげ、これほどの孤独の中から僕が呼びかけても、愛のないものには答へることが出来ないのか。

澄子は自分の苦しみは貴方には分らないと言ふ。それは分つてほしくないと言ふことだ。僕にはそれが分る（つもりな）のだが、彼女にはそのことは分らない。僕の苦しみなど少しも分つてゐない。憎しみだけになつてしまつた。自殺の動機は復讐なのだ。しかし僕が何をしたと言ふのだらう。そんなに大変な、とんでもないことをしてしまつたのか。後悔も反省も詫言も一切空しいやうなことを。

生きてゐてほしい。電話がかかつて来はしないか。N君が呼びに来はしないか。それが気になつてしかたがない。昨日彼女はカルモチン7グラムを持つてゐると僕に言つた位だ。それが致死量でないことを祈る。なぜ死ななければならないのかそれだけが分らない。それほど僕にも夏樹にも両親姉妹にも友人にも一切愛がないのだらうか。そんな頑なのegoのみなのだらうか。僕に答へるささやかな愛が残つてゐれば、生きてゐてほしいといふ僕の最後の願ひ位は聞いてくれてもいいと思ふのだが。

彼女は東京に行くのが怖いと言つた。それでゐて此所で冬を越す気はないとも言つた。此所にゐる。しかしどこかへ行くとも言つた。最初のうちは九月に一緒に行き十月か十一月かに帰つて荷物を出すなぞとも言つた。その辺は思ひつきを口にしてゐたのでよく考へたことではなかつたかもしれない。山下の母は澄子におくれて十月か十一月に行けと言つてるらしい。食糧は十月でないと駄目だし引越荷物の出せるのは一回だけだから。さういふ相談をしてゐるうちは最初の不機嫌（原稿がお弁当のおつゆで汚れたこと）も直つてゐたのだ。それから齊藤の手紙の読みにくさ、成形を二度やつたからといつて心配しては困るといふこと。そのあとでN君が成形の説明を始め、空洞をつぶすためだと口にしたので、澄子が僕に空洞があるのかと訊いて泣き出したのだ。僕がどうにもなだめやうがなくて、いいぢやないかそんなこと君に関係のあることぢやない手術を受けるのは僕だからね、と言つてから議論が始まつたのだ。昨日は最初から何もかも悪かつた。僕は熱つぽかつたし。

どうかそれがchoc〔衝撃〕にならなければと思ふ。僕は昨晩澄子の夢ばかり見てゐた。もつと明るい夢だつたやうな気がする。ああ何もかも夢で、また澄子とのあの愉しい日々に帰ることは出来ないか。奇蹟が（或はそれに近いことが）起つた、といふのは10時すぎに澄子がひとりで元気にやつて来たのだから。何といふ驚きだつたらう。不安がいきなり消えて涙が出て来た。生きてゐるといふ悦びは大きい。生きてゐる。彼女は生きることを誓つた。寂しいから、と言ふ。彼女は寂しいから現在のやうな精神状態にあるので尚僕を愛してゐるのかもしれない。手紙は読んだと言ふ。僕は彼女の無意識での世界をどこまで信じてよいか分らぬ。しかしとにかく彼女が生きるといふ約束ほど僕を力強け（ママ）励ますものはない。不安は全く去つたわけではないとしても。しかしこれは何というふ嬉しいことだらう。彼女は元気で、口に微笑を湛へて、昨日とはまるで別人のやうだ。知らぬ人の自転車に乗せてもらつて来たさうだ。お昼までに帰ると言つて11時に帰つた。何だか実に不思議な気がする。午後から暑くなつた。25°になつた。今迄毛布の中に入つて寝てゐたのが流石に敷布にした。夕方橋谷田女史来り話す。この人は此所を止めたさうだ。今のとこ一日置きに加勢に来てゐる程度。事務長〔国立帯広療養所事務長菊池達男〕と喧嘩をしたとかいふ。この人の性格もなかなか面白い。澄子と割に似たとこがある。熱情家で反逆家。用件：中学の保健証(ママ)が不備でこのままなら全額負担になるといふ。月1200円位。一大事だから早速中学に手紙を出さなければならない。全く不愉快なことだ。

**7月15日** 火

昨夜も遅くまで眠られなかつた。澄子のこと多少気持が晴れたが不安は全く去つたわけではない。保健証(ママ)のことも気にかかる。

夜の静けさの中で梟を聞いた。この土地では珍しい。

今日は快晴。気温午後26°、もう暑い。「テレエズ・デケルウ(ママ)」〔フランソワ・モーリヤック 1927〕の何度目かを読了。訳では初めて。小型だがしかし実に傑作。これが300枚で一種のromanになつてゐるから僕の「死に至る病[*38]」も丁度この位のスケエルで書けはしないかと思つた。themeも似てゐる。帯広の風物もLande〔フランスのランド地方〕に劣らないだらう。だが執筆のためでなく精神的なものの成熟といふ意味で、この作品は健康にならなければとても書けないだらう。「独身者[*39]」のこともしばしば念頭に浮ぶ。「泯(ほろ)びた魂[*40]」もみんなromanだ。早く健康になりたいと思ふ。澄子のために僕のために。

朝中学校長宛長文の手紙。午後加藤へハガキ。

## 7月16日　水　早朝より快晴

雲ひとつなく、午後温度33°に達せりと（室内30°）。朝澄子母見える。澄子暑くて調子が悪いらしい。澄子母は夏樹の話ばかりする。来年の秋まで一年間あづかつてくれるつもりらしくその点大いにありがたい。此所まで歩いて往復のこと全く感謝する。ただこれで澄子が今日来ないことが分つて少しがつかりする。

気になることとまた一つ。加藤からのハガキによれば大学[*41]で成形をすれば費用一切に2万円かかると。澄子のと合せて約4、5万なければやつて行けない。僕等の持つてゐる金は漸く1万だから、誰に借りるかが全く大問題だ。かうケタが大きくなると保健証（ママ）位の問題ではない。その保健証（ママ）のことは午後H女史が来て、あと払ひといふことできまつたらしい（事務が中学に電話したさうだ）。

この二三日（考へてみると澄子と口論したあの日位から）調子が悪い。確に暑さと関係はあるが6h—6・3°、10h—6・6°、2h—7・3°、3h—7°、5h—6・8°といふやうに、2時頃になると微熱の感じだ。一種の不快感といふより不安の感覚がある。単に暑さのせゐだらうか。H女史は私でもきつと微熱があるのでせうと言つてゐるが、不安の原因はいつでもいくらでもある。澄子の suicide〔自殺〕の懼れ。金のこと。そして澄子の調子が悪いといふ news で病気になりはしないかといふ恐怖。そして一番最後に（最も本質的に）自分の病気への恐怖。昨日近藤正雄君といふ旧知から便りが来た。「死に至る病」の modèle だがその手紙の調子は割に快活でその歌は直接的に暗い。ああ僕がいま求めてゐるのは明るさだ。心の平静だ。僕といふ人間は fatalité〔運命〕を愛した。femme fatale〔妖婦〕を愛した（澄子！）。それは Dostoïevski が好きだつたのと同じことだ。しかし今僕の求めてゐるものは fatalité ではない。sérénité〔晴朗、清澄、平穏、幸福〕だ。澄子の中にさへ sérénité を求めてゐる。
夕、近安枝氏[*42]に手紙。

**7月17日**　木　早朝より快晴
夜はよく眠れず。今朝は食欲がない。不安感情、obsession〔妄想、強迫観念〕となつて耐へられぬ。かうした不安がどこから来るのか。身体の一寸した異常にこんなに神経質では困る。澄子の suicide に関してはもう心配はないものときめていいのだし、金のことは心配してもしかたがないし。気を大きくもつこと。それに病人なんだから異状のあるのは当然だ。それも微熱にすぎないのだ。しかし不安といふものは理性では片づかないやうだ。今の僕の一番の望みは家に帰つて三畳間で安静にしてゐることだ。澄子の側にゐること。しかしそれは儚いことだ。たとへ家で寝てゐてもそれは僅か一月二月のことにすぎない。この療養所に来て漸く一月たつたばかりなのに。しかし澄子と一緒に、澄子の側に、ゐられたらどんなにいいだらうと思ふ。この気持が澄子に分つたら！
暑さは昨日に劣らない。しかしもうだいぶ馴れた。熱はやはり7°位になる。しかし朝の検温表を見たら6°台の人は二三人にすぎぬ。此所は病院だといふことを忘れてはならない。寝てゐてボオドレエルを訳す。「髪」[*43]がどうやらできさうになつた。

**7月18日**　金　快晴
割によく眠れたがそれでも3時4時と覚め5時半からは眠れなかつた。朝は食欲がない。おつゆの中に油が大量に入つてゐるせゐ。父へ手紙、借金願みたいなもの。午後暑きも風入りしのぎやすい。熱は6・9°でとまる。H女史来り。小林先生に聞いたといふ結果をしらせてくれる。手術期がはつきりしない（病ソウの固まるのを待つ）ため大学の外科に直接入るのは考へものだといふこと。東京療養所の所長は友人だから紹介状を書いてくれるといふこと。療養所なら保健証（ママ）が利くし、またひよつとしたらフライ〔frei（独）自由に、無料〕になるかもしれないといふことなど、これは仲々いいnewsだつた。しかし僕は開放性だと分つてがつかりした。痰が出ないのが不思議だといはれた。要するに安静第一、早く病ソウの固まるのが問題だ。夕刻照ちゃん（木末氏女中）が来てくれる。食料、澄子の手紙、小説、人間[*44]7月号、本など、加藤のたより（前便の2万円を訂正し来る）照ちゃんが見るからに暑さうで気の毒だつた。澄子の手紙は彼女の愛情を訴へてゐる。愛してゐなければどうしてこんなに苦しむかといふのは当然の論理だ。呪（のろ）はれた愛といふ言葉を使つてゐるがこれはfatalであるだけ僕にはあいくちのやうな気がする。この愛が呪はれてゐるかどうかをまだきめてはいけないのではないか。それに彼女はもうあと一年しか待たないといふ。怖い言葉だ。しかし彼女の苦しみがどんなに大きいか。それを思へば、すべての彼女の行為が僕にはよく分る。僕は最善をつくす。一年の後の健康のために。

**7月19日**　土

朝は曇つてゐて17°位。昼近く快晴となり午後25°位になつたが風があつて涼しい。夕やはり17°。涼しいせゐか熱は平熱6・8°。澄子の小説（少女と悪魔）を読む。たしかに「アイシャ」よりうまくなつた。充分細く気がくばつてある。ただ気持が生に表現されたやうなとこが少しある。作品のよし悪しより内容の暗さがひどく気になる。実に絶望的に暗い。ここには何の救ひもない。僕の「めた」[*45]では主人公の計算が間違つてゐるので作者は主人公の絶望を見てゐるだけだ。しかし澄子の小説では、主人公の絶望はむしろ本質的なもの、作者と同質的なのだ。それが怖くてしかたがない。かういふ thema を書くことが現実を乗りこえるためのモメントになればいいが。作品としてはセンチなとこのないのがいい。動きの中に気持の悪い魅力がある。

**7月20日** 日

**7月21日** 月

昨日の朝6時前に澄子が一人で歩いて来た。元気でにこにこしてゐた。しかし事件はあつたのだ。前の晩に橋谷田女史が来て僕の病状は全く悪いと言つて彼女をおどかしたさうだ。彼女が血沈、痰、熱、等に関して、いいのではないかと訊いたら、それは全く例外だと言つたさうだ。進行中とも成形以外には絶望とも、あと1年はかかるとも、とにかく前に僕に言つたのより悪いことを。ただ澄子を威かす目的で述べたといふ。澄子は口惜しがつてゐたが午前中は割によくて、文学的な話をした。足に靴ズレができて痛がつてゐた。安静時間中に泣き出し、例のやうに僕を責めた。午後もそれが続き、H女史が如何に大きな打撃を与へたかが分つた。何のためにわざわざ僕の病状を悪く言つたのか。また悪かつたとしてなぜ澄子にそれを言ふ必要があるか。殆どその理由を見出すことができない。この女史は冷血な、人間の肉体の医者であつても魂を理解しない。尚澄子はH女史の帰つたあとで船津さんのとこにカルモチンの致死量をききに行つたらしい。船津氏が僕の病状に関し楽天的な考察を下したので彼女も気が晴れたらしい。しかしその夜1時間しか眠られなかったので朝早く歩いて来たさうだ。バスのため4時半ごろ歩いて石狩道路[*46]まで行つた。彼女は怒つてもゐたし（勿論僕の病気、過去、責任に対し）（それにH女史や山下の一家に対してもひどく気を悪くしてゐた）足も痛さうで、それにこの日から生理的不調期だつたのでうまく歩けなかつた。僕もこんなに歩くのは一月ぶりでくたびれながら（しかしむしろ心理的に）歩いた。石狩道路で貨物列車に向つて走り出した時には僕はもう息がつまつた。しかし幸ひに道の先に人がゐた。バスは3時半で看護婦が時間を間違つたのだ。彼女はどうしても歩いて帰るといふ。山下に怒られるのを病的に、丁度子供のやうに怖がつてゐる（この点は実に病的だ。「少女と悪魔」に書かれたのと全く同じ）。無理に連れて帰つた。ひどく疲れてゐた。しかしこの日は涼しく熱も出なかつた。山下へ電話。看護婦に厭といふほど怒られ実に惨めな気がした。澄子の気嫌次第に直り、夜は元気で詩の話などをした。全くにこにこして別人の感がある。寝椅子をもつて来て寝かす。この夜は暑く寝苦しかつた。澄子は痩せた。

今日は朝から曇つてゐた。朝飯の前から彼女の気嫌は全く悪かつた。僕が present〔プレゼント〕をしたことがないといふこと、それを基にして僕には愛情がないといふ説明を長々と続けた。僕は聞いてゐるうち胸が苦しく朝食はのどを通らず、全然食べなかつた。澄子はそれさへ当つけにした。これは長く続いた。9時半のバスのために出掛けたが、厭だといつて別の方向に走つて行つた。僕は看護婦に山下への電話をたのみに（来てくれと）行くと病院の自動車がいま出るといふ。それに乗せようと思つて走つて探しに行つた。道の途中で陽のカンカン当るとこにしやがんでゐた。バスの時間は駄目だし、ぜひ乗つて帰れと言つたのだが、ぐづぐづしてゐるうちに自動車は出てしまつた。僕等は原始林の蔭で西の山脈とひろびろした畑を見ながら話をした。帰りたくないといふ。しかし僕と一緒にゐれば僕を傷つけるだけだといふ（かういふ時は実に可憐で faible〔か弱い〕な感じになる）帰るのが怖さうだし、帰つて死ぬといふのでかへせもしないし、西から吹いて来る風の中で途方に暮れた。二つの孤独、二つの絶望。彼女は歩いて帰つた。僕は11時に部屋に帰り安静。すると澄子が帰つて来た。とても歩けないといふ。もうにこにこしてゐる。昼飯も僕はのどを通らなかつた。電話でハイヤアをたのんだ。午後彼女はひどく気嫌がよかつたがその話は奇怪だつた。恋人をみつけてくれといふのだ。sexuel〔性的〕な問題がこれほど彼女を苦しめてゐるとは知らなかつた。そして僕にこれが最後のたのみだといふ。僕は返事を渋つた。immoral〔不道徳な〕だと言つたが彼女は嗤ふだけだ。そのくせ僕が承知するとそれ位ならなぜ死んでしまへと言はないのかと逆ネジをくはせる。それは自分を愛してゐない証拠だともいふ。変なlogicだ。ここにはDorian Gray〔『ドリアン・グレイの肖像』オスカー・ワイルド 1890〕の影響がある。官能によつて魂を医す。彼女ははつきり魂と肉体とを分けて、魂では僕を愛してゐるといふのだ。実に不思議な女性の abîme〔深淵〕だと思ふ。僕にはよく分らない。彼女は自分で生きなければ駄目ねと言つた。人にたよらないで自分で生きる。それは僕が彼女に何度も言つたとこだ。あなたをあんまり当にしたから、それで当がはづれると癪に障るのだと言ふ。文学でも人生でも僕にたよりすぎた。さう言つた。4時に2時間おくれてハイヤアが来た。玄関迄送つた。玄関で彼女はやつぱりあなたを当にしてるわと言つた。背中が細く、後ろから見るとあんまり痩せたやうだ。

夕方から雨になる。心は濁つて重い。

**7月22日** 火　晴。26°。風ありしのぎ易い昼に澄子母見える。それは家に帰つて寝ないかといふ相談。澄子もその気になつたさうだし、夏樹は早目に山下であづかつてくれるといふ。これは願つてもないことだ。夏樹がゐなければ澄子も手がはぶけるし、加へて僕がゐる方が気がまぎれていいかとも思ふ。ただこの二日みたいにしよつ中怒られたり泣かれたりしてはとても安静にならない。その点が心配だが、しかし考へてみると澄子は確に僕といふ人間が、たとへ病気でも、側にゐないではすまされないのだ。人に頼らなければ生きて行けないのだ。そして僕も亦澄子の側にゐたいのだから、このことは僕の望みに合致する。ここは食事が悪いし食欲がなくなつたのでその点も心配でしかたがなかつた。夏の間に栄養をとり九月上京のために元気をつける必要があるから。それに澄子も僕と一緒の方が食欲も出、夜も早くから寝るやうになるだらう。そのやうに決心し明後木曜、院長回診後に帰らうと思ふ。明日橋谷田さんにも話さうと思ふ。かうきめてしまつたら心が晴々として来るやうだ。

**7月23日** 水　曇

加藤、中村に手紙を書く。澄子と一緒に暮すことが彼女の精神に好ましいから大学病院にしたいといふこと。借金のこと。昼前に橋谷田女史来談。先日の澄子との口論に対し後悔の色が明かだつたが、しかしこの人に科学者的な、人間の内面への無理解があることは間違ひない。もともと澄子がH女史をきらつてゐるとの印象を持つてゐたらしいし、この人も澄子が嫌ひなのだ。従つてこの二人を友人にしようとしたのが僕の間違ひだつた。僕は今でもまだこんな大きな失策をしてゐる。人間の観察が実に未熟なのだ。もし僕がもう少しH女史の性格を見抜いたら決して澄子に二人きり会はせようとはしなかつただらう。僕も亦大いに後悔しなければならないのだ。この女史も決して悪いのではない。誠意があつてもそれを相手に納得させることが出来ない。そして澄子も自分のよさを相手に分つてもらへないのだ。間違ひの第一はH女史が、澄子が成形をきめてゐないと思つたことにある。少し悪く言つてそれを承知させようと思つたのだ。誤解も多かつたらしい。澄子が小原氏[*47]の名前を出したのがひどく気に障つたといふこともあるらしい。とにかく澄子の方はまづ僕の病状を聞くのも当然だし、さういふ話なら、自ら危い方向に行くことも分つてゐた。この女史の人間のできてゐないことが原因だらうがしかしそれを責めても始まらない。澄子がこの choc を早く忘れてくれればいいと思ふ。結局これが原因みたいになつて僕は家に帰るわけだが、そのための問題だつた夏樹を山下にあづけることが早く解決されたからかへつてよかつたかもしれない。女史に金を托し手続をたのむ。また口述による原稿製作の許可を得る。

昼にタカツ[*48]が馬に乗つて見舞に来た。彼の話は全部文学のこと。特に澄子の詩と小説のことでひどくほめた。安静時間中少女と悪魔を読んでゐたがあとの批評を聞くとひどく感心してゐた。澄子が聞いたら悦ぶだらうと思ふ。中村から彼へのハガキでも北海文学[*49]は彼女のアイシャで好評らしい。彼女がもう少し文学で立直ることが出来たらと思ふ。僕は近頃本気で、彼女を génie だと考へるやうになつた。そして文学なんかは幸福な一日の前には何ものでもないと言ふ時一層その感じを強くする。

僕は明日この療養所から去る。前途は果してどうであらうか。Espérer, c'est presque vivre!〔希望することは殆ど生きることだ〕

この夜太郎君[*50]見舞に来る。彼は割合に元気。

**7月24日**　木　曇

院長回診。また方針が変りましたかと皮肉らる。どつちつかずに意見を言はない人だ。1時にハイヤアがくる筈。支度をする。

夜、微雨。時間通りにハイヤアが来て帰宅。澄子の気嫌頗るよく二人ともにこにこして話し合ふ。夕食はおどろくべき御馳走（冷肉、但し馬肉なり。豆のバタ焼。キウリと苺とのスヅケ）家に帰つて実にほつとした気持になる。澄子にとつても結局この方がよいといふ自信がある。実に幸福なり。澄子は支那服にボタンをつけてゐる。二人は文学や詩の話をする。

**7月25日**　金　26日、土。27日、日

帰つてから三日が経つた。Pourquoi suis je revenu?〔どうして戻って来たんだろう?〕一日に2 or 3 fois〔2、3度〕の axcés〔accès 発作の意か?〕、それも grave〔重い、重大な〕な。今日はN〔夏樹〕が病気になつて山下から取戻すと言つて彼女は今山下に行つた。苦労は彼女にばかりかかる。そして cause〔原因〕は全部僕なのだ（dit-elle, cas c'est moi qui a fait naître N.)、La situation est très grave. Je ne peut pas rester calme, elle me dit des paroles pleines de mépris et haines presque touts le journée, elle m'a frappe plusieurs fois.〔(彼女はN（夏樹）を生んだのは私よと言った。)、状況は極めて深刻だ。平静ではいられない、毎朝彼女は侮蔑の言葉を投げつけ、私を傷つけ、何度も私を苛むのだ。〕

Elle ne m'aime pas; elle n'a jamais aimé. Elle a cru seulement ma parole qui était a "faire heureuse. Elle, était malheureuse, voulant être heureuse, mais par n'importe qui. Moi, j'etais le premier verm. Dans les 3 ans écolés, je n'ai pas fait ma parole, je suis tombé malade, c'est ma faute.

〔彼女は私を愛していない、誰も愛したことはない。「お幸せに」と言った時だけ彼女は信じた。彼女は不幸だった、誰とでも幸せになりたがっていた。私は最初の害虫だった。学校での3年間、話すことができなかった、病気になった、私の罪だ。〕

**7月31日**　木

夏樹の病気は大したこともなくて二日で向ふに返した。澄子もこの二三日は元気になり毎日明るい日が続く。僕の身体の調子もよい。月曜に船津さんに診てもらつた。血沈18。今月ハ（ママ）これでお終ひなのだが移転の目鼻は仲々つかない。近さんは断はられ、結局大学病院に二人とも行くことになりさうだ。ボオドレエルの世界[*51]、及び詩集[*52]の校正。

# 註釈

# 一九四五年九月一日〜十二月三十一日

三坂　剛

＊1　ポケット手帖。手帖は横長で、ノートの縦（長辺）を三等分に截断し、三冊を糸綴で合冊にして表紙を付けた手製。縦96㎜×横150㎜、四十五葉。筆記具は、ブルーブラックインク。執筆期間は、一九四五年九月一日より十二月三十一日まで。毎日の行動・感想が一日の抜けもなく（九月十一日、十一月五日は各々翌日分に記述あり）表裏にびっしりと記されている。一頁に18〜30字×24〜35行。手直しは極めて少ない。

＊2　「希望することは殆ど生きることだ」（ポール・ゴーギャン、福永武彦訳）。このゴーギャン（1848–1903）の言葉は、一八九二年十一月、タヒチより妻メットに出した書簡中にある。『小説　風土』にも、そのまま引用されている（福永武彦全集第一巻　一三八頁、一四六頁）。日記の冒頭におかれたこの言葉は、福永武彦の生涯を貫く極めて示唆的な文言である。

＊3　福永は、一九四一年三月大学卒業後、私立獨佛学院で仏語講師（一九四一年四月―七月）、日伊協会で「日伊文化研究」の編輯者（一九四一年五月―一九四二年四月）をした後、仏文学辞典の編纂の傍ら、参謀本部で暗号解読に従事した。一九四二年末に召集を受けるも即日帰郷、翌年二月に参謀本部を退職。四四年二月より日本放送協会に勤務し、仏印向け放送に従事。四五年二月に急性肋膜炎で東大病院に入院。四月休職後の四月、妻澄子の身内を頼って北海道帯広市に疎開する。その後、同市内の日本医療団帯広療養所に五月十二日より入院。退院日に長男、夏樹誕生（九月二十二日の註釈＊67参照）。

＊4　福永の妻、澄（1923-2003）。通称、澄子。詩人。山下庄之助、ラクの次女として神戸に生れる。日本女子大学英文科卒。マチネ・ポエティク同人。一九四四年九月、福永武彦と結婚。翌年七月、長男夏樹が生れる。この五年後、二人は協議離婚し、後に澄は池澤喬と再婚、池澤澄となる。筆名、原條あき子。『マチネ・ポエティク詩集』（六篇所収　真善美社　1948）、『原條あき子詩集』（思潮社　1968）、『やがて麗しい五月が訪れ――原條あき子全詩集』（書肆山田　2004）がある。

＊5　福永武彦と澄の長子、夏樹（1945-）。詩人・小説家・評論家。翻訳も手がける。北海道帯広市出身。一九四五年七月七日生れ。この時、生後五十七日。この前後に書かれたと推定される未発表の福永自筆メモ帖（古書市場流出品）に、「二〇日迄市役所出生届」等の日常生活の記述に混じって、冬子・蕗子・梢・直美・八尋（やひろ）・八隅（やすみ）・冬彦・朝彦・夏彦などの名が記されている。生れてくる子供の名を色々と思案していたものだろう。一九五〇年、福永と澄が協議離婚し、翌年東京に移住。澄の再婚により池澤夏樹となる。

＊6　この日、米国戦艦ミズーリ号上にて降伏文書の調印式が行われる。

＊7　敗戦直後のダイヤは同年六月改正のまま。時刻改正は十一月になって実施される。現場では混乱を極めていることが、当日記からも読み取れる。

＊8　八月六日、米国による広島への人類初の原子爆弾投下、続いて八月九日の長崎への二発目の投下により、年末までに計約二十二万四千人の命が奪われた。

＊9　一九四五年九月発行「時刻表　二十年一號」（ＪＴＢ「時刻表復刻版　終戦直後編」1999）によると、「柏崎」行。

＊10　真岡は「真岡郵便電信局事件」（八月二十日、電話交換手九名が、ソ連軍上陸と同時に自決した）で有名な土地。

＊11　芥川龍之介（1892-1927）の掌篇「世之助の話」『影燈籠』（春陽堂　1920）。吉原からの帰路、墨田川をすし詰めの小舟で渡った世之助が、膝と膝が触れ合う中に同乗したひとりの女を、その全感覚で様々に鑑賞する。

＊12　結局、福永は「帯広」九月二日十三時三十五分発↓【車内一泊】↓「函館」三日九時着　十三時半発↓航路で「青森」二十時着【ホームで一泊】四日六時発↓「新津」十八時着【夜中駅に行くも大阪行は満員で乗れず、駅のベンチで一泊】五日七時発の上野行↓「追分」十六時半着、という行程をたどっている。帯広から追分まで、丸三日と三時間。駅で二泊というのが当時の凄まじい状況を語っている。

＊13　中村真一郎（1918-1997）。小説家・詩人・評論家。福永とは一九三〇年、東京開成中学入学以来、一高・帝大の学生時代、互いに作家となって以降も、福永の死に至るまで、公私ともに最も濃密な交友があった。

在学中、ネルヴァルに傾倒し、卒業後『火の娘』の翻訳を刊行（青木書店　1941）。戦時下、徴兵が丁種不合格だった中村は、東京・軽井沢・静岡を転々としつつ、戦争と病気という一日延ばしの死の日常のなかで、マチネ・ポエティクを主導し、長篇「七週間」や「林中記」（＊50、51参照）を書き継ぐことで、生の意味を模索し続けた。

＊14　加藤周一（1919-2008）。評論家・小説家・医学博士。福永武彦とは、大学時代のマチネ・ポエティク以来の付き合い。敗戦当時、東大付属病院の佐々内科医局員として上田奨健寮へ疎開していたが、九月には東京へ戻り、上田との間をたびたび行き来していた。翌四六年、福永・中村と雑誌「世代」に「CAMERA EYES」を執筆。『１９４６・文学的考察』（真善美社　1947）として刊行されるや、大きな反響を呼び起こす。

＊15　堀辰雄（1904-1953）。小説家。学生時代より室生犀星、芥川龍之介に師事。中野重治他と雑誌「驢馬」を、「四季」を三好達治他と創刊した。アポリネール、コクトーなどを翻訳する傍ら、自らも詩、小説を発表する。福永武彦は大学卒業後の一九四一年夏より知遇を得、その緻密な作品構成と、しなやかで靭い人格に多大の影響を受けた。

＊16　中村真一郎・加藤周一と共に、自分たちの「文学と批評の月刊雑誌」を計画した。随筆「『使者』、「使命」、または世に出なかった或る雑誌のこと」（1977　福永全集第十五巻所収）に詳しい。

＊17　福永武彦と山下澄は、一九四四年九月二十八日に結婚（十月十二日入籍）。新婚旅行で軽井沢に滞在。

堀辰雄宛中村真一郎はがきには「福永は二十八日に結婚です。／木枯や星明りふむ二人旅」（『堀辰雄全集別巻一』筑摩書房　1979）とある。

＊18　地区の警察署へ行って移動証明を受け取らないと、電車の切符が買えず、転居先で新聞の購読もままならなかった。

＊19　一九四一年、大学卒業後の夏から書き始められた福永武彦の文学的出発を記す長篇小説。マチネ・ポエティクの集りでも朗読され、戦後にも改稿を重ねていった。この時期、前年に書き進めた長篇「獨身者」が三百枚ほどで滞っており、福永は、この「風土」完成に文学的な希望を繋いでいた。

＊20　当時、東大仏文研究室の図書は、助手であった森有正の家族が松本に疎開していた関係から、助教授渡辺一夫の指揮により、同市内の中学校音楽室に疎開していた。

＊21　福永末次郎（1893-1976）。福岡県生れ。修猷館中学、一高を経て、一九一六年に東京帝国大学に入学。一七年、井上トヨ（1895-1925）と結婚、翌年三月長男武彦が生れる。一九年東京帝国大学経済学部を卒業。三井銀行へ勤務し、横浜支店、福岡支店と転任し、二六年より四三年の退職時まで東京本店勤務。次男に文彦（1925-1942　トヨ没後、秋吉家の養子となる）がいる。敗戦当時、岡山県在住。

＊22　秋吉利雄（1892-1947）。実母、トヨ（豊子）の兄。海軍兵学校出身（四二期）の理学博士。長く海軍水路部にあり、航法の発達に貢献する。敗戦時、海軍少将・水路部第二部長。当時、岡山県笠岡市在住。

＊23　一九四四年八月、日本医療団上田奨健寮として創設。比較的若い、軽度の結核患者をここに収容し、規則正しい生活環境と安静療法で、早期の社会復帰を目指した。当時、東大病院の佐々内科が疎開同居していた関係で、若い医局員であった加藤周一が居た。

＊24　Giulietta Guicciardi（1784-1856）。一時、ベートーベンと恋に落ち「月光ソナタ」を献呈されるも、その後ガレンベルク伯爵と結婚した。

＊25　「婦人公論」新年号附録「和洋音樂の一切が判る　讀んで面白い名曲物語」（中央公論社　1933）。原文と対照してみると、日記の「月光」解説は、後半部をほとんどそのまま抜粋しているが、ショパンの六曲は、前後を入れ換え、文章にも手を入れてほんの一部分を書き抜いている。原文は総ルビ。碌な資料も手

元にない福永にとって、婦人雑誌の附録といえども貴重な資料だったのだろう。

＊26 赤松新。当時、上田奨健寮院長。その思想・人となりは加藤周一『羊の歌―わが回想―』（岩波書店 1968）、『高原好日』（信濃毎日新聞社 2004）に活写されている。

＊27 窪田啓作（1920-）。本名、窪田開造。フランス文学者。マチネ・ポエティク同人。石川淳の推薦によりカミュの『異邦人』を翻訳する。長く欧州にあり実業に従事。小説集に『短篇集 掌』（河出書房 1948）、『街燈』（私家版 1990）がある。

＊28 小山正孝（1916-2002）。詩人。マチネ・ポエティク同人。戦中、「四季」や「山の樹」に詩を発表。詩集に『雪つぶて』（赤坂書店 1946）、『逃げ水』（書肆ユリイカ 1955）他。近年、その息、小山正見氏が精力的に単行本未収録文・未発表作品を紹介、刊行している。『未刊ソネット集』（潮流社 2005）他。

＊29 山崎剛太郎（1917-）。映画翻訳家・作家・詩人。マチネ・ポエティク同人。早く、小説「薔薇物語」（1938）により、文学志向の青年達に多大の影響を与える。戦後、フランス映画の字幕翻訳者として活躍。九十歳を超えて、旺盛な執筆活動を続けている。『薔薇物語』（雪華社 1985）、詩集『夏の遺言』（水声社 2008）他。福永との古い付き合いについては「福永武彦研究 第八号」（2010）所載の講演に詳しい。

＊30 中西哲吉（-1945）。マチネ・ポエティク同人。同人は中西の戦死を知らない。

＊31 白井健三郎（1917-1998）。フランス文学者・文芸評論家。マチネ・ポエティク同人。サルトルやカミュ等の翻訳者として知られるだけでなく、サド裁判では特別弁護人を務めた。著書に評論集『実存主義と革命』（現代思潮社 1960）、作品集『體驗』（深夜叢書社 1972）他。学習院大学で福永の同僚としてシラケンの名で親しまれ、晩年まで親しい付き合いがあった。

＊32 枝野和夫。東京帝国大学仏文科、アテネ・フランセなどに学ぶ。結核により夭折した詩人。マチネ・ポエティク同人。『マチネ・ポエティク詩集』に、「朝」「果樹園」「海の道」「降誕祭」「傷心」の五篇が収録されている。

＊33 片山敏彦（1898-1961）。詩人・翻訳家・文学研究者。ロマン・ロラン、ヘッセ、ツヴァイク、デュアメル等の作家と交際を持つ。後進の若者たちに、西洋の生きた空気を吹き込み、鼓舞した。福永が中村・加

藤と雑誌の計画を立てた際に、様々な相談をもちかける。「私が大学生だった頃に私の周囲で人気のあった先輩というのを数え上げると、さしずめ次の三人は欠かせなかったように思う。渡辺一夫、吉満義彦、片山敏彦」（1971「詩人哲学者」福永全集第十五巻所収）

＊34　風間道太郎（1901–1988）。作家・編集者・教育者。戦中一時大政翼賛会文化部に所属するも、辞して農村に入る。友人に羽仁五郎、尾崎秀実など。戦後は雑誌編集に携わった後、日本学園高等学校で教鞭を取る。『尾崎秀実伝』（法政大学出版局　1968）、回想録『暗い夜の記念　戦中日暦』（未来社　1981）他を刊行。この時期、福永・中村・加藤は、雑誌の計画の相談役としてしばしば風間を訪ねている。

＊35　渡辺一夫（1901–1975）。フランス文学者。ラブレーの『ガルガンチュワとパンタグリュエル』の翻訳（白水社　1943〜1965）の半分を占める訳注・解説や『ラブレー研究序説』（東京大学出版会　1957）の詳細極まる本文校異などにおいて、厳密な書誌研究のスタイルを確立し多大な影響を与える一方、戦前・戦後を通し、世人に警醒を促す多くのエッセイを発表し、広く親しまれる。福永・中村・加藤の大学時代の恩師。また、故六隅許六などの変名を用いて『１９４６・文学的考察』（真善美社　1947）他、数多くの本の装幀を手掛けた。

＊36　吉満義彦（1904–1945）。カトリック神学者。この年十月二十三日死去。

＊37　太田正雄（1885–1945）。筆名、木下杢太郎。この年十月十五日死去。

＊38　ヘルマン・ヘッセ（1887–1962）。ドイツの詩人・作家。(N)は、中村担当の意味。ヘッセを含めて、以下列挙される作家の多くが、当時まだ現役だった点に注目したい。

＊39　ジュリアン・グリーン（1900–1998）。福永が最も愛したフランスの作家。精神と肉体、魂と信仰の問題を追求。後年『幻を追ふ人』（窪田啓作との共訳　東京創元社　1951）と『モイラ』を翻訳している（『運命（モイラ）』新潮社　1953）。グリーンの人と作品については、各々の訳書の「あとがき」に福永自身周到な解説を書いている（福永全集第十八巻所収）。(K)は加藤、(F)は福永。

＊40　カール・シュピッテラー　Carl Spitteler（1845–1924）。スイスの詩人・作家。

＊41　ロジェ・マルタン・デュ・ガール（1881–1958）。大河小説『チボー家の人々』（1922–1940）は、若き福

永のロマン『獨身者』構想に大きな影響を与えた。後年『アンドレ・ジイドに就いての覚え書』(1951)を翻訳している(『アンドレ・ジイド』文藝春秋新社 1953)。

＊42 コスティス・パラマス(1859–1943)。ギリシャの詩人。

＊43 レヴィ゠ブリュール(1857–1939)。フランスの哲学者。

＊44 永井荷風(1879–1959)。ここで海外の文豪たちと同列に挙げている点からも、荷風への敬愛の度合いが窺われる。

＊45 ドリュ・ラ・ロシェル(1893–1945)。フランスの作家。

＊46 アンドレ・シュアレス(1868–1948)。フランスの評論家。

＊47 「獨身者」。「風土」を書きあぐねていた福永が、一九四四年六月から秋にかけて書いた長篇小説。木暮家の三兄弟を軸に、戦時下の若者達の群像が描かれる。長兄良一は三十歳過ぎの新進画家、次男英二は中学の英語教師をしつつ小説家を目指している。末弟が修三で、高等学校の生徒で胸を患っている。小説は、その修三が知人秋山猛の勤める高原のサナトリウムに汽車で出かける途中で終っている。計画では、全三部九十章になる予定であったが、ノオトに書き継がれたのは、第一部十一章までである。全体の構想を記した福永自筆メモ帖が、数年前に古書市場に現れた。

＊48 中村真一郎の長篇五部作「死の影の下に」の第二部。書き下ろしとして一九四八年十二月に河出書房より刊行。その「後記」には、「一、此の小説は、そのⅠが一九四五年の夏、Ⅱが翌年の六月から十月にかけて、即ち戦争終結の前後にまたがって執筆された」とある。

＊49 Georges Duhamel(1884–1966)。フランスの医者・小説家。小説『殉難者ら』(1917)他で戦争と機械文明を批判。自由主義的ヒューマニストとして多方面に活躍する。大河小説『サラヴァンの生涯と冒険』(1920–32)、『パスキエ家の記録』(1933–1945)は、小説創作の上で若き福永に大きな示唆を与える。

＊50 「思潮」一九四九年五月号(第四巻第五号 昭森社)に冒頭部分が掲載。毎月連載する予定であったが、雑誌終刊により一回のみで中断。掲載冒頭の「ノート」に「此の小説は、一九四一年から四五年にかけて書かれた。『死の影の下に』が、此の作品の中から成長した」とある通り、五部作と同じ人物が登場する

ものので、高市清が主役。約三百枚の原稿は完成していたが紛失してしまったとのこと。

＊51　中村真一郎が、この小説を書くことにより戦中を生き延びたともいえる作品。もともとは、「林中記」・「沈中記」・「船中記」の三部作を構想していたが、書名が余りに古めかしいという堀辰雄のアドヴァイスにより、第一部を「死の影の下に」と変更し、堀や片山敏彦等が始めた雑誌「高原」第一号より第四号まで連載し、未掲載分を含めて一九四七年十一月に真善美社より刊行された。

＊52　白井浩司（1917-2004）。フランス文学者・翻訳家。一九四二年、社団法人日本放送協会に勤務し、後に福永の同僚となる。敗戦後同局を退職し、四七年より慶応義塾大学で教鞭をとる傍ら、サルトル『嘔吐』を翻訳し（青磁社　1947）、実存主義ブームの先駆となる。ナタリー・サロートの『不信の時代』（紀伊國屋書店　1958）、ロブ＝グリエの『嫉妬』（新潮社　1959）など翻訳多数。

＊53　高橋健人（1917-2007）。理学博士。福永の一高時代以来の友人。立教大学総長（1983-86）。随筆「伊豆二題」（1972　福永全集第十四巻所収）にその交友の一端が記されている。通乃はその妹。

＊54　東京の約六〇万世帯のうち、一五％がバラックや壕舎住まいだった（十一月調査）。

＊55　当時、東京の闇市で働く者、約八万人。

＊56　戦中・戦後の米の統制下において地区役所より発行された。食料事情悪化の中、高額の闇値で取り引きされる状況は、梅崎春生『飢ゑの季節』（講談社　1948）などに活写されている。

＊57　山田𣝣（1920-1993）。フランス文学者。山田珠樹と森茉莉の長男。祖父は森鷗外。訳書にラ・ヴァランド『フローベール』（人文書院　1957）、フローベール『ボヴァリー夫人』（中央公論社　1965）、『感情教育』（中央公論社　1972）他。

＊58　草野貞之（1900-1986）。当時、白水社社長。ラブレー等のフランス文学の出版に尽力する。訳書にアナトオル・フランス『エピキュウルの園』（第一書房　1929）。

＊59　心臓神経症。福永の持病のひとつ。予兆なく「不意に烈しい頻脈、呼吸困難、窒息感、嘔気、めまい、悪寒などが起」る（1969「日の終りに」　福永全集第十四巻所収）。その症状は、中篇「告別」（1962）にも描かれている。

＊60　十一月の総人口、七一九九万八一〇四人。

＊61　刻み煙草の葉の巻紙として『六法全書』の他に、『コンサイス英和辞典』・『歩兵全書』が一般に人気だった。

＊62　『小説　風土』の登場人物、三枝芳枝。夫、三枝太郎の死後、かつてほのかに思いを寄せた太郎の親友、画家桂昌三と恋に落ちる。

＊63　エドモン・ジャルー（1878-1949）。フランスの小説家・評論家。外国文学に造詣が深く「ル・タン」や「ヌーヴェル・リテレール」誌に、内外の文学評論を寄せる。リルケの親友でもある。La Fête nocturne は一九二四年に刊行された小説、『夜の祝祭』。その他の小説に『残りは沈黙』（1909）、『ある日の終り』（1920）、評論に『書物の精髄』（1923）など。

＊64　原文では"l'amour est une affection saine et féconde; rien n'est plus faux. C'est une passion formidable et extra-humaine, anti-vitale et qui doit se résoudre dans la mort." 原書七六頁。原文が多少変えて引用されている。試訳「愛は、死を賭して決意されねばならぬ、最高の、人智を超えた情熱である」

＊65　松下博（1923-）。静岡生れ。実業家。中学時代に父を亡くした中村真一郎は、父親同士が親しい間柄だった関係で、学生時代、博の勉学をみる傍ら、本郷区西片町の松下家に住み込んでいた一時期がある。

＊66　戦争による生活難を打開するため、一九四五年五月、鎌倉市在住の小説家たちが蔵書を持ち寄って貸本屋を開いた。「貸本屋の番頭になることを一向に厭わない。何になつても、――なり下つても、私は作家だからである」（高見順『敗戦日記』文藝春秋新社　1959）。単行本の他に「人間」（1946）、「文芸往来」（1949）等の雑誌も発行。堀辰雄は「驢馬」や「四季」など雑誌刊行に優秀な編集実務能力を示していたので、川端康成や小林秀雄等から協力を求められていたのだろう。

＊67　福永は、一九四五年五月十二日より七月七日まで、北海道帯広市西十八条北二丁目の日本医療団帯広療養所に入所、加療していた。このことは、古書市場に流出した未発表の福永自筆の小さな手帖（四五年の帯広での日常＋作品構想を記した小さな手製メモ帖）に記されていることより判明する。

＊68　信州上田市の奨健寮と共に結核患者の治療を行った。

＊69　小品「晩春記」（1949　福永全集第二巻所収）に、帯広のサナトリウムでの心象風景が描かれている。
＊70　『小説　風土』第一部「夏　—一九三九年—」第二章「少年少女」2では、ひとり海で泳ぐ道子の、幼い日々の回想を含む独白が展開される。
＊71　『小説　風土』第一部第三章「海について」、第三部第四章「風土」において、桂昌三が詳細に述べる。
＊72　ここでは、マルタン・デュ・ガールの『チボー家の人々』などを念頭に置いて、roman cycle（連作小説、大河小説）の意味で使っている。
＊73　複雑な構成を持たぬ一つの視点から記述される物語のことだが、ここでは「ロマンの小さな二つのモデール」という言葉から、堀辰雄作品のような純粋なロマンの構成を保った、しかし、それよりも長い作品を考えていたと推定される。
＊74　或いは「夜行者」とも題された小説の構想は練られていたものの、実際書かれたか否か不明。
＊75　一旦「夜行者」とした後、また「虹」に戻している。十一月六日の本文参照。
＊76　四五年日記には、題名以外の記述はない。
＊77　題名以外の記述はないが、後一九五二年後半、「群青」、「美術手帖」、「近代文学」、「読売新聞」に各々「死と轉生（断章）」として掲載され、一九五六年四月、「秩序5」に「死と転生　Ⅰ」としてまとめられる。『福永武彦詩集』（麦書房　1966　福永全集第十三巻）において、その第三部を構成する。
＊78　四五年日記には、題名以外の記述はない。
＊79　四五年日記には、題名以外の記述はない。
＊80　福永の短篇小説。この年末、十二月日記中に、その執筆の様子が記される。三年後、短篇集『塔』として刊行（真善美社　1948）。
＊81　四五年日記には、題名以外の記述はない。
＊82　四五年日記には題名以外の記述はないが、二年後「—ソネット集—夜」として雑誌「花」（新生社　四七年十一月号）に、「—第一歌—　誕生」、「—第二歌—　星」、「—第三歌—　冥府」、「—第四歌—　宿命」、「—第五歌—　薔薇」、「—第六歌—　饗宴」、「—第七歌—　詩法」として発表される。創作年は一九四三

年。「並びにソネツト」とは、前記七篇以外のソネット「冬の王」(1947「綜合文化」三号)、「物語」(1947「八雲」八号)の二篇を指すことが、未発表の詩稿ノートより判明する。こちらは一九四四年の創作である。

＊83 『イジチュール』(未完の遺稿)。フランスの詩人、ステファン・マラルメ(1842-98)の作品。若き福永は、鈴木信太郎のマラルメ講義に列し、その詩篇攻究により象徴詩の精髄を学び取った。

＊84 短篇集『幼なごころ』(1918)。十一月四日の註釈＊146参照。フランスの作家、批評家ヴァレリー・ラルボー(1881-1957)の作品。

＊85 散文詩『マルドロールの歌』(1869)。フランスの詩人、ロートレアモン(1846-70)の作品。現代詩の先駆とされる。この作品を、友人田中謙二を通して知った若き福永武彦は、文学上決定的な影響を受けた。十一月二十日の註釈＊157参照。福永訳『マルドロオルの歌 畫集』の翻訳・註解が、一九四一年に冬至書林より刊行されている。

＊86 中篇『フェルミナ・マルケス』(1911)。ヴァレリー・ラルボーの作品。この作品で、心理小説家として認められる。

＊87 『三人の偉大な生者 セルバンテス・トルストイ・ボードレール』(1938)より。フランスの評論家、アンドレ・シュアレスの作品。

＊88 西欧流のエッセーと心境を綴る日本の随筆を福永は明確に区別しており、『福永武彦作品 批評A・B』(文治堂 1966・1968)所収のエッセーとは別に、随筆集六冊(新潮社 1969-1978)を刊行している。

＊89 福永の大学卒業論文表題は、「詩人の世界—ロートレアモンの場合」である。

＊90 九月十二日の註釈＊49参照。

＊91 散文詩『ビリチスの歌』(1894)。フランスの詩人・作家、ピエール・ルイス(1870-1925)の作品。

＊92 小説『白日夢』(1930)。フランスの作家、ジュリアン・グリーンの作品。グリーンについては、九月九日の註釈＊39参照。

＊93 ポオル・クローデル(Paul Louis Charles Claudel 1868-1955)。フランスの外交官・詩人・劇作家。

一九二一年に日本に大使として赴任。

＊94　一九三六年刊行のアンドレ・シュアレスの小説『価値観』。原書一八四頁。原文がそのまま引用されている。記述の頁数から推して、福永の手許にあったのはGrasset版一九三六年刊の元版。
試訳「孤独は、力の尺度である。弱者は、一人では決して何事もなすことは出来ない。彼等は、常に数人であるいは大勢で固まっていなければならない」
「最も深い孤独は、妻と顔をつき合わせている男のそれである。何故なら、ひとりであるだけでなく、彼には、各瞬間にその孤独を克服することが求められるからだ」

＊95　アンドレ・ジイド（1869-1951）の小説。Les Caves du Vatican（1914）。当時、石川淳や生島遼一の翻訳が既にあるものの、もちろん原書で読んでいるだろう。

＊96　天皇、マッカーサーを訪問。

＊97　福永と澄子は、前年一九四四年九月二十八日に結婚披露をし、十月十二日に入籍している。

＊98　加藤周一は、十月より約二ヶ月間、東京帝国大学医学部と米国の軍医団が共同で広島へ送った原子爆弾影響合同調査団の一員として広島へ赴いている。そこでの様子は『続 羊の歌―わが回想―』（岩波書店1968）に詳しい。

＊99　当日の新聞各紙には、天皇がマッカーサーを訪問した記事が一面トップで報道されているが、写真は掲載されていない。

＊100　GHQの指示により天皇がマッカーサーを訪問した際の写真が各紙に掲載された。

＊101　『小説　風土』第一部「夏　―一九三九年―」第三章「海について」2の桂昌三と三枝芳枝との間で、また3の昌三と少年早川久邇の間で交される会話において縦横に展開される。

＊102　この段階での構想は、現行の『小説　風土』とは大きく異なる。詳細は明らかでないが、第五章に予定していた「過去」の章（十月五日本文参照）が大きくふくらみ、第二部として独立させる構想はまだこの時点ではなく、三年後の一九四八年になってはじめて出てくることが未発表手帖（1948と表紙にある小型の手帖で、療養所内で福永が構想していた様々な小説のメモ書き。古書市場流出品）の記述より判明す

る。後年「書き直したり、中絶したり、他の作品にかかったり（略）小説のメチエが確かでなくて、しよつちゆう戸惑つてゐた」と述懐している（1957「風土について」「ＢＯＯＫＳ　八四号」福永全集第一巻所収　引用は初出）点に注目したい。

＊103　神奈川県藤沢市日ノ出町四二〇羽衣荘。小品「旅への誘い」（1949　福永全集第二巻所収）に、藤沢の下宿の様子、そこで夜を徹して長篇小説『獨身者』を書いていた様子が描かれている。

＊104　現行『小説　風土』第一部は、第四章まで。この段階では、第五章で「過去」を扱うつもりなので、第六章はまた「現在（一九三九年）」に戻る予定だったのだろう。

＊105　ここにも、澄子の向学心を見ることができるだろう。

＊106　『小説　風土』第一部第四章「タヒチの女」1において、「かぐわしき大地」を想わせる絵に関しての詳細な描写がある（福永全集第一巻　一二七頁―）。日記の記述から推して、ここまでの章立は現行『小説　風土』と変りなし。

＊107　「アララギ　赤彦記念號」一九三六年十月発行。内容は「赤彦の歌風」岡麓、「島木赤彦」斎藤茂吉他。五三二頁、特別定価一円八十錢。

＊108　当日記の冒頭（九月一日本文参照）に記されている「屈辱の歴史」。

＊109　フランソア・モーリアック（François Mauriac　1885-1970）。フランスの作家。

＊110　当日の「読売報知新聞」には「豪雨につぐ颱風」の見出しで「四日から五日早朝にかけて暴風雨が表日本全域を通過する見込み」と記事にある。

＊111　現行『小説　風土』では、第四章「タヒチの女」で、第一部「夏　―一九三九年―」が終る。

＊112　この時点の構想では、十月一日本文の記述にもあるとおり、全体で二百八十枚程度の作品だった。現行『小説　風土』は、約七百五十枚に及ぶ。

＊113　現行『小説　風土』では「過去」の章は第二部となり、全体量の三分の一を占める。三人の青年と二人の少女という構想はそのまま生かされているものの、「過去（遡行的）」の断章が挟まることにより「二十枚位で五人の人物を綺麗に書きあげてみたい」という予定は大きく変更されて、膨らむこととなる。

＊114　「僕は最初の二章を三回ほど書き直し、「舞踏会」という章を何度も書いてみたあげく、迷路にはいって結局中絶してしまった」(「風土」初版後記)。初稿から三稿までの原稿の行方、内容は不明。現行版『小説　風土』に「舞踏会」という章はない。

＊115　この日記では、役立ったという意味で使っている。

＊116　十月五日、東久邇宮稔彦王内閣総辞職。「東久邇宮内閣総辞職　辞職理由　建業・更に適任者に俟つ」(「読売報知新聞」十月六日一面)。

＊117　疎開先の岡山県の笠岡ではなく、東京都世田谷区玉川奥沢町三ノ二九二、伯父秋吉利雄の自宅のこと。最寄駅は、大井町線「九品仏駅」。

＊118　中村真一郎は、幼年時から十歳までを、母方の祖父母の住む静岡県周智郡森町で過したこともあり、戦時中は戦火を避け、食糧を求めて都内、軽井沢、森町を巡って暮していた。

＊119　ジャン・ダヴレー著、『微風』(1936)。この二年後、北海道に移った福永は、この小説を翻訳する用意のあることを、梅田晴夫に伝えている。「白井浩司から色々と御企畫のことをうかがひ僕も入れていただかうと思つてゐました　ダヴレエの「微風」に決めましたから企畫書に書き込んでお送りします」(一九四七年三月　梅田晴夫宛未発表書簡。古書市場流出品)。この封筒は、ＣＣＤ(米軍民間検閲支隊)により開封検閲を受けている。十二月二十七日の註釈＊221参照。

＊120　「米軍の輸送機が、医療器具や、食糧や、車輛と共に、私たちを、立川から広島まではこんだ」(加藤周一『続　羊の歌』十七頁)。

＊121　信越線、坂城駅。上田から信濃追分までは六駅。

＊122　沢木四方吉(1886–1930)。美術史家。慶応大学教授。

＊123　Albin Michel 版原書二五四頁。原文がそのまま引用されている。
試訳「彼(Bernard)もまた、独逸人の女が彼を裏切ったのではないことを知っていた。二人の運命が似ていたからであったものを、愛が二人を近づけていると彼が考えた時、彼等は、二人ながら誤解していたのだ。二人は同じ集団に属し、同じ言語を話した、それゆえ二人は互いを認めたのだ、ある夜、橋の上

で Henri Loiseleur と Gilbert もまた彼等二人を認めたように」

＊124 羽田武嗣郎（はた・ぶしろう　1903-1979）。衆議院議員。元総理大臣、羽田孜の父。

＊125 十一日の読売報知新聞には「鉄道も篠井線、信越線、飯山線、長野、松本両電鉄悉く不通となつたが、被害は刻々増大の見込み」と記事にある。

＊126 志摩耿介の『女性の歴史』（白揚社　1941）。風間道太郎の筆名。

＊127 遠藤麟一朗（1924-1978）。雑誌「世代」の編集長。十二月二十九日の註釈＊225参照。

＊128 片山敏彦は、この年十月に北軽井沢から北佐久郡中津村塩名田に移住していた。

＊129 兵庫県明石市大久保町にある、山陽本線明石駅のひとつ先の駅。

＊130 安芸ノ海節男（1914-1979）。第三十七代横綱。広島市宇品町出身。横綱双葉山の七十連勝を阻止したことで有名。一九四六年十一月引退。

＊131 岡山県和気郡和気町にある駅。一九二三年―一九九一年まで、片上鉄道の駅があった。

＊132 片上鉄道。一九二三年―一九九一年まで、岡山県備前市片上駅から同久米郡柵原町（現美咲町）の柵原駅までを結んだ鉄道。

＊133 岡山県和気郡佐伯町（現和気町）にあった片上鉄道の駅。現在は廃駅。

＊134 治安維持法廃止。

＊135 この時期、伯父秋吉利雄が属した海軍水路部は岡山県笠岡に疎開しており、それに伴い一家も移住していた。

＊136 後年、作家として立った後は政治的発言を控えていた福永の敗戦当時の意見として貴重。

＊137 前年秋に結婚したふたりが新婚旅行の途次に立ち寄った、追分の宿屋。

＊138 秋吉家には、上から洋子（異母姉）、恒雄（異母兄　誕生後間もなく死亡）、光雄、輝雄、直子、紀子、宣雄の七人の子供がいる。武彦の実弟文彦は、母トヨの死後秋吉家の養子になったものの、一九四二年十七歳で早世。

＊139 広島県福山市。山陽本線で笠岡駅よりふたつ目。

＊140　当初、「虹」という題で構想していた長篇。「夜行者」に変えた後、再び題を「虹」に戻す。九月二十四日の註釈＊75参照。

＊141　国際連合、発足。

＊142　ロマン「風土」と対になる長篇「夜行者」のことか。

＊143　安西正明。この後、東京の秋吉宅で福永と起居を共にすることになる。

＊144　井上新、マサ。福永の実母トヨの長兄夫妻。

＊145　金光駅（こんこうえき）。山陽本線笠岡駅から（大阪方面へ）三つめの駅。

＊146　ヴァレリー・ラルボーの著作、『幼なごころ』（1918）。八歳から十四歳までの少年・少女を主人公とする短篇十篇より成る（補遺の二篇は後版で増補）。当時より、自らの幼年時代をあるがままに定着することを意図していた福永が読み込んでいた著作。年内に、その一篇「ローズ・ルールダン」を翻訳し、翌年雑誌「新婦人」創刊号に掲載されることになる。十二月十日、十四日の本文と註釈＊182、183参照。

＊147　高村光太郎（1883-1956）。彫刻家・画家・詩人。父は、彫刻家高村光雲。福永は一九四一年、雑誌「日伊文化研究」の編集者として高村の知遇を得、以後戦中の暗い日々、原稿催促の口実で自らの詩篇を携えなどして定期的に高村宅を訪ね、世相について談じ、詩論を交したりなどする。召集の折には、イタリア語の『ミケランジェロ詩集』を贈られるなぞ、その付き合いの様子は随筆「高村光太郎の死」（1956　福永全集第十四巻所収）に詳しい。高村は、この年五月に岩手県花巻町（宮澤清六方）に疎開した後、十月に稗貫郡大田村に移住し、粗末な小屋に独居を始めた時期である。

＊148　ヴァレリー・ラルボー著『A. O. バルナブース全集』（1913）、或いは『バルナブースの日記』（1922）。この時期の福永は、ラルボーの厳格な、一語をも忽せにせぬ創作態度にも深甚な影響を受けている。

＊149　フランソア・モーリアックの『母』冒頭、マチルドの眠る家のコップの水が「停車場が近かつたので、機關車の入れ替につれて搖れた」「十時の急行が通り過ぎると、舊（ふる）い家ぢゆうが震動した」とある（辻野久憲訳『癩者への接吻・母』角川文庫　1953）。

＊150　武彦の従姉、喜代子の結婚相手である松原静馬の母。

＊151　伯父井上新の娘。喜代子が、松原静馬と新婚早々に秋吉利雄の家にやってきた。

＊152　現行『小説　風土』の第二部「過去」に当る章のこと。

＊153　日本放送協会以来の友人、鬼頭哲人（-1970）。隣人としての付き合い、その人となりは「或るレクイエム」（1971　福永全集第十五巻所収）に詳しい。訳書にジャン・アヌイ著『ロメオとジャネット』（新潮社 1954）など。

＊154　一九四五年の受賞者は、文学賞ガブリエラ・ミストラル、物理学賞ヴォルフガング・パウリ、平和賞コーデル・ハル他。

＊155　ガスが止まって使えない家庭が多い状況下、電熱器・電気風呂・電気炬燵の需要が急増した。

＊156　ひと月に一人五百〜千円かかることは十月七日の日記にも出ているとおり。

＊157　大学以来の親しい友人。偶々出会った時の福永の喜び勇んだ様子、書きかけの「獨身者」ノオトを持って行かせるなど、他の者に比べても、その親しげな様子は際立っている。福永同様、文学者として将来立つつもりだったこの青年は、小説家福永の出発に当って、極めて重要な役割を果たしていた。

田中宛の未発表葉書を一部紹介しておこう。「Lautréamont の Chants de Maldoror を読み了つた。君に云はれる迄は全く知らなかつた本だ。その意味で心から感謝する。或る意味で烈しい影響を受けたやうな気もする。然し此の本に没頭したら完全に神経衰弱になることは確かだ」（一九三八年五月消印）。福永がロートレアモンを知ったのは、この田中を通してだったことが判明する。

＊158　アンリ・トロワイヤ（Henri Troyat 1911-2007）の『蜘蛛』（L'Araigne 一九三八年ゴンクール賞）。当初、実業之日本社の「フランス文学賞叢書」の一冊として刊行の予定で、大学卒業直後の一九四一年の初夏を本書の翻訳に専念したものの、その九月に出版される間際になり、相当の削除を施しても検閲を通過する見込の無いことが明らかになり、紙型のまま埋もれてしまった、と福永は述懐している（『蜘蛛』巻末「翻譯について」新潮文庫 1951）。敗戦後のこの時、改めてその翻訳書出版に関する話を実業之日本とするものの、この度は翻訳権の問題が発生して結局刊行できず、後一九五一年に新潮文庫の一冊として刊行された。

＊159　ジョルジュ・デュアメルの連作小説『パスキエ家の記録』(Chronique des Pasquier 1933-1945)。九月十二日の註釈＊49参照。

＊160　ここでは散文詩『マルドロールの歌』を指す。九月二十四日の註釈＊85参照。

＊161　Vita Nova（羅）新しい生活。

＊162　人口調査、七千二百万人と発表。

＊163　福永の大伯父（祖母の兄、吉広円造）の孫、吉広実。田代家の養子となった。

＊164　フランスの小説家、ヴァン・デル・メルシュ（1907-1951）の『砂丘の中の家庭』(1932)。

＊165　父、末次郎は大学卒業後の一九一九年より三井銀行へ勤務し、横浜支店、福岡支店と転任し、その後一九四三年の退職時まで東京本店に勤務した。父のサラリーマン生活の一端は、随筆「宵越しのぜに」(1969　福永全集第十四巻所収）に詳しい。

＊166　帯広の澄子の実家（山下庄之助）。

＊167　陸、海軍省解散式（十二月一日、廃止）。海軍水路部は、十一月二十九日運輸省に移管されて存続。

＊168　高村光太郎からのこの返信は「福永武彦研究　第五号」(2000）に紹介・解説した葉書と推定される。発信は同年十一月二十六日。「花巻に来てから肺炎を病んだりもしました。八月十日花巻も空爆され再び罹災して其後轉々してゐました」と文面にある。宛先の福永住所は「東京都世田谷区玉川奥澤町三ノ二九二　秋吉方」。

＊169　徳田秋声（1871-1943）。小説家。「足迹」は一九一二年刊行の小説。

＊170　随筆「夢のように」(1973　福永全集第十四巻所収）に、鮎沢巌（1894-1972）・福子夫妻、その長女露子との付き合いが記されている。戦前の高等学校時代から大学時代にかけて、福永がこの鮎沢家をしばしば訪れた体験が『小説　風土』や『獨身者』に大きく反映している。『小説　風土』完全版刊行時、福永は「僕の二十代の思ひ出に　このロマンを差上げます」という献辞を認めて、貴重な私家版（限定三十部）を福子に寄贈している。

＊171　翻訳『蜘蛛』刊行の件。十一月二十日の註釈＊158参照。

＊172 詩人、小山正孝と鈴木亨（1918-2006）。戦中、「四季」や「山の樹」に参加し、福永や中村と面識があった。

＊173 梅野彪。雑誌「新婦人」初代編集長。この時には、実業之日本社から「新婦人」の編集部へ移っていた。十二月十日、本文参照。

＊174 Ellery Queen 米の推理小説家コンビ、エラリー・クイーン。フレデリック・ダネイ（1905-1982）とマンフレッド・ベニントン・リー（1905-1971）の二人共同の筆名。

＊175 ロートレアモン『マルドロールの歌』。福永が卒業論文で扱った作品。

＊176 東京都品川区下大崎二丁目。一九四四年九月末の結婚を機に、神奈川県藤沢市のアパートから移ったと推定される。大学以来この時点までの福永の住所を順に追ってみると、①東京都小石川区雑司ヶ谷町一一五（1936〜1943・3）、父と同居 ②神奈川県藤沢市日ノ出町四二〇羽衣荘（1943・3〜1944・9）、独居 ③東京都品川区下大崎（1944・9〜1945・2）、澄子と新婚生活。二月より四月まで東大病院入院 ④北海道帯広市東二条南十二丁目 山下方（1945・4〜9・2）、途中五月十二日より七月七日まで、北海道帯広市西十八条北二丁目の日本医療団帯広療養所に入所。当地で敗戦を迎える。⑤千ヶ滝の松下方（1945・9・6〜9・21）、⑥上田市奨健寮（1945・9・22〜10・13）と順に滞在し、⑦岡山県の父と伯父の家に一月ばかり暮らす（1945・10・14〜11・10）。十一月十一日に上京して ⑧東京都世田谷区玉川奥沢町三ノ二九二 秋吉方に落ち着く。安西正明、秋吉一家と同居、となる。

＊177 日本文芸家協会再建。

＊178 広島の原爆被災者の経過を診るために、米軍のL中尉とジープで県内をあちらこちら小旅行で巡り歩いたこと、その中で民主主義の問題についても議論したことなどが『続 羊の歌』に記されている。

＊179 ジュリアン・グリーンの著書 Visionnaire（1934）を指す。後年『幻を追ふ人』と題して窪田啓作と共訳で刊行（東京創元社 1951）。

＊180 「眠れ眠れ輪の中で 金の小蜂野をめぐり 風は軽く草をゆり 草に花は開くまで／眠れ眠れ輪の中で 時の鐘は塔に鳴り 響を蒔く風ばかり 花に倦んで消えるまで／眠れ眠れ輪の中で 花の精の子供たち

夢の中に時は経ち　不思議の実は実るまで」（短篇「塔」より　／は改連）

＊181　一九四六年四月創刊。発行元を変更しつつ、一九七三年四月廃刊まで続いた。創刊号は編輯人　梅野彪、発行所　能加美出版株式会社、定価三円五〇銭。その創刊号に、福永は日記本文中に見えるヴァレリー・ラルボーの「ローズ・ルールダン」の翻訳を「早春」という題で創作欄に掲載（六七頁—七三頁　三段組長澤節・画）。この翻訳は後に鈴木信太郎編『フランス短篇集　現代篇』（河出市民文庫　1953）に、手入れの上収録されている。

＊182　ヴァレリー・ラルボーの短篇集『幼なごころ』（Enfantines　1918）のこと。

＊183　前記、ラルボーの『幼なごころ』所収の八篇の内、冒頭の「ローズ・ルルダン」、四番目の「ドリー」の二篇。

＊184　田部重治・片山敏彦・堀辰雄・橋本福夫・山室静を編輯同人として、一九四六年八月に鳳文書林より創刊され、一九四九年五月刊の第十輯まで十冊が発行された。編輯者　掛川長平。創刊号定価二〇円。創刊号には福永武彦が短篇「塔」、中村真一郎が長篇「死の影の下に」（第四号まで連載）の第一回を掲載し、堀辰雄は「若い人達」（のち「Ein Zwei Drei」と改題）として、野村英夫、中村真一郎、福永武彦の人と新作について記している。他に福永作品は第四輯（1947・9）に、ソネット習作として「聖夜曲」「心の風景」「ある青春」が掲載された。

＊185　山室静・橋本福夫訳『ビョルンソン名作集　早春のうた』（鳳文書林　1946）が第一篇として刊行された。

＊186　選挙法改正案（婦人参政権）公布。

＊187　十二月十四日の註釈＊183参照。

＊188　鈴木力衛（1911-1973）。フランス文学者。長く学習院大学で教える。福永や辻邦生はじめ、多くの優秀な人材を招聘した。翻訳に『モリエール全集』全四巻（中央公論社　1972-1973）、デュマ『ダルタニヤン物語』全十一巻（講談社　1968-1969）他。随筆「モリエールの訳者」（1974　福永全集第十五巻所収）にその姿が活写されている。

＊189　予定通り中村真一郎訳で一九四六年十二月に青磁社より刊行。

＊190　福永は「彼の小説の総決算であるが昔日の面影はない」と記している（『フランス文学辞典』全国書房　1950）。

＊191　小松清（1900-1962）。フランス文学者。その人となりは、林俊とクロード・ビショワ共著『小松清――ヒューマニストの肖像』（白亜書房　1999）に詳しい。

＊この時代に福永が耽読していたフランスを中心とした小説群は如何なるものか、またそれらへの評価についてはエッセイ「現代フランス小説」（1946　福永全集第十八巻所収）にコンパクトに纏まっている。

＊192　当時、雑誌「新婦人」の発行元となる能加美出版株式会社（牛込区市ヶ谷加賀町一ノ十二）がこの協会内部にあった。

＊193　六十年以上にわたって書き継がれ、自己省察に富んだ記録であるだけでなく、優れた二十世紀前半のフランス文学史、文壇史ともなっている。翻訳に『ジッドの日記』（新庄嘉章訳　日本図書センター　2003）全五巻がある。

＊194　未発表原稿。雑誌でボツになった後は、単行本・全集未収録であるが、数年前に古書市場に自筆草稿が出現した。四百字詰原稿用紙十一枚にペンで記されている。全体として、福永の創見を多く盛り込んだ高踏的エッセイになっているので、婦人雑誌の読書案内としては敬遠されたのだろう。

＊195　当日の朝日新聞には「旅客三割、貨物五割　列車更に切捨　廿一日實施　引越荷物もお斷り」、読売報知新聞には「旅客列車更に減る　引越荷物や復興資材も送れぬ」との見出しで記事が掲載されている。

＊196　中村真一郎訳『シュザンヌと太平洋』巻末に現代佛蘭西小説集の広告があり、近刊として、ダビ『島』（鈴木力衛）・ヴァンデルメルシュ『神蹟』（大井征）・ラミュ『太陽若し帰り来らざりせば』（高橋広江）が、続刊としてモーリヤック『海への道』（河盛好蔵）・グリン『幻を追ふ人』（福永武彦）・シャンソン『懲役船』（杉捷夫）・シモーヌ『怒りの日』（佐藤朔）が掲載されている。

＊197　アントワーヌ・ド・サン－テグジュペリ（Antoine de Saint-Exupéry　1900-1944）。フランスの小説

家・飛行士。『夜間飛行』（Vol de Nuit 1931）には、ジッドが序文を寄せている。

＊198 「展望」創刊号に所載の永井荷風の短篇小説（百十八頁―百六十頁）。荷風は「筑摩書房雑誌展望創刊號に拙稿踊子を載すべしとて金参千六百四拾九圓小切手を郵送し來れり」と記し、その明細を明している（『断腸亭日乗』一九四五年十一月十六日）。一枚五十円の計算である。後出「新生」一九四六年一月号所載の「勲章」は「原稿料一枚百圓より貳百圓までなりとの事なり、物價の暴騰文筆に及ぶ、笑ふ可きなり」（同書 十月十五日）とある。共に、福永のラルボー翻訳料一枚七円と較べて隔絶した高値である。

＊199 筑摩書房「展望」創刊号（一九四六年一月号）。百六十頁、三円五十銭。執筆は、務台理作、柳田国男、吉川幸次郎他。

＊200 新生社「新生」新年号（一九四六年一月号）。大判（155×275）六十三頁、定価二円五十銭。執筆は、森戸辰男、美濃部亮吉、武者小路実篤、羽仁五郎他。小説に永井荷風「勲章」、正宗白鳥「戦災者の悲み」他。福島保夫著『書肆「新生社」私史 もと編集部員の回想』（武蔵野書房 1994）には、当時の新生社と特色ある作家達、編集者たちとの付き合いが描かれている。

＊201 当時東京だけで一晩に強盗など三十余件あり、二十五日、大森には自警団が、銀座には防犯決死青年隊が発足した。

＊202 民風社（みんぷうしゃ）。太田正雄（木下杢太郎）『日本の医学』（1946）、モーパッサン『脂肪の塊』（朝倉季雄訳 1947）他を刊行。

＊203 仏領印度支那。石川達三は、一九四二年海軍報道班員として東南アジアを取材で廻った。

＊204 石川達三は、一九四六年衆議院議員総選挙に日本民党（にほんたみのとう）より立候補するも落選。

＊205 福永が、戦前「映画評論」誌に執筆していた際の筆名。

＊206 ジャン・リシャール・ブロック（1884-1947）。フランスの作家・批評家。評論集『一文化の誕生』（1936）。

＊207 エマニュエル・ベルル（1892-1976）。フランスの小説家・エッセイスト。エッセイ『ブルジョア 思想の死滅』（1929）。

＊208　ラモン・フェルナンデス（1894-1944）。フランスの作家・批評家。
＊209　マクシム・ゴーリキー（Maksim Gor'kii　1868-1936）。ロシアの作家。戯曲『どん底』（1902）、『敵』（1906）、長篇『母』（1907）、自伝三部作（『幼年』1913-14・『世の中へ』1915-16・『私の大学』1923）他。「オマージュ」。
＊210　エドワード・モーガン・フォスター（Edward Morgan Forster　1879-1970）。イギリスの作家・批評家。
＊211　ステファン・ツヴァイク（Stefan Zweig　1881-1942）。オーストリアの作家。
＊212　ベネディト・クローチェ（1866-1952）。イタリアの歴史学者・哲学者。
＊213　ジョセフ・ハミルトン・バッソ（1904-1964）。アメリカの小説家。
＊214　ジョン・ミドルトン・マリー（1889-1957）。イギリスの批評家。
＊215　一九二一年、西村伊作により各種学校として開校。文部省下の学校の枠に縛られない自由な教育を目指した。
＊216　「近代文学」は、一九四六年一月創刊。一九六四年八月まで全一八五冊を発行する戦後派を代表する雑誌。創刊当初の同人は、埴谷雄高、平野謙、山室静、佐々木基一、荒正人、本多秋五、小田切秀雄の七名。福永・中村・加藤の三人も、後に第一次同人拡大（1947）で加わることになる。
＊217　永井善次郎。筆名、佐々木基一（1914-1993）。文芸評論家・作家。福永とは、戦中日伊協会の同僚。
＊218　中央公論社「中央公論」新年号（一九四六年一月号）。百十二頁、定価二円五十銭。執筆は、谷川徹三、羽仁五郎、壺井栄他、小説に永井荷風「浮沈」（八十頁―百十一頁　十二月二十六日の本文参照）、短歌に斎藤茂吉「小吟」。
＊219　十一月二十日の註釈＊158参照。トロワイヤの人と作品については、『蜘蛛』訳書の巻末「アンリ・トロワイヤとその作品」にも詳しい（福永全集第十八巻所収）。
＊220　「中央公論新年号」雑誌掲載分「浮沈」は「第九」までで、文末には「つゞく」とある。
＊221　Civil Censorship Detachment　米軍民間検閲支隊。一九四五年九月から一九四九年十月まで全国主要新

聞を事前検閲し、また私信を開封検閲した機関。十月七日の註釈＊119参照。

＊222　青磁社からこの名の雑誌が発行されたという確認は取れていない。札幌青磁社から一九四七年七月に創刊された詩誌「至上律」は、福永たちが企画していた内容とは異なる。

＊223　ジュリアン・グリーンの小説『幻を追う人』(1934)。

＊224　鈴木信太郎。フランス文学者（1895-1970）。マラルメ研究の世界的権威であり、福永・中村の大学時代の恩師。その厳格な授業の様子と並んで、驚くべき蔵書について両者の随筆に活写されている。一高文科では、福永の父末次郎と同期。

＊225　「世代」。主として一高・東大の二十代の学生によって一九四六年七月に創刊された雑誌。一九五三年二月の終刊までに、目黒書店や書肆ユリイカから十七冊を発行。創刊号より、福永・中村・加藤三名のエッセイ「CAMERA EYES」が連載された。遠藤麟一朗、矢牧一宏を編集長に、飯田桃、中村稔、日高普、吉行淳之介、清岡卓行、橋本一明等多くの俊英が集った。

＊226　「カメラ・アイズ」。「世代」創刊号（1946・7）より第六号（1946・12）まで連載されたエッセイ（第二号は休載）。連載第二回目までは文末に福永・中村・加藤のイニシャル、その後は氏名が記載されている。「雑誌から毎月二百円の原稿料を送って来たのでそれがたいへん有難かった」（1973　随筆「昭和二十二年頃」　福永全集第十四巻所収）。各々増補の上『１９４６・文學的考察』（真善美社　1947）として刊行され、多くの議論を呼び起こした。

＊227　この日の「朝日新聞」裏面（当時の日刊紙は、ほとんどペラの両面のみ）に、「衣食住、解決せねば交通地獄は續く　暴動に近い今の列車」の見出しと、「機關車に這ひ上がる乗客　上野駅にて」とキャプションの付いた写真が掲載されている。

＊228　岩波書店「世界」創刊号（一九四六年一月号）。百九十二頁、定価四円。巻頭に「発刊の辞」、巻末に岩波茂雄「「世界」の創刊に際して」。執筆者に安倍能成、美濃部達吉、大内兵衛、湯川秀樹、羽仁説子他。小説に志賀直哉「灰色の月」、里見弴「短い絲」。

＊229　改造社「改造」新年号（一九四六年一月号）。百十二頁、定価二円五十銭。執筆は佐野学、辰野隆、志

賀直哉「銅像」、横光利一「青葉のころ」他。

＊230 文藝春秋社「文藝春秋」新年号（一九四六年一月号）。三十一頁、定価六十銭。執筆は新村出、吉田洋一、野上弥生子、小倉金之助、菊池寛他。何故、この雑誌のみ二冊購入したのか不明。

＊231 雄鶏社「雄鶏通信　世界の文化ニュース」。一九四五年十一月創刊。一九五一年七月号まで計六六号が発行された。三号まで十六頁、定価六十銭。四号（一九四六年一月一日号）より二十四頁、定価一円なので、福永が購入したのは第三号（十二月十五日号）だろう。三号の執筆は、森戸辰男、西川正身、アインシュタイン（対談）他。

＊232 この量は、かなり優遇されていたことを示す。一九四〇年より、生活必需品が順次切符制・配給制になったが、一般市民への米の配給量は、一九四一年四月から一日に二合三勺（三三〇グラム）、一九四五年七月からは二合一勺（三〇〇グラム）に減っていた。

＊233 福永は後年、自らを四季派から出発したと誤解されることは困ると述べている。「僕は「四季」派ではないんだよ。堀（辰雄）さんが編集していた時に喧嘩したんだから」「「四季」という雑誌は嫌いでね。なんとも言えない雰囲気をもっててね」（1969　中村真一郎・遠藤周作との鼎談「文学的出発のころ」『福永武彦対談集　小説の愉しみ』所収　講談社　1981）。

＊234 「終戦」と書かぬ点に、日常生活にも事欠く敗戦国民としての心情が表現されている。

＊235 この時点でロマンと確実に言い得るのは、書きかけの「獨身者」であるが（「風土」は、当時自らレシと分類しているが、時にロマンとも呼び、揺れている。九月二十四日本文参照）、「時代色的資料」という言葉には、この厳しい時代を生き抜いた作者が未完の作品を必ずや完成し、その作品が将来人々に広く読まれ、論じられるようになることを希望する気持が込められている。敗戦後の混乱の中でも、未来を信じる芸術家福永としての自覚の言葉。

＊236 九月二十二日の註釈＊67参照。

（仏文解釈＊64・＊94・＊123に関して、渡邊啓史氏のご助力を得ました。記して謝意を表します）

# 一九四六年一月三日〜六月九日

鈴木和子

＊1　A5判ノート中表紙に「JOURNAL INTIME 1946」と記載。内容は、①一月三日から二十四日の日記。7㎜罫一行に2行ずつ横書き。3⅓ページ。平仮名漢字交じり口語体。日付は飛び飛び。②三月十二日から六月九日の日記。一行ずつ縦書き。片仮名漢字交じりの文語体。日付は毎日。③「作品備忘」（見開き）原稿のタイトル、掲載先、原稿料などの表。④「計画一覧」とからなる。

この日記については、武彦自身が「厳しい冬」で内容を一部引用しながら紹介している。〈戦争の終った年の九月に、私は疎開先の北海道帯広市に家族を残して、旅に出た。途中信州上田で病いを養ったりしながら、岡山県の山の中に疎開している父に会い、笠岡に伯父を訪ねて暫く滞在し、それから冬の初めに東京に戻って親戚の家に下宿した。その冬の印象は壮烈で、生気が体内に漲っていたような気がする〉（「厳しい冬」、『別れの歌』所収、福永全集第十四巻）。

下宿した親戚は、伯父、秋吉利雄宅（世田谷区玉川奥沢町三―二九二）。秋吉利雄（1892〜1947）は武彦の母トヨ（1895〜1925）（一九四五年九月七日の＊21参照）の次兄で、「幼年」に出てくる「海軍の伯父」にあたる。

＊2　白井浩司（1917〜2004）。一九四二〜四五年NHK国際局仏語班勤務。NHK当時のことは「福永君とのこと」（福永全集月報13　第八巻附録）に紹介されている。

＊3　「高原」第一輯（一九四六年八月）に掲載。初版は四八年三月真善美社から刊行。〈現実に転生する前の夢、喪われた記憶の物語であり、謂わゆる短篇小説のジャンルに囚われない一種の詩文詩的メルヘンを意図していた〉（「『塔』初版ノオト」福永全集第二巻）。

＊4　幸福な少数の人々。スタンダールが「パルムの僧院」（1839）他の作品の末尾に「To the Happy Few」

と献辞を附した、それに倣ったもの。

＊5　一九四五年三月より休刊していたが、十一月号より復刊。

＊6　秋吉ヨ子（1902〜1997）。東京女子大卒業後、コロンビア大学に留学していたこともある。息子の秋吉輝雄氏によれば、当時はGHQに通訳としてつとめていた。

＊7　来嶋就信。一九三八年一月八日に亡くなった、『草の花』藤木忍のモデル。

＊8　前年より、武彦も天皇制存廃問題に強い関心をもち、身内以外とも盛んに議論をしていたことが窺える。〈北海道へ行っていた、中村の友人の福永武彦も訪ねてきた。敗戦の年の暮か、年が明けて間もなくの頃で、（略）ボードレールや泉鏡花に心酔する、これまた猛烈な芸術至上主義者と思っていた福永武彦もまた、日本の政治の愚劣さや見透しのなさを猛烈に批判するのには驚いた〉（佐々木基一『鎮魂　小説阿佐谷六丁目』講談社　1980）。

＊9　鷹津義彦（1918〜1980）第一高等学校、東大で同窓。立命館大学教授。一九四五年、東大附属図書館事務取扱。東大大学院文学部入学。八月退学、図書館退職。九月帯広に入地開拓。実際に帯広へ移住したのは後年のことと思われる。

＊10　佐々木基一（1914〜1993）の本名。武彦とは「映画評論」同人、日伊協会で同僚。本多秋五、埴谷雄高、平野謙らと「近代文学」を創刊するとともに、荒正人、小田切秀雄と文学研究会「ロオポオの会」を立ち上げ、文学新聞「文学時標」を発刊した。「文学検察」は、「文学時標」の欄で、文学者達の戦争責任を追及。

＊11　能加美出版発行。編集梅野彪。一九四六年四月創刊。

＊12　遠藤麟一朗が編集長となって発行した「世代」。この連載は後に『1946・文学的考察』としてまとめられた。

＊13　一九四六年八月創刊。鳳文書林発行。編集掛川長平。敗戦直後、小諸の岩村田に住んでいた山室静が、近くに疎開していた田部重治、片山敏彦、堀辰雄、橋本福夫らを誘って創刊した季刊誌。

＊14　トロワイヤ「蜘蛛」翻訳料。

＊15　「饗宴」（日本書院、四六年五月創刊、全十三冊）。戦後の混乱期に際し、文化の低俗化に抗してアカデミズムの神髄を世に示して堅実なジャーナリズムの育成に寄与しようという意図のもとに、東大文学部各研究室の有志が集まって発足。

＊16　実際には、白水社「ふらんす」一九四六年六月号に掲載。

＊17　『フロオベエル全集　第二巻』一九三五年改造社「純な心」（吉江喬松訳）「ジュリアン聖人伝」（鈴木信太郎訳）「エロディヤス」（辰野隆訳）。山田九朗訳岩波文庫は一九四〇年。

＊18　秋吉利雄の所属していた海軍水路部は、戦争末期に岡山県笠岡に疎開し、秋吉家も笠岡で終戦を迎えている。

＊19　＊1で記したように、以下の部分は漢字と片仮名で記されている。ここでは読みやすさを第一に考え、片仮名を平仮名に改めた。

＊20　平岡昇（1904〜1985）。一九二八年東大仏文科卒。ルソーの研究家として著名。当時は東大仏文研究室副手。

＊21　鈴木力衛（1911〜1973）。東大仏文卒。卒業後仏国政府招聘給費留学生として渡仏。帰国後NHK国際部に勤務していた。武彦は鈴木の退職後、NHK国際部に勤めた。後、学習院大学教授。武彦が東京療養所退所後、学習院に就職する際に尽力した。「モリエールの訳者」（『書物の心』福永全集十五巻）。

＊22　白井健三郎（1917〜1998）。文芸評論家。フランス文学者。学習院大学名誉教授。一高時代から武彦、中村真一郎、加藤周一、鷹津義彦らと文芸部の活動などを通して親交を結ぶ。マチネ・ポエティク同人。当時は設立されたばかりの角川書店に編集者として勤務。

＊23　一九四六年一月、当時の大蔵省より発表。個人財産は日常生活に必要な家具・什器・衣服等を除く一切の財産が課税対象となった。

＊24　この時までに作られた詩集は、日伊協会在職中（一九四一年五月〜四二年五月）タイピストに頼んで作ってもらった三部ほどの詩集のみ。内容は『ある青春』（北海文学社　1948）に収録される十数編。（「詩集に添へて」福永全集第十三巻）。

＊25　一九四六年一月十三日より、日曜祝日に限り売り出した十本入り高級たばこ。当初は一人一箱の限定販売と発表されている。

＊26　菅原芳郎。東大美学科卒。同級に摩寿意善郎、二年後輩に佐々木基一。日伊協会で武彦と同僚となる。訳書に『文芸復興期シエナ及ウムブリアの画家』（ベレンソン著）がある。武彦の日伊協会退職（一九四二年五月）以来とすると、ほぼ四年ぶり。

＊27　武彦の二十八歳の誕生日。

＊28　追分宿にあった宿屋。

＊29　橋本福夫（1906〜1987）。英米文学翻訳家。疎開してきた追分村で農場を拓き、〈食糧の自家生産と同時に、地域に文化的な芽を育てようという、理想主義的な生き方を採用〉（中村真一郎『火の山の物語』筑摩書房　1988）。

＊30　「高原」創刊号掲載「塔」の原稿料。一七二円（「作品備忘」）。

＊31　実際には四号（一九四七年九月）に「聖夜曲」「心の風景」「ある青春」が掲載。

＊32　「高原」発行所。当時の所在地は芝区田村町（現西新橋）。

＊33　佐藤朔（1905〜1996）。フランス文学者、慶応義塾元塾長。ボードレール研究とコクトー、サルトル、カミュ等の二十世紀文学を紹介。当時は慶応義塾文学部の助手を経て予科教員。

＊34　J・グリーン「幻を追ふ人」翻訳料。

＊35　La Nouvelle Revue Française（「新フランス評論」）。ジード（1869〜1951）周辺のグループが創刊した文学・芸術・思想の総合雑誌。多くの詩人・小説家・批評家を輩出し、二十世紀フランス文学の主要な部分はこの雑誌によって生み出された。当時は休刊中（1943・6〜1952・12）。

＊36　フランソワ・モーリアック　François Mauriac（1885〜1970）。『La fin de la nuit』（1935）。

＊37　「文芸時評」一九四六年四月十五日号に掲載。

＊38　シュクル　le sucre　砂糖。一九四五年十二月十日、藤丸百貨店で帯広日用品交換所が経済警察の了解のもと再開された。戦前認められていなかった食料品が主食以外は許されることになり、市民は様々な物

資を持ち込んだ。ここで最も多く交換されたのが、砂糖と衣料品である。甜菜農家には北海道興農工業（後の日本甜菜製糖）から甜菜出荷に応じ砂糖の還元があり、全国各地で不足する砂糖が十勝では広く出回っていた。闇相場の基準もこの地では砂糖が白米にとって変わり、藤丸の交換所はあたかも砂糖の集散交換所の様相となった。そのため、物資さえあれば、砂糖の入手は比較的容易な状況であった。

＊39　『1946・文学的考察』(1947）をはじめとして、武彦はサルトルを高く評価しているが、白井浩司は、当時はサルトル『嘔吐』よりも、同年発表のアンリ・トロワイヤ（Henri Troyat 1911〜2007）『蜘蛛』(L'Araigne）の方を評価していたと述べている（前述「福永君とのこと」）。

＊40　山下庄之助（1894〜1954）。一九四三年旧柏小学校の跡地に戦時疎開してきた日産農林工業株式会社帯広マッチ工場の工場長として帯広に赴任。四六年、工場での労働争議に嫌気がさし、職を辞した。四八年一月、北海道社会事業協会帯広病院（通称帯広協会病院）の事務長となる。

＊41　伊藤太郎（1922〜2000）。旧制帯広中学から一高、東大。薬学部の学生だったが、四五年当時、病を得て帯広療養所に入院中、隣室に武彦がいて知り合った。退院後も東大の後輩として物心両面で支えた。後、父伊藤経作が興した伊藤薬局を北海道内医薬品卸有数のホシ伊藤薬局に育てた。

＊42　「四季」第八号（一九三五年六月号）に、「リルケの使命」（エドモン・ジャルウ）辻野久憲訳。

＊43　神武天皇祭。戦前の大祭日の一つ。一八七一（明治四）年九月に定められた「四時祭典定則」で規則化され、その後、一九〇八（明治四十一）年の「皇室祭祀令」で改めて法制化された。四七年に公的には廃止。

＊44　三宅徳嘉（1917〜2003)。東大仏文で武彦と同級。四六年一月に復刊した白水社の雑誌「ふらんす」の編集長をつとめた。その碩学ぶりは、加藤周一『羊の歌』にも紹介されている。

＊45　「凍原」第八号（一九四六年十月）の広告に文学時評社から文学談話の七巻として「リルケの使命」福永武彦訳とある。しかし、出版された形跡はない。

＊46　世田谷区奥沢の浄真寺。浄真寺は銀杏が有名（都天然記念物）だが、広い境内には桜も多数植えられている。

＊47　アンリ・ミショー　Henri　Michaux（1899〜1984）。フランスに帰化したベルギー生まれの詩人、画家。ジードの「アンリ・ミショーを発見しよう」によって広く紹介された。

＊48　ポール・クローデル　Paul Claudel（1868〜1955）とジャック・リヴィエール　Jacques Rivière（1886〜1925）「書簡集」（1926）。

＊49　作品備忘には「新婦人」6月号とあるが掲載はされていない。

＊50　小山弘一郎（1919〜1972）。慶応大学仏文科卒。白井浩司の二年後輩。在学中に「山の樹」同人に加わる。一九四五年、青磁社に入社。

＊51　二月に実施された金融緊急措置令により、預貯金はいったん封鎖された。封鎖預金からの引き出しは新円で、限度額も設けられた。新円が認められる以外の支払いは、手形、小切手、郵便為替などによる封鎖預金への払い込みまたは為替によった。

＊52　山内修氏によれば、秋吉利雄氏は修氏が特攻隊出身であることを知っていた。また、当時山内氏の家族は満州にいて消息がわからなかった。そのため、東京で学校へ通うようにと秋吉氏が勧めてくれたので上京し、秋吉家に寄宿していたとのことである。

＊53　三月十二日渡辺助教授より依頼の「悪魔のソナタ」。日記末の「作品備忘」に〈雑誌社ニテ翻案トナシタル故変名〉とある。誌名は明らかにされていないが、「少國民世界」（國民図書刊行會、一九四六年十月号掲載）訳者名「福永一彦」。その後、渡辺一夫と共訳で「北海文学」二号（一九四七年十一月）に掲載。

＊54　ジャン・ジロドゥ　Jean　Giraudoux（1882〜1944）。『シュザンヌと太平洋（Suzanne　et　le　Pacifique　1921）』。

＊55　ＣＣＤ（Civil Censorship Detachment）。民間検閲支隊。連合国総司令部による検閲を実際に行っていた、民間諜報局（Civil Intelligence Section=CIS）に属する組織。

＊56　煥乎堂。大正時代から続く老舗の書店。

＊57　『堀辰雄全集　来簡集』（筑摩書房　1979）に収録。ひと月前の追分訪問から戻って以来、〈絶望的な日々を過してゐました〉〈大衆小説ででもなければ見られないやうな vicissitude（引用者注・人生の浮沈）

が始まらうとしてゐるのか始まつてしまつたのか〉と、現在の状況を説明し、〈けれどもかういふふうに絶望的なsituationになつて来ると文学への熱情がかへつて高まつて来るといふのは不思議ですね〉と心境を述べている。

＊58　マルセル・シュオッブ Marcel Schwob（1867〜1905）。フランス芸術小説の伝統を受けた小説家。

＊59　山下肇（1920〜2008）。ドイツ文学者、東京大学教養学部名誉教授。一九四二年東京帝国大学独文科を繰り上げ卒業、陸軍に入隊し出征。四四年四月、第一飛行師団が移住、鏑部隊と名付けられ、司令部が帯広大谷高等女学校に置かれ、将校として帯広に滞在。住まいは緑ヶ丘にあった幹部用の一戸建てであった。

＊60　北海道庁立帯広高等女学校（現北海道帯広三条高等学校）。

＊61　第五方面軍九一部隊の官舎群は帯広市大川町。第七師団の官舎群は同依田町。戦後引揚者に開放された。

＊62　藤本善雄（1924〜1987）。一九七三年、三代目藤丸社長。四二年に帯広中学校を卒業。早稲田第二高等学院政経部に入学。肋膜を患い休学。療養後、兵役につき、新潟の高田連隊に入営、暗号電報の解読にあたった。終戦後帯広に戻り、祖父の拓いた川西村藤農場で農事につく。四五年十二月創刊の「凍原」に深く関わり、父親の経営する藤丸デパート（帯広市西二条南八丁目）四階に編集部を置いた。四七年に「北海文学」を創刊。四八年七月には福永武彦の第一詩集『ある青春』（北海文学社）を発行人として世に出した。四九年上京し、早稲田大学文学部に入学したが、翌年父親に呼び戻され、株式会社となった藤丸の取締役となった。

＊63　十勝鉄道帯広大通駅。

＊64　一九四六年一月、閉鎖されていた食堂が「健民食堂」として藤丸三階にオープン。後「市民食堂」と改名。飲み物、軽食、麵類や丼物を提供した。

＊65　小野寺俊一。一九四五年九月、妻子が疎開していた帯広に特攻隊の生き残りとして復員。毎日新聞青森支局への赴任を命じられ、青森に行ったものの、すぐに退職。帯広に戻った。「凍原」の中心的メンバーとなり、公民館運動を進めていった。後、帯広市図書館長。

＊66　有田宏。当時は国学院大学の学生。実家は有田書店（西一条南十一丁目二十番地）。「凍原」の発売元は

有田書店となっている。

＊67　荒畑元子（基子とも）。一八八二年生まれ。香蘭女学校卒。元香蘭教師。日本のガールスカウトの発足に協力。帯広聖公会の創立一〇〇年記念誌『小さき群』に以下の記述がある。〈8月1日（注　一九四六年）より31日1ヶ月間、帯広キリスト青年会、帯広女子国民高等学校の主催にて第1回帯広夏期外国語講座を帯広聖公会にて行う。英語、フランス語、ギリシャ語、教師は荒畑元子、福永澄子、福永武彦、山本泰次郎の各氏〉。

＊68　香蘭女学校。聖公会系のミッションスクール。一八八八年創立。一九四五年五月の空襲で旗の台の校舎が焼失したため、九品仏浄真寺の境内を借り受けていた。聖公会の信者である秋吉利雄は、香蘭の教会に通っていた。

＊69　安田銀行帯広支店。帯広市大通南九丁目。昭和八年に建築された建物は現存。十勝信用組合が営業。

＊70　木末登（1903～1967）。北海道上川郡生まれ。一九三一年九州福岡神学校卒業後、夕張を経て三六年から帯広教会に赴任。以後三十一年間、同教会に奉職した。

＊71　二代目藤本長蔵（孫信）（1897～1990）。藤丸創始者、初代藤本長蔵（1873～1945）の養子。藤丸デパートの社長に就任したのは四九年。この時五十歳前であるから、当時としては年若い印象ではないかもしれない。

＊72　初代藤本長蔵が一九〇三年、売買村上売買（現帯広市富士町）に原野三三〇町歩を北海道国有未開地処分法第三条により無償付与されたもの。現在の町名「富士町」や十勝鉄道の駅名「藤駅」は藤農場を拓いたことによる。

＊73　「帯広地方通信」（のち、「北日本新聞」に紙名変更）四六年五月四日に次のように報道されている。〈「太平製薬会社　強風にあふられて全焼　三日午後三時五分頃発火」「三日午後三時五分頃市内西一条八丁目太平製薬株式会社（社長伊藤経作）より発火折柄の強風にあふられて火の手は見る見る中に天をつかんばかり覆ひたるが消防隊員の水火を厭はざるの敢闘により類焼はまぬかれた原因は漏電による発火らしい、損害は目下調査中であるが相当多額にのぼる見込みである」〉。

＊74　十勝農業学校（現北海道帯広農業高等学校）。川西村稲田（現帯広市稲田）。一九二〇年帯広町外十二ヵ町村立組合立で開校。二二年北海道庁立に移管。獣医専攻科は後の帯広畜産大学につながっていく。当時の校長は土谷重朗。

＊75　横山亮一。一九三四年東京帝国大学文学部卒業。愛知県立商業学校、大分中学を経て、四三年帯広高等獣医学校に赴任。四九年まで勤めた。その間生徒主事として生徒課の責任者。転任前二年間は文部事務官（庶務課長）も兼ね新制大学昇格の事務を担った。

＊76　志田病院（帯広市西二条八丁目）院長、志田信弥。志田信弥は山形県出身、東北大学医学部卒業後、帯広の笹生病院に勤務。その後独立開業した。

＊77　根室本線の線路から南側、特に大通りを中心とした地域を鉄南と呼んでいる。現在の住所では大通り南三十丁目。

＊78　一九二〇年、北海道製糖株式会社が甜菜を集荷するために開業した十勝鉄道株式会社の汽車。帯広と南部にある戸蔦、八千代、上美生を結んだ。二三年からは旅客の輸送も始めた。帯広市南部にある十勝農業学校の生徒は通学に用い、市民からは「トテッポ」という愛称で親しまれた。五七年に工場との専用鉄道を除き、営業廃止。

＊79　北海道庁立帯広中学校校長渡邊富治。

＊80　大原隼二、松村英次、刀野清輝、山口健造、大坪肇の五名が当時英語教師として勤務。

＊81　内科・小児科の医院。院長篠川賢治。帯広市西一条南十丁目。

＊82　〈就職に先立って校医の診断を受けた際、その老先生から、無理だろうね、まだ働ける身体じゃないね、と言われたが、ここではぐれたら飯の食い上げというところだったので、大丈夫です、請合います、と勝手に請合ってＡＢＣなどを教え始めた〉（福永全集第二巻　序）。

＊83　当時の教頭は山口健造。

＊84　「ダンテの『地獄』と僕たちの地獄」（『１９４６・文学的考察』に収録）。

＊85　佐藤文樹（1912〜）。一九三七年、東大仏文科卒。戦争中は陸軍通訳としてインドシナに在勤、当時は

復員してきたばかりだった。東洋大学の後、九州大学、上智大学などの教授を歴任。『マリヴォー研究』（白水社　1987）。

＊86　森田宗一。一高弓道部時代の一年後輩。来嶋が亡くなった当時、同級の矢内原伊作とともに度々来嶋家を訪問している。

＊87　アースキン・コールドウェル Erskine Preston Caldwell（1903〜1987）。アメリカの小説家。

＊88　シャルル・セニョボス Charles Seignobos（1854〜1942）フランスの歴史家。

＊89　ロートレアモン「マルドロールの歌」の翻訳は、「冬夏」一号（一九四〇年七月）に「第一の歌」の八、以後、六号までに「第一の歌」の九、「第二の歌」の四、十、十四、「第三の歌」の一、五を連載していた。

＊90　一九四六年四月創刊の総合雑誌。創刊号編集後記に〈敗戦下、日本の精神風景を見るに、実に眼を蔽ひたいものがある〉。そこで「思想」に「肉体を持た」せるために、という意図で片山修三編、米岡来福発行のもとに創刊された。

＊91　武彦の従弟、秋吉輝雄氏は〈九品仏の家での武彦に関して忘れられない思い出〉として、〈四三年から四四年にかけての冬か、四四年の暮〉武彦が秋吉利雄氏に別れの挨拶に来た。その時子供達に賛美歌503番を歌ってきかせた。〈僕（引用者注・輝雄氏）は数えの五六歳だが、何か遺言のように聞いたよ。（略）この歌を「憶えておいてくれ」と言われたんだから。そしてこの歌は「憶えておこう」と思ったんだから〉と紹介している。ここでは「聖歌」と「賛美歌」を厳密に区別せず、クリスチャン家庭で日常の愛唱歌として考えて良いと思われる（「従兄・武彦を語る」「文藝空間」十号　1996）。

＊92　秋吉輝雄（1939〜2011）。聖書学者。池澤夏樹との共著『ぼくたちが聖書について知りたかったこと』（小学館　2009）。

＊93　矢内原伊作（1918〜1989）。哲学者。一高弓道部時代、武彦の一年後輩。

＊94　七月四日「北日本新聞」の告知によると、第一回の福永の演題は「古典文学」。

＊95　執筆の経緯は「福永全集第二巻」序および『「塔」初版ノオト』に詳しい。七月、中学の宿直室で当直の晩に書き、翌年に書き直した。〈「塔」とは全く異った構成、手法、文体を意識し、短篇の技術を身につ

けることに目的が置かれた〉。初出は「近代文学」一九四七年十一月号。

＊96 大坪肇。帯広中学の英語教師。帯広高等女学校に転任。

＊97 山下愼子。澄子の二歳上。北大に勤務していた。父親が編集人であった「山脈」の同人となり、歌を発表している。

＊98 食料の確保として素人にも易しいと聞き、南瓜の栽培を思い立ったが、放っておいたために実らなかった話は「晴耕雨読」(「十二色のクレヨン」福永全集第十四巻)で紹介されている。

## 一九四七年六月十八日〜七月三十一日

田口耕平

＊1 A5判ノート。表紙下に「学用ノート統制株式会社」とあり、当時福永が勤めていた旧制帯広中学で配給されたものと思われる。二頁空白の後、三頁から七頁にかけ「1946年帯広中学五年級英作文教材」として入試問題十六問が記載されている。日記は次頁から始まる。執筆期間は一九四七年六月十八日から七月三十一日まで。全て横書き。福永がこの日記に関し言及したことはない。

＊2 国立帯広療養所。帯広の中心から西北約六キロの地(帯広市西十八条北二丁目十六番地)にある結核療養所。福永の入所当時、第一病棟、第二病棟は平屋建て、第三病棟が二階建てで、ベッド数は一五〇床だった。病棟の西側には原生林が広がり、第三病棟の北側に「やもめ池」があった。患者による文芸活動も盛んに行われ、ガリ版刷りの文芸雑誌「原始林」を発行していたが、指導を請われたものの福永はそれに参加していない。帯広を舞台にした小品「夕焼雲」(「文学新聞」創刊号 1954.12)には、このやもめ池や原生林の様子がよく描かれている。同じく「旅への誘い」(「健康会議」1949.5)には「三年後の同じ六月に僕は北海道の或る療養所の一室に病を養っていた。その年の春から夏にかけては例年になく不順な気候だった。北国特有のうそ寒い霧が流れて窓硝子を白く曇らせた。毎日翳った日が続き、空は低く垂れ、

雲はまだらな灰色をしていた。樹々の梢が重々しげに揺れていた。僕は一人で寝台の上に仰向に寝たまま、黒ずんだ梢を渡る風に生への暗い、沈潜した感情のようなものを感じていた。／三年が過ぎていた。その三年の間に色々のことがあったが、それを此所に書く必要はない」とある。

＊3　山下ラク。一八九九年七月十九日生まれ。旧姓は原條。池澤夏樹『静かな大地』の「由良」のモデルとなった。原條家は明治四年、静内に開拓入地した淡路稲田家の士族。ラクの伯父、原條新次郎は遠別開拓に功があり、記念碑にその名を刻まれている。「東別開基百十年之碑」碑文「遠別及び布辻の地は、遠く蝦夷の時代より樹木鬱蒼として狭く、川下の湿地は葦原にて荒涼と為し、僅かに音江周辺（現第一地区）に住むアイヌの格好の狩猟地であった。明治十一年旧稲田藩士族原條新次郎は　此処を新天地と定め　将来農牧の方針を建て　布辻川西岸の奥地（現第三地区）へ杣夫及び小作人を入地して開墾を始めた（後略）」

＊4　小林治人。北海道立帯広保健所の第七代所長。

＊5　橋谷田（柿木）ヒデ。一九二四年北海道芽室村生まれ。北海道庁立帯広高等女学校を経て一九四四年東京女子医学専門学校卒業。著書に『神谷美恵子　人として美しく』（大和書房　1998）。

＊6　肺結核に用いられた外科療法。肋骨の一部を切除して胸部を狭め、結核の空洞を押しつぶす。帯広では一九四七年当時施術されておらず、胸膜腔に空気を注入し、人工的に肺を萎縮させる「気胸」が一般的治療法であった。胸郭成形手術は福永退所翌年から行われるようになった。

＊7　菅野保次。一八九九年三月二日宮城県生まれ。一九二八年北海道大学医学部卒。帯広での在職期間、一九四七年四月一日～五五年十月二十八日。

＊8　乳井勝見（1922-1982）。本日記には「N君」として度々登場する。帯広市西二条南一丁目で雑穀を扱う牛島食品企業組合に勤めていた。当時は国立帯広療養所の近くに農園を借り、日中農事に励んでいたという。

＊9　『1946・文学的考察』（真善美社　1947）。前年から雑誌「世代」に加藤周一、中村真一郎と分担執筆していた「CAMERA　EYES」の連載に新稿を加え刊行した。共著ではあるが福永にとって初め

ての単行本である。

＊10 「悲歌1」おお　灰色の空　世々の歌凍り／塵にまみれ咲くリラはかなしい宴／天をさす花房　苦悩をささげ／野鼠は食いあらす　翼ない小鳥　　わたしの心よ　もう飛ぶことはないのか／空しい祈りや慰めや　未来の／夜は星もなく　神もなく　眠りの／天使もいつか訪れはしないのか　　帰ろうよ　南へ黄金（きん）の船走れ／せめて思い出たち　絶望の海は荒れ／この国は雪と泥　氷と風と　　涙に曇る眼に水脈は乱れ／慕いよる幼い薔薇の手に別れ／呼んでいる水精（にむふ）とほの暗い波と（『やがて麗しい五月が訪れ―原條あき子全詩集』書肆山田　2004）

＊11 山下庄之助。一八九四年三月一日、札幌生まれ。福井県出身の山下庄七の次男。山下家は一八九二年北海道に渡ってきた。随筆家、森田たまは、庄之助と同年、同所に生まれており、幼児から親交を結んだ。また、新渡戸稲造が開いた遠友夜学校（札幌市南四条東四丁目）に通い、様々な影響を受けた。旭川のマッチ軸木工場を経て、神戸の大同燐寸株式会社社員。一九二一年四月十三日、ラクとの婚姻届提出。四三年、工場疎開により帯広へ。旧柏小学校跡地に日産農林工業株式会社のマッチ工場長として単身赴任。四四年、三女延子の兵庫県立第一高等女学校卒業を機に一家で帯広に移住、マッチ工場の社宅に移った。四六年三月、工場の労働争議に嫌気が差し、その職を辞す。本日記はその失職中に当たる。四八年一月九日に北海道社会事業協会帯広病院の事務長に就任。五四年九月十六日に亡くなるまでその職を勤めた。短歌雑誌「山脈（やまなみ）」の代表者であり、五〇年から五三年まで通巻二十六号の編集・発行人。歌人中城ふみ子の代表作の多くを掲載した。

＊12 保健同人社発行。一九四六年六月結核療養のための指導啓発雑誌として創刊された。六四年、誌名を「暮しと健康」に改め、現在も発行されている。

＊13 船津忠一（1913-1998）。当時、野口病院（帯広市東一条南八丁目）の勤務医。鹿児島出身。第七高等学校から長崎大学医学部。卒業後従軍。妻の和枝は熱心な聖公会の信者。当時の住まいは野口病院の東側の宿舎。道路を挟んで南側に帯広聖公会の副牧師館（帯広市東一条南九丁目）があり、木末牧師とともに福永一家と親しく交わった。福永の主治医的働きもしていた。後、内科小児科の船津医院（東二条南九丁

目）を開院。

＊14　木末寿子。帯広聖公会牧師木末登の妻。教会でピアノを教えていた。福永の帯広を描いた作品の多くは教会が舞台となっており、牧師の妻はピアノを弾く設定になっている。

＊15　北海道社会事業協会帯広病院（帯広市東四条南十三丁目、現在は東五条南九丁目に移転し、跡地にはスーパーダイイチが建っている）。函館、小樽、札幌に続き一九三七年に開設。当時は実費診療によって道民から「協会病院」と呼ばれ親しまれた。

＊16　協会病院三代目院長小原啓三郎。

＊17　「僕は生活に追われて北海道の帯広へ行き、そこで前から悪かった身体を一層悪くした。評論や短篇を書き、また『風土』の第二部を書いたが、この原稿は気に入らなかったから後に破毀した」（「風土」初版後記）。

＊18　「悲歌2」もうかえつてはこない　薔薇色の頬／耀く愛の夜　象牙のかいなから／逃れゆく花片　染める苦悩はだら／日の笑　月の眉　望み唄うころを　くるめき踊りあう朱の衣裳たち遠く遠く去る　心灼く夏よ／後悔の波の枕にわが髪をひたす夜／三百のよわい数え　招く水精（にむふ）たち　ああ　世界は夢につづきはしないか／帰りたい　青春へ　空しい生か／まなこ衰え　褪せる乳房のふくらみ　いまは夕暮　ひそかに窓を開き／旅立つ想い　空めぐる弧を画き／ささげる悪霊へ　かなしいかたみ（前掲書）

＊19　不詳であるが、『鑑賞　日本現代文学第二十七巻　井上靖　福永武彦』（角川書店　1985）で曾根博義が「人と作品」で紹介した福永家のお手伝いさんの可能性がある。「上京二、三年後から武彦が大学を卒業するころまで、福永家に住み込んで父子の面倒を見た手伝いの『お玉さん』（『幼年』にも同じ名で出てくる）」とある。

＊20　福永は一九四五年四月、妻の実家を頼り帯広に疎開。同年五月十二日帯広療養所入所。七月七日、息子夏樹の生まれた日に退所している。

＊21　福永はこの後澄子と共に上京、東京郊外清瀬にある国立東京療養所に入所する。退所は一九五三年三月。入院は五年半の長きにわたった。

＊22　一九四三年福永の父末次郎が三井銀行を辞め神戸に移住。福永は藤沢市日ノ出町四二〇番地羽衣荘に住んだ。

＊23　「旅への誘ひ」　愛する妹よ、／いとしい子よ、／行かう、二人して暮すために！　／のどかな愛と、／愛と死と、／お前によく似た遠い国に！　／霧の空には、／濡れた陽は／お前の涙のかげにかがやく／移り気な眼の／不可思議の／魅力のやうに、わたくしを焼く。／そこにすべては整ひと美と／栄華と悦楽と静けさと。（シャルル・ボードレール　第一連のみ　福永武彦訳）　一九四九年の「旅への誘い」という小品で、この日記が書かれた時期に触れている。「三年後の同じ六月に僕は北海道の或る療養所の一室に病を養っていた。その年の春から夏にかけては例年になく不順な気候だった。北国特有のうそ寒い霧が流れて窓硝子を白く曇らせた。毎日翳った日が続き、空は低く垂れ、雲はまだらな灰色をしていた。樹々の梢が重々しげに揺れていた。僕は一人で寝台の上に仰向に寝たまま、黒ずんだ梢を渡る風に生への暗い、沈潜した感情のようなものを感じていた。／三年が過ぎていた。その三年の間に色々のことがあったが、それを此所に書く必要はない」

＊24　原條あき子の小説。福永が編集した同人誌「北海文学」創刊号（北海文学社　1947.6）に掲載。原稿用紙四〇枚程度の短篇。舞台は神戸。主人公の女学生の私は向かいに住むトルコ人アイシャに惹かれる。ふとしたきっかけから仲良くなりながらも、二人の間にどこか埋められないものを感じる私の心情が描かれる。

＊25　北海道庁立帯広中学校（現北海道帯広柏葉高等学校）。一九二三年創立。旧制中学はこの年まで（四八年帯広高等学校。五〇年帯広柏葉高等学校に改称）。福永は四六年五月五日付け（発令五月十一日）で嘱託教師に命じられ、四八年に講師、翌四九年には教諭に昇格している。同年「地方自治法」により休職を命じられたが、五一年一月三十一日に依願退職するまで五年間に亘り俸給を受けていた。ただし、福永の実際の勤務は四七年六月までの約一年間に過ぎない。

＊26　Ｉ　やがて僕たちは沈むだらう、寒い幽明のうちに、／さよなら、きららかな光、はかなく過ぎた僕たちの夏！／既に、不吉な響きを立てて、中庭の敷石に／落される薪束の音は僕の耳を打つ。　Ⅱ　僕

は愛する、切長のあなたの眼に浮ぶ緑の光、／やさしい恋人よ、しかし今日すべては僕に苦い、／そしてあなたの愛、あなたの部屋、暖く燃えるゐろり、／何ものも、海の上に照り渡る太陽に如くものはない。（シャルル・ボードレール Ⅰ、Ⅱとも第一連のみ 福永武彦訳）

＊27 アンデルセンの自伝的小説を森鷗外が翻訳、一九〇二年春陽堂から刊行した。

＊28 九鬼周三『文芸論』（岩波書店 1941）所収の論文。九鬼は詩を意味内容と形式（韻、律）とに分け、それらが有機的全体となることで詩は普遍性を獲得するという。福永等が推し進めてきたマチネ・ポエティクの運動の一つの理論的な支柱となっている。

＊29 雑誌「人間」（鎌倉文庫）に一九四六年二月、翌四七年四月掲載。川端康成が賞揚した。その「まりあんぬ物語」を総題として芥川賞を受けた「乗合馬車」を含む他三篇を集めた作品集が鎌倉文庫から発刊されており、「北海文学」第2号（北海文学社 1947.11）に原條あき子が書評を載せている。原條は「詩を想う心」の重要性を説き、この作品集にはそれがあるとする。

＊30 お前にこれらの詩篇を捧げる、もし私の名が／幸ひに遠い未来の岸辺に流れつくなら、／そして夕べ、人々の夢を耕させることができるなら、／足疾い北風に進められる船よ、お前の記憶が、（シャルル・ボードレール 第一連のみ 福永武彦訳）

＊31 「自然」は一つの宮殿、そこに生ある柱、／時をり、捉へにくい言葉をかたり、／行く人は踏みわける象徴の森、／森の親しげな眼指に送られながら。（シャルル・ボードレール 「万物照応」第一連のみ 福永武彦訳）

＊32 詩雑誌。一九四七年一月〜十一月。全六冊。京都矢代書店から長江道太郎編集で創刊。

＊33 文芸雑誌。一九四六〜六四年。福永も同人となった戦後派を代表する雑誌。

＊34 わたくしのこの髪 天の使いたち／ゆるやかな波のひだに憂い眠り／淡い緑の匂い 未来に映り／暮れてゆく窓辺ひそかにときはたち （第一連のみ 前掲書）

＊35 軍隊向けに作られるようになった「マーガリン」のこと。一九五二年「マーガリン」の名前で販売されるようになった。

＊36　瀧沢敬一著（岩波書店　1946）。
＊37　ブロムワレリル尿素。武田薬品工業の商品名。かつては処方箋が無くても購入できた睡眠薬。太宰治、金子みすゞなどが自殺目的で大量服用した。依存性、耐性を生じやすく、中毒を起こしやすいが、致死性は低いと言われている。
＊38　翌十六日にも「死に至る病」の記載がある。源高根は、帯広を舞台にした小説『夢の輪』（槐書房　1981）のあとがきに福永の創作ノートを見たとして、「夢の輪　或は死に至る病」と総題が書かれていたと言う。
＊39　一九四六年日記「僕の五ヶ年計画」に四年目の四九年に第一部を、五年目の五〇年には第二部を本にしたいとある。更に『独身者』はもうヨーロッパの作家を相手の仕事だ」とし、この作品にかける意気込みが伝わる。
＊40　「泯びた魂」は福永がよく使う用語である。「死」の側に立つ精神の有り様を言うのだろう。第一創作集『塔』（真善美社　1948）後書きで帯広を舞台にした小説「めたもるふぉおず」の自作解説にこの言葉を用いている。
＊41　東京大学医学部。加藤周一が勤務していた。前掲の小林副院長は東大都築外科で胸郭成形手術を受け、治癒している。
＊42　一九二七年に入った日本少年寮で福永武彦の面倒を見た。旧姓矢野安枝。「幼年」の中で「Yさん」として登場する。
＊43　羊毛よ、うなじにまでうねり行く波！／おお巻毛よ、懶惰の想ひにみちた匂！／この恍惚！　遠い日に眠る思ひ出を編み、／小暗い臥床を埋めるために、今宵／ハンカチのやうに宙に振らうか、お前の髪！（シャルル・ボードレール　第一連のみ　福永武彦訳）
＊44　文芸雑誌。一九四六年一月〜五一年八月。鎌倉文庫、後に目黒書店発行。福永は四七年七月に「アヴァンギャルドの精神」を書き、注目される。
＊45　帯広を舞台にした短篇「めたもるふぉおず」。一九四七年十一月「綜合文化」に掲載。最初の短篇集

『塔』（真善美社　1948）に収められた。

＊46　一八九八年着工し、一八九九年竣工。石狩につながる道路であることから、「石狩通り」あるいは「石狩街道」などと呼ばれている。現在の国道38号線。療養所からは南に歩いて五分程度。その街道に平行するように根室本線が走り、踏切があった（現在は高架）。

＊47　既出、＊16。

＊48　鷹津義彦。第一高等学校、東大で福永と同窓。一九四五年、戦後の食糧不足を考え売買川沿いの湿地、川西村拓進南九線西六号（現帯広市空港南町、現在は南町公園）に開拓農民として入植、友人を驚かせた。四六年九月「凍原」第八号で福永武彦と対談、「世界文学」を論じた。四七年「凍原」を改題した「北海文学」では福永とともに中心的同人となり、第二号では福永に代わり、編集の中心となった。創刊号には創作「幼年時代」、第二号にはエッセイ「完璧な時間について」を掲載している。「幼年時代」は自らの幼年期で触れた断片的な風物を当時抱いたイメージとともに描く作品である。四八年七月には川西開拓農業協同組合の初代組合長となる。四九年、帯広農業専門学校が新制の帯広畜産大学となるにともない、一般教育課程の非常勤講師に招じられ、日本文学史を講じる。

＊49　「北海文学」の母体は一九四五年十二月に創刊された「凍原」である。帯広中学十五期の同窓生を中心に四七年一月の十号まで続いた。創作、詩、短歌、俳句、エッセイを幅広く載せる文芸雑誌である。発行元の凍原社は事務所を藤丸百貨店に置き、演劇や図書館運動、スポーツなど幅広い分野に積極的に関わり、敗戦後の地方の若者文化を牽引する立場にあったと言える。原條あき子は「凍原」第二号（1946.2）に「少女」を掲載。福永は第八号（1946.10）に「世界文学主流の中に日本文学の位置を探る」という座談会に鷹津義彦と参加している。同じ号には原條の父山下庄之助が「有島武郎のことども」というエッセイを寄せている。「凍原」が改題され、「北海文学」になったいきさつを福永は創刊号（1947.6）の巻末エッセイ「北東風」に書く。「同人雑誌『凍原』の藤本善雄君から、雑誌の改革に関して相談を受けたのは、もう久しい以前になる。結局雑誌の性格を変へ、同人を北海道全体からつのり、原稿も同人ばかりでなく中央の人々からも集めることにして、『北海文学』が発足することになった。従ってこの雑誌は、北海道の

文学雑誌であると共に、また地方的な意味をのぞいても文学雑誌として通るものでありたい」。創刊号には窪田啓作、白井浩司、中村真一郎が寄稿し、第二号（1947.11）は表紙が川上澄生の版画になり、山下肇、渡辺一夫の原稿が載せられている。しかし、本日記の通り福永の病状が悪化、「新しい世代の文学雑誌」の目論見は僅か二号で潰えてしまうことになった。

＊50　伊藤太郎。この当時は東大の学生で帯広と東京を行ったり来たりしていた。「北海文学」創刊号に『神について　L．H宛の手紙から』（リルケ　養徳社　1946）の書評を載せている。

＊51　詩雑誌「詩人」を刊行していた京都の矢代書店から一九四七年十月に出された書き下ろし評論（海外文学新選1）。単著として初の出版物。

＊52　処女詩集『ある青春』（北海文学社　1948.7）。「北海文学」創刊号の広告に「十八歳から二十七歳に至る著者十年間の作品を集めた処女詩集。愛と死とを主題とする青春は、抒情と象徴とを響かせて、ここに独自の竪琴に歌はれてゐる。他にボオドレエル（憂愁と放浪）マラルメ（エロディアド）ロオトレアモン（散文詩二章）の訳詩を収む」とあり、一九四七年八月刊行を予定していたが、第二号広告では同年十二月刊行予定に変わっている。実際は更に半年刊行が遅れた。「僕が今迄に一番気に入ったのは、昭和二十三年に、北海道の帯広で出版した『ある青春』という詩集だ。これは戦争中に書いていた詩を集めて、大事にノオトブックに清書していた奴を、疎開した帯広で僕の親しくなった藤本善雄君という若い友人が好意から出版してくれたものだ」（「机辺小閑」1956）。この詩集および四ヶ月前に出た短篇集『塔』によって、福永の文学的出発がなされた。

# 解説

一九四五年日記をめぐって

# 小説家・福永武彦の出発——祝福された生——

三坂　剛

福永武彦年譜には、解明されるべき空白が幾つかある。そのひとつに、敗戦直後の混乱の中、妻子を残してひとり帯広から信濃追分に向かい、信州上田の療養所に留まり、そこから岡山までわざわざ脚をのばして滞在し、その後東京に向かった、その各々の目的は何か、またその様子はどのようなものだったのか、という点がある。定本的年譜においては「秋、帯広から岡山まで放浪の途中、中村真一郎のいた軽井沢や加藤周一のいた上田の療養所などに約1か月間滞在、「風土」3、4章を執筆、中村、加藤と3人で雑誌『使者』創刊の計画を立てたが、未刊に終わった。冬、東京に帰って戦後最初の短篇「塔」を書く」とある（引用文は横書き　曾根博義作『年譜集成1　現代の作家』日外アソシエーツ　2005)。

その年、一九四五年、福永自ら日記を記していたことは、随筆で言及されていることから夙に知られている。「私は敗戦の年の九月から十二月まで珍しく日記をつけていて、その間に北海道帯広、信濃追分、東京、上田、岡山県笠岡、東京というふうに動き、その間にこの雑誌のことがしばしば出て来る」（「「使者」、「使命」、または世に出なかった或る雑誌のこと」全集第十五巻所収）とある。

この随筆には、結局は不発に終った雑誌の内容が記されているのみだが、しかしながら、その旅の途上において、中村や加藤などと新たな雑誌や叢書の計画を立てるだけでなく、逗留した上田の療養所ではロマン「風土」を書き進め、多くの詩や短篇を構想し、さらに将来文学生活をおくるための方策を求めて東京中を歩き廻っているその概略と意義を知る私たちにとって、一ヶ月間の上田での療養生活、執筆活動は如何なるものであったのか、岡山まで放浪した目的は何なのか、そこでの生活の様はどのようなものだったのか、その期間はいつからいつまでなのか、さらに東京に戻ってからの文学的活動の様子、要するに、この旅全体の目的や正確な道程、旅先各地での福永の姿を詳らかにすることは、小説家福永武彦の出発を確認するために、極めて重要なことと言える。

ところで、この十五、六年、福永の自筆草稿や書簡、色紙などの自筆資料をかなり頻繁に古書市場で眼にするようになった。現在はだいぶ落ち着いてきた様子であるが、それでも、Ｗｅｂサイト「日本の古本屋」などで、それらの自筆物が売られている様を確認することができる。十五年間で巷間に流れた草稿や手帖類だけでも、質量ともに、おそらく福永武彦展が開催可能なものである。例えば、草稿では「死の島」（連載ごとバラバラに数十回分）、「世界の終り」揃、「夜の時間」（一部分）、「廃市」揃、「告別」揃、「幼年」（一部別稿）、そして後期短篇の数々。創作ノートでは「草の花」、「海市」、「風のかたみ」、「死の島」（各々その一部）。また、一九四五年から七九年に亡くなるまでの三十冊余りの「文藝手帖」（創作メモを兼ねる）。さらに、父末次郎や妻澄子宛書簡など。草花を描いた手帖（『玩草亭百花譜』の原画）やパステル画、油絵なども出た。色紙は今でも十五点ほどがネット検索で当たる。

私は、以前よりそのような自筆資料を出来る限り蒐集し、管理することが、現段階での福永研究の重要な基盤となることを、機会あるごとに力説してきた。巷間に現れた資料を「福永武彦研究第六号」(2001)で報告したこともあり、また池澤夏樹氏にも、流出し始めた当初、一九九六年二月、手紙でその実情をお知らせしたことがある(今年になり、その流出元に残っていた貴重な自筆資料を、池澤氏が無事に確保し得たことは喜ばしい)。

そんな中、今回紹介する一九四五年日記が古書市場に突如現れた。二〇〇六年一月のことである。幸いその現物を入手することができ、福永特有の小さいペン字でビッシリと記された小型の手帖を、その夜一晩かけて読み通した。極小の字であっても、楷書で丁寧に記してあるので読みやすい。四百字詰原稿用紙にしておよそ二百枚ある。順を追って見てみよう。

一九四五年九月二日、妻子を残して帯広を立つ。「色々のものは、今こそ僕の決意の前に姿を消すだらう。澄子への愛も夏樹への愛も。それは結局僕の東京行、僕の直面すべき大都会の孤独の中で、大きな愛として復活するだらう」(9・1)。難儀をしながらも五日夕方に信濃追分へ至る。「此所には at home な静けさがある」(9・6)。ここは青春の様々な想い出が残る場所。早速、中村・加藤・堀辰雄と再会し、文学雑誌の計画を立ち上げる。「さあ愈々出発だ。新しい運動を始めよう」(9・6)。中村の居た松下家に荷を解いた後、焼け野原の東京へ就職活動のために脚を運び、壊滅に瀕した都会の状況をつぶさに眼にする。「白井と二人渋谷へ歩く。道の両側全く何もなし。バラックといふよりトタンを継ぎ合せた家が処々にある。悲惨」(9・17)。療養後の体調を考慮して、九月二十二日に信州上田奨健寮に入り、そこでしばらく腰を落ち着けて「風土」の続きを執筆することとなる。「明日の朝レントゲンを撮るとか。赤松院長が高等下宿ですか、と云つた」「僕は昨日澄子に、「風土は僕の最後の賭だ」と書いた」(9・22)。同時に、これからの文学活動の計画を立てる。小説・詩・評論。「果してその中でどれだけが可能であらうか。これはただ僕の空しい夢にすぎないのであらうか」(9・24)。日課として「風土」を書き継ぐ日々。

父と伯父の要請もあり、十月半ば、鉄道網が大混乱をきたすなか、一日半かけて岡山までたどり着く。「三時頃に父のとこに着く。両親の元気な顔は何よりも嬉しい。電報が来てゐないらしく不意を襲つた形になつたが真から悦んでくれた。全く挨拶の仕やうもなく、またそれで済まされるところが親子といふものか。ムツタアも大いに歓迎してくれる。話は尽きるところがない」(10・14)。ここでムッタアというのは、義母のチエノ。金銭的援助を受けたかったのだが、しかし、神戸で焼け出されて無一文で疎開している父の姿を見ては、お金の無心をすることはできない。それでも、ひと月近くを父・母、伯父家族と生活を共にし、執筆を続けつつ日常を愉しみ満喫する。「これからはこの中で物を考へ物を書かなければならない。どこにゐても常に自分といふものを保ち、自分の中にある高貴なものを育くまねばならない」(10・18)。

十一月十一日に東京へ移る。「今日の午後三時に品川に着いた」「九品仏の家に入り安西正明君と一緒になる」(11・11)。九品仏駅から歩ける距離に、伯父秋吉利雄の家があった。その日の生活の糧を求めながらも、自ら小説家として立つために、恩師や友人たちと様々な文学活動を模索し苦悶する日々。「中村と研究室で会ふ約束をしたので午前中に行く。渡辺さんと会ひ話す。先生だいぶ元気さうになつてゐる。翻訳のことにつき相談するがまだ出版界は混沌たるものらしい」(11・21)。

「今日梅野さんに葉書を出した。早くお金がほしいと思ふ。セリイズにして色々出すのがいいと思ふ（中村もその意見）。何とか翻訳ぐらゐでめしが食へるやうになるといいのだが。そして早く家をもつこと。澄子と夏樹と三人だけの」（12・2）。そんな時、生活のための翻訳でなく、小説の依頼が舞い込む。「白井は三田文学で原稿がなくて困つてゐるから僕に小説を書かないかといふ。耳よりな話で急にのりきになる。かねての「塔」を書く気になる。とにかく話は駄目でも短篇をひとつ試みるといふことはいいことだから、これを考へながら研究室に行く」（12・5）。青春の苦悩の中での創作活動。「まる四年間が空虚にすぎ去つて行つたのだ。それは一つの悪夢だつたといへるだらう。特に青春の人たちにとつてどんなに大きな損失だつたか。／「塔」を考へる」（12・8）。

日記の最後に記された言葉、そこには、離れ離れに暮す妻澄子への篤いおもい、そして文学者としての自覚を持って生きる福永の明日への希望、靭い意志がみなぎっている。「僕は毎日サボらずに忠実につけた。この日記のモチイフになつたのは結局僕の澄子への愛だつた」「僕はあと五年のうちに、三十三の年までに、文学によつて生計を立て得るやうになりたいと思ふ」「いい作品を生みたい。そしてたとひ少数の人にでも正しく評価されたい」「十二時、この年は過ぎた。／明日！そして光明！／前進！」（12・31）。

冒頭に記した空白は、今、ここに埋められることとなる。

これは、妻と生後間もない息子を疎開先の帯広に残し、敗戦後の混乱の中に一人旅立った男の魂の記録である。療養後の身体を抱え、食べる物、住む所にも不自由する中で、しかし、創作という天与の義務を果すために生きることを選択し、希望という夢の中で夢みることに賭けた福永の顔は、時に曇りつつも、明るい。旅の先々における日常生活のあり様、自らの言動、その時々の感想などが、家族・友人たちの姿とともに、じつに生き生きと克明に記されている。

通読直後の感動を、私は覚書きとして以下のように記した。「ここにあるのは単なる日録ではない。自ら言う澄子への愛の手紙というだけでもない。敗戦後の風俗資料、福永小説の背景理解に資するというだけでもない。ここにあるのは、藝術家福永の魂だ。藝術家として運命付けられている男の強い一貫した志だ。私はその志に、誠実な志に、深くうたれる」「これは必ずや全体が正しく、省かれず公表されなければならぬ。後の福永文学のすべてを予見している確かな資料だから」「福永愛読者の域を超えて、多くの人々に感動と勇気を与えるだろう」

ここに記したいのも、大略それ以上のことではないが、注目すべき特徴を二点のみ挙げておきたい。

この日記には、購入した食料品や雑誌や本、原稿料に至るまで、その名称や値段が具体的に記されている。それは一九四五年という特別な年、敗戦直後の日本の惨状に関する、自ずからなる貴重な記録となっている。雑誌「世界」創刊号が四円、「改造」が二円五〇銭。そして、ラルボー翻訳料が一枚七本一〇円。NHKの月給一九〇円、闇のおでんやいも菓子が各五円、柿一〇円、あめ四円。同時期、荷風の小説原稿は一枚五〇円〜二〇〇円である。局の月給が、荷風の原稿一枚分にほぼ等しい。

加えて注目したいのは、中年以降、身体の不調により自ら sédentaire（出不精）と称して家に閉じこもる生活をせざるを得なかった福永だが、この敗戦の年、若き二十七歳の福永は、実に精力的に日本中を飛び回り、その先々で生計の手段を講じ、新雑誌の計画を練り、創作に打ち込んでいる点である。自ら人を訪ね、様々な交渉をし、働きかけている。この点は、今回同時に翻刻される他の年度と比べても、際立った特徴だろう。

そして、今、二〇一一年三月十一日の東日本大震災を経て、この日記に対する見方が当初から大きく変化してきている自分に気付く。今までは、その悲惨な日常生活が否応なく眼に付いたのだが、そしてそれは記録に値することだが、しかし、たとえ生活がどれほど窮乏していようとも、療養を要する身体が辛くとも、妻子と離れ離れの生活を強いられようとも、一九四五年の若き福永は、明日を信じることができた。どのように酷薄な運命に翻弄されようと、将来必ずや完成される自らの作品、それを享受する「人々の存続」を、毫も疑ってはいない。藝術家としての天命を信じ、創作に熱意を燃やすことができた。

しかしながら、今、私たちは、その在るべき明日を素直に信じることはできない。作品を享受すべき「人々の存続」を前提に生きることは、もはや許されない。

今の私には、どんなに悲惨な内面を抱えて生きようとも、一九四五年における福永武彦の生は、祝福されたものに映る。藝術家としての天命を信じられた限りにおいて。

この後、福永は幾度も生の崖っぷちに立ち、その度にかろうじて踏みとどまり、心身共に疲弊し、足掛け七年間にわたる療養所での厳しい自己省察を経て、日常の中に無数の死が鏤(ちりば)められた中でなおも生きる者の視点を獲得することにより『冥府』を著し、『死の島』に到達する。それは、眼に見えぬ二十一世紀の恐怖に曝される今の私たちには、親しい世界だ。

しかし、それゆえにこそ、この年、一九四五年の若き福永の熱き志、純粋に天命を信じ切って懸命に生きるその姿は、ますます貴重な、二度と還りえぬ前世の記録として、私たちに憧憬を含んだある感動を呼び起こすに違いない。

【一九四五年度　註釈基本方針】

①日記本文に記されている本・雑誌・新聞等は、その復刻版や複写ではなく、当時のオリジナルをいちいち確認して、紙面の許すかぎり書誌事項を記載した。引用されている仏文も、福永が所持していたであろう版を取り寄せ、文章を照合した。

②単行本・全集等に未発表の、古書市場で蒐集した福永自筆草稿・書簡・葉書を、適宜参照・引用した。

③知名度の高いと思われる人名の註は割愛した。ただし、福永と直接関係のある者たちは、煩をいとわず註釈を付けた。

④激変期であることを考慮して、必要最小限の社会的出来事をも記した。本文において、これらの事件に直接言及がなくとも、社会的背景を押さえておくことは、福永の行動・発言を、より適確に理解することにつながるだろう。

# 一九四六年日記をめぐって

鈴木和子

武彦は、一九四五年十一月、帯広を出発してから二ヶ月に及ぶ旅を終え、九品仏の秋吉利雄家に落ちついた。年末まではそのまま、持ち運びに便利な三分の一に切ったノートに日記を書き続けていた。

新しい年となり、ノートをA５判へ替えて書き始める。中表紙に「JOURNAL INTIME 1946」と記載。この日記は、書かれた時期、表記などによって四つの部分に分かれる。

まず一月三日から二十四日の日記。７㎜罫一行に二行ずつ横書きで3⅓ページ（約７８００字）平仮名漢字交じり口語体で七日分である。

「澄子のために必ず毎日書こうと決めて実行していた」前年と違い、日記は飛び飛びになってゆく。とはいえ、罫一行に二行ずつ、罫外まで使ってびっしりと細かな字が埋められている。

前年の高揚した気分を引き継ぎ、東京に居所を定めて活動していく心づもりであったことが窺える。仲間達との交流を通して創作で独り立ちするために精力的に動き、精神的基盤はできたかのようにみえる。

「風土」は書きあぐねていたが「塔」を書き上げたことで自信をつけたようだ。

当面は収入を得る手段として、次のように予定されていた。

翻訳：グリーン「幻を追ふ人」の翻訳（青磁社）の日課に励むと同時に、トロワイヤ『蜘蛛』（四一年、実業之日本社より出版直前に検閲通過の見込みがなく埋もれたまま、戦災で紙型が焼かれてしまった。一部だけ残った校正刷りから削除部分を復元、修正）の稿料前借り、他にラルボーやネルヴァルの翻訳など。

創作：「塔」を一気に書き上げて「高原」に掲載する。

評論：「世代」よりの依頼（のちに『1946・文学的考察』にまとめられる）「饗宴」より依頼（実際には「ふらんす」に掲載）。

当時、国の復興策として様々な「五カ年計画」が発表されていた。それに倣い、「5年以内に文筆、それも翻訳でなく創作で、生活出来るやうに」なることを目指し、具体的な計画案を「僕の五ヶ年計画」として意気込んで掲げている。

大きな目標は、澄子と夏樹を東京へ呼び、澄子をどこかの大学にいれてやり、二人で大いに勉強して生活を切り拓いていくこと。前年十一月、秋吉家に落ちついた旨を知らせる葉書を芥川比呂志に認め、北海道行きは延び延びになっていると書き加えている。〈droit de l'homme〔人権、尊厳〕をふみにぢられた此所の生活〉と呼んだ帯広から〈自由を覓めて〉（一九四五年九月一日）飛びだした後、澄子とはたびたび手紙や電報のやりとりをしてきた。帯広へ戻るように促されることもあったが、当時の鉄道事情からも、戻れなかったというべきだろう。

年が明けてから切符を入手でき、鷹津義彦も同行してくれることになった。一月二十五日、帯広へ出発することとして、二十四日に一度日記は途切れる。東京へ戻って再び書き出されたのは三月十二日。事態は一変する。

三月十二日から六月九日の日記はページを替えて一行ずつ縦書き。36¼ページ（約30000字）。片仮名漢字交じりの文語体で書かれている（本書本文では、読者の読みやすさに配慮して、片仮名表記をひらがなに改めた）。

この部分の冒頭、日記を書く目的は〈以テ他日創作ノ資ト為サムコトヲ計レル〉であり、〈近時ノ多忙愈々筆ヲ執ルコトヲ懶クスルノミナレバ（略）最モ簡潔ニシテ要ヲ尽サムトス〉と記す。内容は深刻の度を増し、生活者としての武彦は追い詰められてゆく。

具体的には、帯広に疎開中の、神戸のマッチ工場の工場長をしていた岳父山下庄之助が神戸に転任となった（実際には、工場での労働争議に嫌気がさして辞職したという）。工場長として住んでいた社宅を退去することになったので、澄子は帯広で他に家を借りるか、武彦の許へ行くか、窮地に立たされていた。安定した収入と住居のめぼしもつかず、移動さえもままならない。前年から、〈雑務に追はれてノイロオゼになつてゐる〉（一九四五年十月二十四日）澄子の様子は更に悪化して行く。

生活のために帯広放送局に異動して一家を構えるか、東京で放送局勤めに専念するか、全てを辞めて文学に専念するか（三月二十九日）。日記では毎日のように未送も含め手紙、電報のやりとりをしていたことが記されている。手紙と電報が混在しているので事態の推移は前後するが、「イへアレバカリルヤイナヤ」「カリヨ」（三月三十日電報）「山下ノ父辞表ヲ出セリ」（三十一日手紙）「チチカウベニテンニン」（四月二日電報）「テンキヨキウヲエウスグカヘレタノム」（十一日電報）「イヘアテナシクルニオヨバヌ」（十四日電報）「ユクトコロナクオモヒマヨフ」（十九日電報）

　奔走も空しく、〈事態ハ更ニ絶望的〉になる。四月二十日、NHK解職が決まったのだった。帯広への転勤も叶わず、退職願を書く。

「コトスベテヒ」と澄子に打電した帰り道、復興祭で賑わう銀座の街は武彦の目にどのように映ったか――。

〈最早文学ドコロデハナシ〉という状況ながら、〈文学ヘノ情熱今コソ烈シク燃ユルハ如何ナル悪霊ノ為セル業ゾ〉（四月二十二日）と感じ、堀辰雄へも〈かういふふうに絶望的なsituationになつて来ると文学への熱情がかへつて高まつて来るといふのは不思議ですね〉（原文は旧漢字）（四月二十二日付。『堀辰雄全集　来簡集』収録）とも書き送っている。

　食糧難のため、秋吉家には居づらくなる。従弟の光雄（長じて後、聖公会の牧師としてロサンゼルスのホームレスへの奉仕活動に活躍した）と衝突したり、伯母から退去を仄めかされたりもする。頼みにしていた青磁社の印税も出版が延期されたため手に入らない。

　結婚前、澄子と一緒に少しずつ読んでいった記念のボードレールさえ売り、借金をして旅費を作り、四月二十七日、帯広へ再び赴く。澄子達の引っ越しの期限は五月五日。

　伊藤太郎の献身的な働きによってホシ薬局の寄宿舎が決まりかけたものの、眼前でおきた工場の火災のため、叶わなくなった。その後の一週間、職住が決まっていく経緯は劇的でさえある。文字通り路頭に迷いかけた一家に、帯広聖公会の副牧師館の住居を提供したのは、木末登牧師であった。

木末牧師に連なる人脈、山下肇、荒畑元子ら、武彦の母トヨが伝道師をしていた聖公会の信者たちに救われたことには、不思議な縁が感じられる。武彦は山下肇に、単に住むところがきまったという以上に嬉しいと語ったという。

スイートホオムを手に入れた武彦の日記は六月九日で途切れる。文語体表記は簡潔であると同時に抑制された堅い印象だが、直截的に内心を吐露せずとも、迫力をもって胸に迫る。読者は、戦後の混乱期という非常時、生活者として苦悩、絶望しながらも家族のために奔走する武彦の姿と、その作品が深い人間的経験に裏打ちされていることを知るだろう。

なお本書では割愛したが、ノート後半には見開き二ページ分の「作品備忘」が作られている。原稿のタイトル、掲載先、原稿料などの表で、九月二十六日に「世代」への原稿を送ったところまで記録されている。

さらに、「計画一覧」として、四六年四月の日付けで、進行中、計画中の「翻訳」「評論」「作家論」「詩」「ロマン」「短篇」が三ページにわたって列挙されている。三月三十一日の日記中、四月の計画として依頼原稿が中心に列挙されているが、その他、着想されていた評論、創作が挙げられている。

# 一九四七年日記をめぐって

田口耕平

本日記は結核に冒された福永武彦の病中日記である。その点で先行する四五年、四六年日記と際だった違いを見せる。舞台は病室とその周辺、登場人物も妻を含め数人に限られる。この限定された空間、交際、行動が福永を自己の内面へ向かわせ、本日記を魂の記録にまで昇華させたといえるだろう。

福永の帯広療養所入所は二度目である。

一度目は四五年の春から夏のことだった。その時の病状はまだ軽いものだったと推察される。なぜなら退所後すぐに長い旅を始めているからだ。四五年、四六年日記に描かれた旅がそれに当たる。そこでは広範囲に日本を巡り、多くの人物と出会っている。

しかし、本日記では、生命の危機に晒されるところまで追い込まれている。「療養所の医者から、あなたの病気は胸廓成形手術をしない限り三年とは保証しない、それに北海道には手術の出来る病院はないから東京へ行かなければ駄目だと申し渡され」る状況にあった（「昭和二十二年頃」『福永武彦全集』第十四巻）。その重篤な病状が若い夫婦二人の心理に動揺を与える。日記中には夫の病状を知り、錯乱的状態になった妻澄子の姿が描かれている。自死をちらつかせながら、幾度も執拗に澄子は福永に迫る。日記本文から拾ってみよう。

入所は六月十八日。初めの四日間は治療方法もはっきりせず、福永は澄子を思いながら日々を過ごす。しかし、二十二日になって「死を覚悟」する澄子の手紙が届けられた以後、安穏とした気分は消え、この日記全体が澄子の自殺への不安で占められることになる。二十九日、五通目の手紙。自殺を禁じるのは自分の幸福のための「エゴ」だと澄子は福永を責める。彼女は自殺による終結を願う。七通目は七月八日。ここでも澄子は不満の言葉を連ね、文学の「démon に憑かれし人間」だと福永を貶める。三日後の八通目の手紙になると「もう待てぬ、もう駄目だ」と絶望的な言葉を吐くに至る。

澄子は自殺を手紙や言葉でほのめかすだけではない。七月十三日、妻の責めに嫌気がさした福永の投げやりな一言「勝手にしたまへ」に反応して外に飛び出す。その時、澄子は「カルモチン7グラムを持つてゐる」と告げ、具体的に自殺の準備は出来ていることを福永に示す。更に二十日には福永の目の前で貨物列車に向かって走り出す事件も起こしている。結局、事なきを得たが、澄子は手紙や行動で波状的に自死を福永に突きつけてくる。

これに対し、福永の心は千々乱れる。手紙を手にする度、会う度に、どう返事を書けば、どんな言葉をかけたら、妻の心を生に引き寄せ、自殺を思い止まらせることができるのか。思念は巡り、行き場を探す。しかし、行き着く先はわからない。どんな言葉も現実を変える力を持たないのではないか。福永の悩みは深く、重い。

彼女の悲しみをとくべく、我に我が愛あるのみ。しかも愛とは遂に空しき言葉の綾にすぎざるものか。（七月九日）

木末氏は牧師なれども宗教は彼女の前に実に無力なり。我の愛、夏樹の愛の如きも実に無力なり。（七月十一日）

愛という言葉の空しさを書き付けることしかできない。その無力感が、日記の文体さえ変えてしまう。

澄子に手紙を書くに言葉の空しきやう思はれてならず。

昼近く快晴となる。

この日記は備忘のためだつた。従つて文語体で簡潔に書きたいと思つた。しかし文語体では内心のことは書けぬ。そしてしばしばもどかしさを感じる。もつとも口語文で書いたところで同じかもしれぬ。何やら空しくてしかたがない。言葉といふものが実に空しい印象なのだ。或は人間の空しさ、人間の努力の空しさかもしれぬ。僕の澄子に対するあらゆる努力が何の役に立つてゐるかといふもどかしさだ。それはもう文語や口語の違ひではない。思考が空しいのだ。（七月十二日）

本日記の特徴がここに凝縮されているだろう。「備忘」ではなく「内心」を描くのが四七年日記なのである。

一方、四五年日記にはこうある。

思へばこの日記は carnet de voyage だつた。併し同時にいつか僕のロマンの時代色的資料たらんことを祈つてゐる。僕は毎日サボらずに忠実につけた。この日記のモチイフになつたのは結局僕の澄子への愛だつた。僕は澄子のためにこれをつけた。さういふ意味ではこれは journal intime といふより澄子への手紙といつたものだ。勿論日記をつけてゐなければ僕の愛情が薄いといふやうなものではない。併し僕は澄子にこれをいつか読ませ、別々に暮してゐても心はいつも通つてゐることを証明したいと思つた。(十二月三十一日)

つまり、四五年日記は澄子への愛に支えられた手紙のようなものであって、彼女に自らの行動を知らせるのが目的であった。連続する四六年日記も同様な趣旨で書かれたものだろう。なぜなら、四六年日記は、福永が帯広で一家を構え、生活が始まると途絶えてしまうからだ。今日あったことは日記に書かずとも、澄子にダイレクトに伝えたらいい。その後丸一年間、日記から遠ざかるのは生活が安定したためである。

では、四七年日記は何のためのものか。「僕のロマンの時代色的資料」としてのものだろうか。もちろん、そういう側面は否めない。どんな出来事も時代という背景を担っている。しかし、四五年日記の文言を借りれば、むしろ「僕のロマンの精神的資料」と呼ぶべきものではなかったか。

ただ、そう言うには若干の留保が必要だろう。

確かにこの日記は「僕のロマンの精神的資料」となっている。「心の中を流れる河」、「世界の終り」、「夢の輪」などは、この日記の体験無しには生まれなかった作品だろう。しかし、それは福永のその後を知っている私たちだから言えることである。現実に日記の時間を生きている者にとっては、そんな余裕などない。特に四七年日記の場合「資料」という意識は無かったに違いない。「ロマンの精神的資料」などというのは後知恵に過ぎない。やはり、意識下にあったのは、澄子の自死への不安と、それをどう救えばいいのかという悩みだったはずだ。自らと澄子の「生」への希求のみであったろう。そして、それを救う方法は「愛」しかなかった。

何より、福永はこの日記で自らの「愛」という言葉を懐疑しつつ反芻、凝視し続けている。そして、ここでは四五年日記で「僕の澄子への愛」と記した時の「愛」とは既にその意味が変質してしまっている。福永は「愛」という言葉をもう無垢には信じられない。むしろ空しいだけのものではないかという意識が自分を支配しかけている。しかし「愛」がなければ妻は救えない。「愛」とは何か。福永はそのジレンマ、振幅の中で自らの「愛」を鍛えていったのではないか。本日記の価値は、福永の「愛」が強度を増していく過程を現実体験を通し、見通せるところにあるのだと思う。

たとえば『愛の試み』というエッセイは福永の「愛」という言葉の意味をよく伝えている。どこを引いても良いのだが、ここではまず神への愛との対比の部分を抜こう。

絶対者の仲介するところに、愛がある筈がない。それはもっと別のものである。この地上にあるものは、常に不完全な、神のような一定の基準を持つことの出来ぬ、もっと惨めなもの、――その場合ごとに異り、一定の方式とか作法とかの通りにはいかぬ、もっとやぶれかぶれのものだ。それが人間的な愛である。もし愛と孤独とがまったく均衡し、内部に何の苦痛も不安もなく、おだやかな平安の中に魂が眠っているのならば、その人に於て、生きていることの任務は殆どもう終っているのだ。愛は他者のためのものであって、決して自己の孤独を埋めるためのものではない。他者からの愛によって、この孤独が埋められるとは限っていない。それはプラスとかマイナスとかいうことではない。（「人間的」『愛の試み』『福永武彦全集』第四巻）

地上の「愛」、「人間的な愛」は「やぶれかぶれ」であるという認識は、本日記の苦い体験なしにはありえなかっただろう。

ところで澄子の振舞いは、常に死を突きつけるだけの暗いものだけではなかった。七月二日、二度目の来訪で発作的怒りを示した澄子から三日後に手紙が届く。そこには怒りとは違った「気嫌よき文面」があった。その翌日、澄子は桃色のワンピースに黄色いリボンをつけ不意に福永の前に現れる。「少女の如」き澄子と福永は談笑する。また、福永の言葉に飛び出しカルモチンを持っていると言った翌日の七月十四日、不安に苛まれていた福永のところに「奇蹟」のように現れる。そしてそれまで拘ってきた自殺とは、まるで正反対に「生きることを誓」うのだ。澄子の態度は目まぐるしく変わる。

思えば、澄子がもたらしたという小説のタイトルは「少女と悪魔」（七月十九日）だった。彼女はそのタイトルと同様の振舞いを見せる。時に少女のように可憐に、時に悪魔のように執拗に呪いの言葉を吐きつつ。

福永の側でいえば、気まぐれな妻を持った不幸と言えるだろう。では、澄子の側から言えばどうなるのだろう。
気まぐれが澄子の本質であったのかどうかはわからない。後年、福永に捧げた澄子の追悼文（「みちびき」「文芸」昭和五十四年十月号）には自らの振舞いに対する後悔の念がありありと見てとれる。

そこで私に割りあてられたのは、永遠童女と天使の役割であった。私は永遠童女になれるかと奔放に振舞ってみせ、天使の座からは不器用にすべり落ちた。（中略）幸せにすることができたかも知れないのに、それをせず、孤独を忘れさせることができたかも知れないのに、それもせず、手を差しのべて求めながら傷つけ、後悔は私の中に長く尾を曳いている。

澄子の「永遠童女」の奔放な振舞いと「天使の座」から滑り落ちたという述懐は、この日記を読むと、より納得できるものとなる。しかし、自己の振舞いに、そんな意味があったとは、その当時の澄子は知る由はなかっただろう。彼女自身はどうしていいものか、何もわからなかったとすべきではないか。夫の病気で未来の展望が見えず、戦後の窮乏生活に乳飲み子と耐え、周りの援助も少なく、見知らぬ北国には友人もいないという状況を考えた時、単なる気まぐれ、奔放さと片付けるわけにはいかない。むしろ、追い詰められた彼女はそう振舞わないではいられなかったに違いない。彼女の頼れる人間は福永しかいない。彼女の逃げ場のない懊悩は信じられる唯一の存在、福永に対してのみ向けることができるのだ。一見非常識に思える澄子の行動は、やり場のない状況が生み出したものであり、そのことを福永もまた知っているがゆえ、二人は苦しむのだ。

日記は療養所退所後七日目で閉じられる。二人は上京の準備を進めただろう。そこにわずかでも光が、逃げ道があればと願いながら。

本日記は、その後の福永に対して用いられる惹句「愛と死と孤独」が、表面的ではなく、体験を背景にしたより深い意味を持つ言葉であったことを読者に理解させるという点で、意義があるだろう。

＊日記原本提供

一九四五年　三坂　剛
一九四六年　星野久美子
一九四七年　程塚比呂美

＊初出　「新潮」二〇一〇年十月号に一部掲載

＊本書には現在の観点からすると差別的と考えられる表現がみられるが、私的な日記であること、著者が故人であるという事情に鑑み、原文どおりとした。（編集部）

# 福永武彦戦後日記（ふくながたけひこせんごにっき）

著者

福永武彦（ふくながたけひこ）

発行

2011年10月30日

発行者　佐藤隆信
発行所　株式会社新潮社
〒162-8711　東京都新宿区矢来町71
電話　編集部 03-3266-5411
　　　読者係 03-3266-5111
http://www.shinchosha.co.jp

印刷所
株式会社精興社
製本所
加藤製本株式会社

乱丁・落丁本は、ご面倒ですが小社読者係宛お送り下さい。
送料小社負担にてお取替えいたします。
価格はカバーに表示してあります。

ISBN978-4-10-318714-1 C0095

**カデナ**　池澤夏樹

ベトナム戦争末期、沖縄カデナ基地の中と外を結んで、巨大な米軍に挑んだ小さな「スパイ組織」があった。10年に及ぶ沖縄での思索のすべてが注がれた渾身の長篇。

**島尾敏雄日記**　『死の棘』までの日々　島尾敏雄

特攻隊長として迎えた敗戦、島の娘ミホとの結婚の困難、そして作家になるまで。極限状態の夫婦を描く小説『死の棘』が書かれるまでの日々を綴る初公開の貴重な記録。

**若き日の友情**　辻邦生・北杜夫 往復書簡　辻邦生　北杜夫

大学の下宿先から、パリから、そして『どくとるマンボウ航海記』の船上から——。一六〇通を超える手紙が伝える、文学と友情の熱いドラマ。未発表書簡多数収録！

**木村蒹葭堂（けんかどう）のサロン**　中村真一郎

18世紀の大坂で自邸を博物館化して、文人、大名、洋人らの集う一大サロンを設営した男がいた……幕府に睨まれながら、そこでどのような交流が行われていたのか？

**日米交換船**　鶴見俊輔　加藤典洋　黒川創

一九四二年六月、NYと横浜から、対戦国に残された人々を故国に帰す交換船が出航。この船で帰国した鶴見が初めて明かす航海の日々。日米史の空白を埋める座談と論考。

**文学のレッスン**　丸谷才一

面白くて、ちょっと不穏な、丸谷才一「決定版文学講義」！　小説からエッセイ、詩、批評、伝記、歴史、戯曲まで。古今東西の文学をめぐる目からウロコの話が満載。

**安部公房伝**　安部ねり

父は何を託したのか？　未来の読者という、まだ見ぬ友人たちに……。その生涯・作品・思想を的確にたどり、資料写真頁、証言集と併せて立体的に肉薄する作家の真相。

**阿部謹也自伝**　阿部謹也

カトリック修道院の少年時代に西洋中世と出会い、大学時代の恩師の言葉に導かれて、その世界を研究することになった著者の、揺るぎない人生。清冽、真摯な回想録。

**花降る日**　有元利夫&容子

画壇の寵児が死んで17年。双子みたいに生きた妻の回想と利夫の初々しい青春日記。併せて、立体や素描等の真摯で多彩な手仕事を通して、作りたがり屋の一面を覗く。

**一週間**　井上ひさし

昭和21年、ハバロフスク。日本人捕虜・小松修吉は若き日のレーニンの手紙を秘かに入手。しかしそれを狙うソ連極東赤軍が……。井上ひさし最後にして最高の長編小説。

**伊良子清白**　平出隆

自ら精選した十八篇の詩集『孔雀船』一冊を残して明治の詩壇から消えた清白。漂泊した地を歩いて描く孤高の生涯。〈芸術選奨・文部科学大臣賞受賞〉

**逸見（へみ）小学校**　庄野潤三

終戦の年の春、静かな時間の中に解き放たれ、素顔に戻った兵士たちの一月のドラマを描く、日本文学史上類をみない斬新な戦争小説。六十余年の時を経て刊行！